B・D・T

［掟の街］

新装版

大沢在昌

角川文庫
21751

1

西新宿駅ロータリーに、空きスペースを見つけたとき、今日はツいてる、と俺《おれ》は思った。このあたり一帯に路上駐車をする連中は、ときには一時間以上もかけて空きスペースを探して走りまわることがある。特にそれが夕方の六時台となればなおさらだ。

東新宿駅との境いには大きな無料地下駐車場があるのだが、今どきそこを利用する奴《やつ》は西側の住人にはほとんどいない。

西側の人間の車はすぐにわかる。まして地下だ。止めておいて、十五分もしないうちに、車の姿は消えている。もちろん、車をかっぱらわれない場合もある。そのときはタイヤ、エンジン、カーコンポをそっくりいかれた上に、あたりの連中が暇つぶしにボディをボコスカ蹴《け》る、といった具合いだ。

買って一週間、新品ぴかぴかの車が、三十分もあればクズ鉄屋が手数料を欲しがるほどのポンコツに化ける。

それでも車一台ですめばいい。地下駐車場は人間も食う。身ぐるみいっさいはがされた上に、女ならもちろん、使える穴という穴はすべて犯される。男なら――襲った奴がオカマに興味がなけりゃ、よくて殺され、悪ければ半殺しだ。半殺しの方がせつないのは、残りの一生を永久に病院のベッドからでられなくされるに決まっているからだ。

俺の知っていたカラテ二段の印刷屋がそこでやられた。

地下駐車場が人を食うのはいつもと限っちゃいない。その男も空きスペース探しにうんざりきて、地下駐車場を使ったのだ。

三回、四回、奴は無事だった。五回めに、ガキ共に囲まれ、ひとりの鼻柱を蹴りおって、意気ようようとひきあげてきた。

ところが六回め、やられた。やったのはたぶん、鼻を折られたガキの仲間だろう。そいつは殺してもらえなかった。背骨を粉々になるまでバットで砕かれたあげく、腎臓《じんぞう》をミンチになるまで蹴られつづけた。

車もそいつの体も保険はおりた。だが保険では、背骨のスペアも腎臓も買えない。

俺は完全な西側の住人じゃないが、やはり地下駐車場はめったに使わない。

俺の車は、誰が見ても手をだしたくならないような、特注のメルセデスだ。窓もボディもまっ黒だし、エンブレムとホイールに金色を使っている。

カキ傷いっこで手首から先を切断される——東側の連中ならそう思うような車だ。車泥棒《ピー》を警察は永久につかまえられない。だがエイリアンマフィアは、あっというまにつかまえる。エイリアンマフィアに、裁判はない。容疑イコール有罪、そして処刑だ。手ぎわのよさは、ベトナム系だろうとチャイニーズ系だろうと、イスラム系だろうとかわらない。

だから俺はわざとそういう車を選んだ。前の所有者《オーナー》は、ベトナム系の金貸しで、東側に住んでいたのだが、ベトナム系の組に上納金を払うのをしぶって撃ちころされた。撃ちころしたのは、その男のボディガードだった。殺された金貸しも、元は組員だったくせに、金がたまって、きれいな顔をしたがったのだ。

組織とはかかわりない、カタギの実業家って奴だ。

元組員が成功してそういう顔をしたがると、たいてい頭に鉛弾をぶちこまれる。

話がそれたようだ。

とにかくずらっと並んだ違法駐車の列の中に一台分の空きを見つけた俺は、そこにメルセデスをつっこんだ。地下駐車場に巣食ってるガキ共にも、このメルセデスは効果がある、とは思う。が、万一、やられたら後悔しても始まらない。

ガキがいちばん恐い——そいつは、東側で育った俺がよく知っていることだ。ガキには、スジも金も通用しない。奴らの痛めつけ方には、適当がない。適当を覚えるのは、十五を過ぎて、どこかの組に入ってからだ。

だから十五以下のガキに囲まれたら、俺は逃げることにしている。二、三人ぶちのめしたところで、何の意味もないからだ。

相手が自分より強いかどうか、自分が怪我《けが》をしたら痛いめにあう——そんなことすら考えずにガキはかかってくる。

約束の時間は七時だった。

時間を聞いたとき、俺は相手は、プロかセミプロだと思った。

午後七時、西新宿駅は、人で溢《あふ》れかえる時間だ。勤め帰りの連中が、買い物やちょいとしたお楽しみに、東新宿の入口あたりをうろつくにはちょうどいい時間帯だからだ。西新宿駅の裏口をでれば、そこはもう東新宿の入口だ。旧明治通りと旧靖国《やすくに》通りの交差点あたりまでなら、素人でもお遊びができる東新宿ゾーンだ。

西側の住人向けにガイドブックもでている。安くてうまい飯屋や若くて危い女たちを楽しめる。

それより奥、歌舞伎町《かぶきちょう》あたりになると、遊びもどぎつくなるが危険も倍になる。財布はふたつもっていった方が安全だ。

さらにそれから先、大久保一帯となると、東側の人間のための遊び場だ。顔つきと服装でわかる西側の人間には、絶対に入れない。

また話がそれちまった。

なぜ俺が、相手をプロかセミプロと読んだか、という理由をいわなけりゃいけなかった。

まず人の多さがある。奴らは、俺の依頼人が警察《ピー》に届けているかどうかわからない。警察が動いたとしても、この人通りの中で、奴らをパクるのはたいへんだ。

特にこの一、二年、人ごみの中での犯人逮捕に警察は神経を尖《とが》らせている。暴走した犯人が警察官と撃ちあいをやらかし、無関係な通行人を巻き添えにする事件が多いからだ。

今年に入ってからだけでも、十五人近くの通行人が、警察の逮捕の巻き添えをくって死んでいる。

警察は、通行人を殺したのは皆、犯人側の発砲した弾丸だと発表しているが、おそらく半分近くは、警官の撃った弾丸にちがいないと、俺は思っている。

その証拠に、警察は、身代金目的の誘拐に介入するのを嫌がりはじめている。金さえ払えば、誘拐された人間は戻るのだし、警察が入るには、身代金の受け渡しの瞬間以外ありえない。金を受けとった犯人が、東側の街に逃げこんでしまえば、よほどの幸運が警察にない限り、逮捕は不可能だからだ。

犯人はそれを見こして、身代金の受け渡しを、夕方の最も人での多い西新宿駅と指定してきたのだ。

たとえ身代金を運んでいるのが俺ではなく、刑事だとしても犯人には手も足もだせないだろう。

ちょっとでもつかまえようとするそぶりを犯人に見せたら、この人ごみの中で銃を乱射される可能性がある。

俺はメルセデスを降りたつと、助手席から強化プラスティックのアタッシェケースをとりだした。中には現金で五千万が入っている。

五千万は、今年の身代金の〝相場〟だ。去年までは四千万だったのが、いっきに今年に入って値上がりした。理由は、薬《ヤク》の値上がりだ。

薬が値上がりし、結果、薬を吸っている連中が扱う品すべてが値上がりした。銃、弾丸、違法無線機、違法ポルノ、インフレの波が暗黒街に押しよせた、というわけだ。

薬が値上がりしたのは、この春、ようやく、アメリカ軍が南米の麻薬カルテルをひとつぶっ潰《つぶ》したからだ。ペルーの山奥にあった精製工場――カルテルの中で二番めの大きさだった――を、戦術核兵器でふっとばしたのだ。巻き添えをくって数百人のインディオが死んだが、アメリカ大統領は、

「わが国の国民は、年間十万人が麻薬禍で死んでいる」

とインタビューで胸をはった。

手首を落とされるドジは踏みたくないから、俺はアタッシェケースの把手《とって》と自分の腕を手錠でつなぐような馬鹿はしなかった。

西新宿の駅前には、レーザーイルミネーションと連動する噴水があって、周囲は待ち人の金とひきかえに片腕になるほど、俺はお人好しじゃない。

東新宿のスラム化が始まったのは、西暦二〇一〇年からこっちだ。すべては、政府の外国人政策の失敗が原因している。

そこにいる者をいない、といいくるめ、おきたできごともなかったことにしてしまおうとしたツケが、二〇一〇年になって一挙に爆発したのだ。それから四十年近くたった

今、ようやくこの国は、多民族国家であることに慣れかけてきている。

今年の流行語のひとつに「B・D・T」がある。東側を、スラムとはいわず、B・D・Tと呼ぶようになり、それが定着しつつある。

B・D・Tは、BOIL DOWN（煮つめる）と、DOWN TOWN をひっかけた新語だ。二〇一〇年からこっち、東京に爆発的に増えた混血児、ホープレス・チャイルドのひとりである若い作家が、発表した小説のタイトルだった。東側の子供たちを描いたその小説はベストセラーになり、外国語にも翻訳され、何とかという、たいそうな文学賞も受賞した。

ホープレス・チャイルドが増えた理由はいくつかある。ひとつは、二〇〇〇年前後、日本が世界でいちばんの金持だった頃、アジアや崩壊した旧共産主義国家から、大挙して外国人が出稼ぎに流れこみ、売春を含む生殖行為の産物として生みだされた。

ふたつめは、それを愚かな政府が長いあいだ認めようとせず、税金をおさめている外国人労働者にまで市民権や参政権を与えなかったことで諸外国のつき上げをくい、急遽《きゅうきょ》、「正業をもつ者には市民権を与える」そして「この国で生まれた子供に対しては日本国籍を与え、かつその扶養者一名については永住権を与える」という、〈新外国人法〉を制定したことにある。

この通称、〈新外法〉は、密入国外国人にも適用されることになったため、国内にそれまでいた不法滞在外国人は、せっせと子作りに励んだ、というわけだ。それが結果、限度をこした混血児のベビーブームを呼び「子供はひとりで充分」の親たちに捨てられた混血児たちは、ホープレス・チャイルドと呼ばれるようになり、やがてこの呼称は、裕福な層も含む、この世代の混血児の総称となった。

東京都は今年現在、都内居住の人口を完全に把握しているとはいえないが、十歳から三十歳までの都内在住者の三割が、混血であることを先日、発表したばかりだ。

その三割の九十パーセントは、東側、つまり、B・D・Tに住んでいる。多くは暴力団の予備軍であり、地下駐車場に巣食うガキ共のような連中だ。

都、国、双方の福祉政策は、まったくそれに追いついていない。ホープレス・チャイルドの数が十万人を越えた二十年前ですら、都はまだ、その数を数千人と見つもっていたのだ。

馬鹿な役人の状況判断の甘さが、ホープレス・チャイルドによる、東京スラム化をすすめた。結果、新宿区全域、渋谷《しぶや》、港、豊島《としま》、大田の各区の一部が、純粋日本人が住まない区画と化し、その一帯に住んでいた日本人はほとんどが、杉並以西の西側エリアに移住した。それまでに経済的成功をおさめていた富裕層の外国人も同じように移住した。

二十世紀後半に、アメリカのL・AやN・Yでおこったドーナッツ化現象が、多民族国家と化した日本でようやくおこったのが、二十一世紀初頭だったのだ。

ホープレス・チャイルドの大半は、役所が実数を把握できなかったために、戸籍をもたず、とうぜん義務教育も受けていない。

読み書きも含め、生きていく上で必要な知恵は、すべて生まれ育った街で学ぶ。カケ算、ワリ算を覚えるほど賢い子供は、キィなしで車を動かす方法や、かっぱらってアシがつきにくくしかも換金率の高い品は何と何かも覚える。社会科で教える日本の歴史にはまるで興味はないが、自分のやらかした、窃盗や恐喝、盗品売買が、刑法の何条に触れ、どれくらいの刑をくらうかはわかっている。刑事と取引し、仲間を売って自分は逃れるくらいの知恵を働かせる奴《やつ》もいるほどだ。

街で育ったホープレス・チャイルドが警官になれば、これほど鼻のきくお巡りもいないだろう。もちろん、そんなお巡りはいない。

国は、混血児の消防士への就職は認めたが、警察官はまだ認めていない。

理由は、犯罪汚染を嫌ってのことだ。しかし、警視庁警察官の四割が、すでに賄賂《わいろ》をもらった経験があることを、テレビ局の取材に対し、匿名で認めている、というデータがあるのだ。馬鹿げているとしかいいようのない時代錯誤であり、差別だった。

もっとも、警官になりたい、などと思うホープレス・チャイルドはごくわずかだろう。俺《おれ》も含め、ホープレス・チャイルドは、子供の頃から、警官には目の仇《かたき》にされつづけてきているのだから。

俺はアタッシェケースを手に、噴水を囲むようにして立つ人波の中に入りこんだ。ざっと見渡しただけでも、この駅前の広場には、千人近い人間がいる。アベック、サラリーマン連れ、学生、弾き語り、勧誘、新興宗教、痴漢、すり、売人、さまざまだ。

俺の方から相手を捜す必要はなかった。目印になる黄色いハンカチを、俺は麻でできたジャケットの胸ポケットにさしこんでいた。

俺の今日の格好は、麻のジャケットにポロシャツ、チノパン、そして編み上げのブーツだ。

俺は噴水の手すりによりかかり、煙草をくわえた。公けの場所における禁煙法は、二〇三〇年に施行されたが、四年で廃止された。

身代金の受け渡しを代行するのは、今年に入ってからだけで三度めだった。そのたびに相手はちがったが、これまでのところ、無事、被害者をとりかえすのに成功している。

被害者として狙《ねら》いをつけられるのは、たいてい西側エリアに住む、十歳から十四歳までの娘だった。誘拐の手口はいろいろあるが、荒っぽいのになると、学校帰りを待ちぶせて、いきなり銃をつきつけ、車に押しこむ。

まずまちがいなく強姦《ごうかん》はされるが、身代金さえ払えば、それ以上の危害を加えられることはない。

五千万の相場は、万一、被害者を殺して逮捕され、死刑に処せられるには、安すぎるからだ。

俺が二本めの煙草を踏みけしたとき、そいつらがやってきた。

ひとりは白人系の混血で、髪を三色に染め分けた二十くらいの男、もうひとりは俺と同じで、いろいろな血が混じりすぎ、どことどこというのが特定できない顔つきをしたスキンヘッドの男だった。両方の鼻孔に金のリングを通している。

ふたりとも丈の長い、マントのようなコートを着こんでいた。

「立ってるか」

鼻輪が俺にいった。合言葉だった。

「コンクリートなみにな」

俺は答えた。誘拐犯は必ずといっていいほど合言葉を使いたがり、まずまちがいなくそれは下ネタがらみだ。

「金は」

俺はアタッシェケースをさしだした。三色髪が受けとり、膝《ひざ》をついた。鼻輪がコートを広げ、あたりの視線をさえぎる。

パチッ、パチッ、という音がして、ケースの蓋《ふた》が細めに開かれた。

「ある」

三色髪が短くいい、ケースの蓋を閉じた。

「色は大丈夫か」

鼻輪が背を向けたまま相棒に訊《たず》ねた。

「大丈夫だ」

「染料なんかつけるか。クライアントにとっちゃ、五千万は端た金だ」

俺はいってやった。鼻輪がしまった、というような顔をした。もっとふっかければよかったと思ったのだろう。

「どこだ？」

俺は訊ねた。鼻輪はくやしそうな顔をして黙っていた。立ちあがった三色髪がいった。

「地下街に個室カラオケがあるだろう」

「五百はあるぞ」

「一八二番だ。仲間が見はっている。ノックして、『溶けた』といえ。開ける筈《はず》だ」

俺は頷いた。

「あばよ」

三色髪はいってマントをひるがえした。鼻輪はしばらく俺の顔を見つめていたが、

「また会おうぜ」

といって歯をむきだした。ヤスリで研いだとわかる尖《とが》った犬歯が露《あら》わになった。硬度のあるらしい金属がかぶせてあった。

「俺はよ、お前みてえな金持の犬を見ると、無性に嚙《か》んでやりたくなるのさ」

俺の顔から目をそらさずあとじさった。

俺は首をふり、近くの階段を捜した。

個室カラオケは、コインロッカーが撤去されて以来、その空きスペースを使うことで

地下街に急速に増えた施設だった。

　コインロッカーが廃止されたのは二十年前だ。薬《ヤク》の取引に使われるのにうんざりしたJR東京が、半ば強引に廃止したのだ。

　個室の大きさはさまざまだが、小さいものだと人ひとりでいっぱいになり、大きいものでも四人がけていどだ。

　料金は十分につき五百円。外にある料金ボックスに、自販機で買ったコインを入れないとドアが閉じない。中に入って時間がくればドアが開き、照明が消える。

　内部に人がいる場合は、外から扉は開けられない。そんなときは、扉についたインターホンで中から開けてもらう。

　連続使用は一時間までと決まっていて、それが過ぎたら別の個室に移るか、一度外にでて手つづきをやりなおす。

　まともな大人は使わない。狭いし、ビールとジュース、ナッツの自販機くらいしかセットされていないからだ。

　使うのは中学生、せいぜい高校生までだ。内部は禁煙で、少しでも煙を感知すると、スプリンクラーが水を噴きだす。

　地下街に降りた俺は、ずらっと並んだ、赤と青のツートーンの扉の番号を見ながら歩いていった。

　一八二番は、最初の区画のつきあたりにあった。これだけあっても、時間帯のせいか、故障中以外のすべての扉が閉じ「使用中」となっている。扉には法律でガラス窓をつけなければならないことになっているが、すべてスプレーで塗りつぶされていた。

一八二番の前に立ち、俺はインターホンのボタンを押した。

「溶けた」

相手の返事を待たずにいった。一歩退き、扉のロックが解かれるのを待ちうける。ロックは解けなかった。

もう一度ボタンを押しながら、ジャケットの前をはずした。

「溶けた」

くりかえすのもアホらしい合言葉をいってやる。

返事はない。

仲間がいる、といったのは時間稼ぎの嘘《うそ》だったのだろう。たぶん中には縛られた被害者がひとりで転がされているのだ。

俺《おれ》は右足をあげた。ブーツはこのところの流行だが、はやる前から俺は愛用している。爪先《つまさき》と踵《かかと》に、軽くて堅い合金が埋めてあるのだ。

個室カラオケの扉は、床から五十センチの高さの位置にオートロックがセットされている。そのあたりを思いきり蹴《け》った。

二度めで錠が壊れ、扉は大きく内側に開いた。修理代はクライアントもちだ。

開いた扉の内側に踏みこんだとたん、俺はツいていると思ったのがまちがいだったと知った。

個室カラオケは二人用で、片方にロープで縛られた被害者――十一歳の小学生の娘――がすわらされ、もう片方に、ズボンを膝《ひざ》までおろしたでぶがいた。顔つきは日本人だが、ひと目で薬《ヤク》ボケしているとわかる表情を浮かべていた。しかも片手に、鉛管を切って作った、手製のショットガンを握りしめている。

でぶは、蹴破られた扉にも驚かず、とろんとした目で俺の方を見た。口のはしから涎《よだれ》がたれていて、床にドリンク剤の壜《びん》が二本転がっていた。違法有機溶剤をくらっていたのだ。

でぶの丸まっちい手が、鉛管の尻《しり》についたスプリングをはずす把手《とって》を叩《たた》いた。

馬鹿でかい音がして、鉛管の筒先が火をふき、個室の壁が五十センチ四方、ふっとんだ。俺は身をすくめた。娘が顔じゅうが口になっちまったかと思うほど、大きな悲鳴をあげる。

「取引は終わったんだ！　帰れ！」

俺は扉の外に逃げだして、どなった。

仲間は、取引が終わるまでは、でぶが薬《ヤク》をやらないと思っていたのだろう。だが、どだい、こんな薬《ヤク》ボケを見はりに使うことじたいが、ど素人なのだ。

なにがプロかセミプロだ、間抜けめ。俺は自分を罵《ののし》った。

個室カラオケの壁は、防音性にはすぐれた新建材かもしれないが、至近距離の散弾が相手では、ボール紙ていどの役割しかはたさない。

くそ。

でぶが余分な弾丸をもっていないことを俺は祈った。

祈った瞬間、床にしゃがんだ俺の頭上の壁がふきとんだ。

娘の悲鳴はえんえんつづいている。たいした肺活量だった。

俺は背骨の横にさしこんだ旧式三十八口径のリボルバーをひきぬいた。十挺《ちょう》一千万で、ピストル屋から叩いて買った〝使い捨て〟だ。

鉛管ショットガンは、装弾数二発の元込め式がふつうだ。ちらりと見ただけだが、でぶがもっていたのもそのタイプだった。

だとすれば、今、でぶの銃は空だ。

俺は素早く、壁にあいた穴から中をのぞきこんだ。

でぶが口に赤い散弾のショットシェルをくわえていた。一発めを装塡《そうてん》しおわったところだった。

俺は穴からリボルバーの銃口をつきだし、二度引き金をひいた。

一発めで、でぶの腹に穴があき、二発めはくわえた散弾ごとでぶの顔の下半分をふっとばした。

でぶの体がまっすぐにのびてのたうった。壁に造りつけたシートからずるずると、床に落ちる。手から鉛管ショットガンが転げた。

俺はそれを見きわめて、扉をくぐった。

娘の悲鳴はまだつづいていた。下着を足首にからませたまま、芋虫のように体をちぢこまらせている。

俺は拳銃《けんじゅう》の握りを、ジャケットからだしたハンカチでふき、でぶの死体の右手に一度握らせた。銃身のシリンダー部分にも、左手の指紋をつけ、再度、俺の手で握りなおす。中の弾丸は指紋をつけないように装塡してあった。

どうせ刑事は信用しないだろうが、〝使い捨て〟にする以上、口実は必要だ。口実があれば、奴《やつ》らも面倒な書類仕事をしてまで、俺を銃刀法違反と殺人で起訴しない。死んだのが、こんな野郎では、検察も熱心には動かないからだ。

どうせ誰かがするだろうから、俺は一一〇番はしなかった。このあたりまでは、お巡りもすぐにやってくる。

お巡りを待つあいだにしたのは、被害者の娘に、下着をはきなおさせてやることだった。

その日の機捜当番は、浜地《はまじ》警部補の班だった。俺とは馴染《なじ》みだ。

最初にきた制服警官の連絡で、浜地班は、十五分足らずで到着した。

個室カラオケをとりかこんだ野次馬《やじうま》をかきわけてやってきた浜地警部補は、壁によりかかっていた俺を見つけ、顔をしかめた。

「お前か」

浜地は四十二、三で、ごついエラの張った顔に、厚みのあるいいガタイをしている。現場にいるときには決して脱がない防弾チョッキのせいで、「冷蔵庫」という渾名《あだな》がついているほどだ。顔も体も、まま四角の、本当に箱のような刑事だった。

「で、何があった」

「身代金の受け渡し。西駅の噴水で五千万をふたり組に渡して、ここを教えられた。合言葉をいっても扉が開かないので、蹴破ったらでぶが撃ってきた」

「なるほど。このでぶに開いた穴は何だ？」

「でぶは、散弾銃とリボルバーの二挺をもってた。リボルバーをふんだくって、撃った」

「散弾銃を撃ってる相手からか？」

「薬《ヤク》ボケしてたから、俺にとられたのを気づかなかったみたいだ」

俺はいって、肩をすくめた。

向こうでは、ヒステリーからようやく立ちなおりつつある娘と、俺の連絡で駆けつけた両親から、別の刑事が事情聴取をしていた。

浜地はため息をついて、俺がシートの上においた拳銃を見やった。

「指紋を調べればわかる」

俺はいった。

「お前がそこまでドジな筈《はず》ないだろう。で、共犯の連中はどんな奴らだ」

「頭は切れるが素人だ。ひとりは俺と同じで、混じりすぎてて特定ができない。白人系は髪をおったたせて、金、紫、赤に色わけしている。相棒は頭を剃《そ》ってて、両鼻にピアスだ。それと歯を尖らせている」

「そんな奴らは、向こう《東側》にいけば、ごまんといるぞ」

「ひとりずつひっくくったらどうだ」

「面白いな。どいつをひっくくったって、麻薬法と銃刀法違反でぶちこめるだろう」

「いいじゃないか」

「だが今日のアリバイは、どいつも完璧《かんぺき》ってわけだ。くそが。ヤクとハジキは認めても、それ以上の罪はぜったい背負《しょ》わねえようにしていやがる」

「それが世の中だ」

「お前らホープレスは結束が固いからな」

　いって浜地は俺をにらんだ。

「ホープレスが嫌いみたいだな」

「警官で好きな奴がいたら、お目にかかりたいね。撃たれて死ぬ警官の半分はホープレスにやられている」

　俺は首をふり、

「帰っていいか」

とだけ、訊《たず》ねた。浜地に好かれようとは俺も思ってない。馴染みの刑事はこの男の他にも何人かいるが、どいつも俺がドジったら喜んでワッパをはめるだろう。

「銭はもらったのか」

横目で被害者の両親を見やり、浜地は訊ねた。

「振込んでくれるさ。親父《おやじ》は医者だ。たっぷりな」

「クソバエでも銀行口座がもてる時代か。まったく国は甘いよな」

俺は答えなかった。確かに浜地から見れば、俺たちは生ゴミに湧《わ》いた蠅のような存在かもしれない。だが生ゴミをだしたのは浜地たち日本人だし、それを捨てずに積んでおいたのも日本人だ。

「失《う》せろ」

浜地は低い声でいった。俺《おれ》はその言葉にしたがった。

2

俺のオフィス兼住宅は新青山のはずれのビルにあった。新青山は、二〇二四年にできた地名で、旧青山墓地を潰《つぶ》してオフィスビル街を作ったときにつけられた。したがって、六本木というB・D・Tエリアには近いが、家賃は決して安くない。ただ、西側の連中には、新青山にオフィスがあるというのは、いくらか信頼感をもたせる効果があるのだ。

ビルの一階と二階はぶち抜きのメゾネットでつながり、その上で四分割されている。駐車場と生活スペースが二階で、オフィスが一階だ。

西側の連中がB・D・Tを訪ねるときには目的がある。たとえば違法ポルノや銃が欲しい奴《やつ》は東新宿にいくし、薬が欲しい奴は六本木にいく。女はそのどちらでも手に入るが、今のところ、アジア系が東新宿、白人、黒人系が六本木、とわかれている。売春組織を牛耳《ぎゅうじ》っているそれぞれのマフィアの縄張りのせいだった。

俺は一階に降りているエレベータに車ごと入り、リモートコントロールで二階へあげた。B・D・Tが近いエリアでは、高級オフィス街といえども、一階にガレージをもつ建物はない。

二階以上か、逆にシャッターの降りる地下だ。

二階から階段で再び、一階に降りる。部屋のロックから窓やカーテンの開け閉め、テレビ、給湯、電話まで、すべてをリモートコントロールできるカードスイッチをデスクの上からとりあげ、操作した。

留守番電話のテープが回り、音声が流れでた。

「初めて、お電話をさしあげます。私、『芸術文芸社』と申します出版社の編集者で望月《もちづき》という者です。ヨヨギさんにお願いがしたく、ご連絡をいたしました。のちほどまたお電話をさしあげますが、もしよろしければご連絡をいただければ幸いです。それでは、失礼いたします」

馬鹿ていねいなお喋《しゃべ》りの録音が流れでた。留守電に相手がメッセージを吹きこんだ場合、逆指名のスイッチを押せば、相手の番号を記憶したこちらの電話機が自動的に回線を呼びだす。

だが俺は逆指名のスイッチを操作しなかった。『芸術文芸社』の名は俺も知っている。週刊誌や月刊誌、小説本などをだしている。大手の出版社だ。そこからの用事といえば、俺に対する取材の申しこみしかない。

俺は雑誌やテレビなどの取材は、すべて断わることにしていた。

理由はいくつかある。ひとつは、顔が売れると、尾行や張りこみなどの仕事がやりにくくなること。ふたつめは、名前が売れれば、必ず潰したがる奴が現われることだ。浜地のようなお巡りたちは、特に俺のような私立探偵を嫌っている。

俺たちが、ギャラはともかく、いちおう、お上《かみ》の目を意識して、こそこそと仕事をしているうちはいいが、テレビなどにでて、でかいツラをすれば、まずまちがいなく痛めつけられる。

今日のでぶの射殺でも、もし俺が、奴らに「いい気になってやがる」と思われていたら、留置場にぶちこまれて、たっぷり絞られているだろう。

俺が仕事をやっていく上で、ああいう形での拳銃《けんじゅう》の〝使い捨て〟は、ぜったいに避けられない。もしそいつができないとなれば、俺は遠からず、監察医務院いきだ。

〝使い捨て〟を警察に黙認してもらうためにも、顔や名前を売ってはまずいのだ。

また、B・D・Tにいる、ホープレスの中にも、危い奴はいる。俺が有名になれば、同じホープレスのくせに気にいらねえ、と待ち伏せをするような野郎が現われるかもしれない。

とにかくマスコミに顔を売るのは、百害あって一利なしだ。こんな言葉を知っているのも、ホープレスじゃ珍しいだろうが。

電話は、俺の指示がないとみると、二本めの録音を再生した。

「あたしだよ。夜、空いてたら呼んでよ。指名料、まけとく」

馴《な》染《じ》みの女のサモンだった。売春婦だが、つきあいはじめて三カ月になる。俺と同じ、完全な雑種で、金のため、というよりは好きで商売をやっているような奴だ。名前のサモンは、俺のヨヨギと同じで、親を知らないから、生まれた土地の名をつけているのだ。サモンは、完全防菌ペッサリーの埋めこみ手術をうけている。一生、妊娠はできないが、病気をもらう心配もない。

次の録音を再生した。

「先ほどお電話いたしました。芸文社の望月でございます。まだお帰りではないと存じますが、改めて――」

早送りを指示した。

望月の録音が終わり、テープが止まった。

俺は一階のドアをロックし、二階にあがった。シャワーを浴びてビールを飲み、サモンを呼ぶつもりだった。

死にそこなった日は、女で厄払いをする。

そういうお楽しみを先にのばして、あとで後悔するような生き方は、ホープレス・チャイルドのあいだでは、もっとも馬鹿にされる。俺もその考え方には賛成だ。

望まれて生まれてきた人間なら、望まれない死を迎えるのがふつうだ。同じように、望まれないで生まれてきた俺たちが死ぬのは、誰かに望まれたときだ。

ホープレスは自然死はしない。殺されて死ぬ。だから殺されるまでは、うんと生きている時間を楽しむのだ。

3

翌朝、俺はひどい頭痛で目をさました。ハシシとアルコールを両方やると、たいていこんな目にあう。俺にハシシを売った、六本木の売人は、こいつは上物だからぜったいにそんなことはないとうけあったが、売人のセリフを信じた俺が馬鹿だった。

トイレにとびこみ、胃の中味をすべて吐いて、俺は風呂《ふろ》につかった。

こういうときはぬるい風呂にじっとつかって、鎮痛剤が効いてくるのを待つに限る。

サモンは四時頃、帰ったようだ。バスルームの鏡に、ルージュで金釘《かなくぎ》流の書きおきがあった。

「おおきくて、かたかたよ。かんじたよん。LOVE. SAMON」

かたかたよ、とは、かたかったよ、だろう。こっちはがたがたよ。俺は顔を洗って、うなった。

ガキのころからあまり薬物をやらなかった俺には、どうやら耐性がないようだ。サモンはきっとぴんぴんしているにちがいない。ハシシとビールなんて、奴にとっては、塩とマス酒みたいなものだ。

俺は風呂でしばらくおとなしくしていた。

具合いがマシになってくると、バスルームをでてローブをはおり、一階に降りた。

十一時を過ぎていた。留守番電話に受信ランプが点《とも》っていたが、再生しようという気にもなれない。

リモコンでコーヒーメーカーを作動させる。今日の朝飯は、きちっとしたものを作って食うつもりだったが、この調子では晩飯まで、きのうと同じく錠剤のお世話になりそうだった。

銀行のコンピュータと直結した電話機のメッセージライトが点っていた。指示をとばすと、振込通知がプリントアウトされた。

きのうの仕事のギャランティ六百万が振込まれたという知らせだ。

身代金受け渡しのギャラは、通常、身代金の一割ときまっている。百万は、でぶを殺した俺への謝礼だろう。

そのとき、玄関のシャッターにとりつけたインターホンが鳴った。

誰かが朝っぱらから俺の事務所を訪ねてきたのだ。

俺はシャッターの上にとりつけたテレビカメラのスイッチを入れた。

壁に埋めこまれた四十インチの画面に、来訪者の姿が浮かびあがった。

合成バックスキンのジャケットに細身のパンツをはいている、ほっそりとした男だ。

年齢は俺と同じくらいだから、二十四、五だろう。ひと目でホープレスとわかる、ミルクチョコレート色の肌をしている。だが身なりは悪くなく、顔もつるりとした二枚目だった。

どこかで見たことがある。俺は思って男の顔を見つめた。

まだ返事はしちゃいなかったが、男は自分が観察されているのに気づいたらしい。カメラの方を見あげて微笑《ほほえ》んだ。

切れ長の目に、長い睫毛《まつげ》がおおいかぶさっている。整った鼻筋と、薄くルージュをひいた唇は、同じホープレスでも、B・D・T育ちじゃないことを表わしている。

もしB・D・T育ちなら、よほどいい〝買い手〟がついて、西側の水で磨かれたにちがいない。

会ったとすると、その前か。俺《おれ》は考えていたが、駄目だった。

完全に頭が薬《ヤク》ボケしている。

俺はシャッターを巻きあげるスイッチを押した。

男が、俺を殺しにきた始末屋でないことだけは、俺の生存本能が告げていた。ホープレスはこの本能がなければ、二十歳の誕生日を迎えることができない。

男はシャッターが巻きあがったあとのガラス扉を押し、俺の事務所に入ってきた。スキップするようなキザな歩き方だ。

俺はデスクのうしろの大型チェアでアグラをかいたまま、それを迎えた。

男はバスローブ姿の俺を見やり、小首をかしげた。

「ヨヨギ、ケンさん？　それとも秘書の方？」

顔だちと同じ、細い声だった。喋《しゃべ》り方を聞いて、俺はこいつが西側育ちだとわかった。

「秘書はこんな格好しないものだろ」

俺はいった。

男の笑みが大きくなった。白い歯並みがこぼれた。

「よかった。するとケンさん本人ですよね」

「そうだ。あんたは？」

「初めまして。ヨシオ・石丸《いしまる》です」

名前をいわれたとたんに、俺は思いだした。

B・D・Tを作った当の張本人だ。ホープレス・エイジの天才作家といわれている有名人だった。

「どうりで見たことのある顔だと思った」

「嬉《うれ》しいな。僕のことご存知でした」

「新聞や週刊誌、テレビにくさるほどでてるからな。いやでも目に入ってくる。有名人だ」

「光栄です。自分と同じホープレスの人にそういってもらえると」

「ホープレスでも、俺とあんたはだいぶタイプがちがうようだ」

「いいえ」

ヨシオは首をふった。

「僕は西育ちですが、中味はあなたといっしょです。この国に生まれたくて生まれてきたわけじゃない」

石丸というのは、帰化したこの男の父親がイシュマルという本名を日本式に改めたものだ、と何かで読んでいた。

「俺のことをよく知っているような口のきき方をするじゃないか」

「ええ。調べましたからね」

「何をだ。俺は小説の題材になどならんぜ」

ヨシオは両手を広げ、微笑んだ。

「二人、殺してる。警察は正当防衛で処理した」

きのうで三人になった。だから何だ。

「ずっと東で育ったでしょ。あなたにとって、B・D・Tは庭だ。年は僕と同じで、ぅんと若い。けど、十九歳で今の仕事を始めて、B・D・Tのからむ調査じゃ、あなたがナンバー・ワンだ、といわれる。東京弁護士会の基準でも、あなたはただひとりの、ホープレス出身のAクラス調査員だ」

俺は返事をせず立ちあがり、コーヒーのたまったカップをとりあげた。

「いい匂《にお》いだ。本物のコーヒーですね」

「飲みたきゃどうぞ」

俺はいった。本物といえば、ヨシオが着ているジャケットは、合成ではなく、本物のバックスキンだった。

服飾用の毛皮の生産は、国際保護機構で生産管理されるようになって、もう十年たつ。目の玉がとびでるほどの値段だったにちがいない。

ヨシオは優雅な仕草でコーヒーカップをとりあげた。両手の小指にはめたリングには、ダイヤが埋めこまれていた。

「何の用だ」

「ずっと僕の担当者からあなたに連絡をとらせていた。アポをとりつけたくて。でもあなたはちっとも電話を下さらなかった」

芸文社のことだ。

「取材はお断わりだ。たとえフィクションでも小説やコミックのネタにされたくはない」

ヨシオは片手をひらひらふった。

「僕の父は〝這《は》い上がり〟です。父は自分のことを、僕に小説にしてほしくてたまらないらしい」

這い上がりとは、外国人の成り上がりをさしていう言葉だった。密入国や、不法滞在であった者が事業に成功して市民権を獲得し、金持としてでかい面をすると、日本人たちがやっかみ半分でそう呼ぶのだ。成り上がりどころか、這い上がった、というわけだ。

「でも僕は興味がない。僕と父はちがう。父はよその国からやってきて、この日本に住みついた。死ぬまで外国人だ。僕はこの国で生まれて育った。ホープレスとして生まれた」

「あんたは本当のホープレスじゃない」

「ケンさんがそういうとは思っていました。確かに僕は西側で育った。教育も受けた。父は僕をスコットランドとスイスに留学させた」

「俺の学校は、あんたのいうB・D・Tのスラムだ。算数を教えてくれたのは寸借詐欺の名人で、国語を教えてくれたのは坊さんだ」

「学校はいかずじまい？」

「一度もな。市民権は、十五のとき、弁護士事務所の使い走りになってとった。それまでは正業についたことはない」

そうはいいながらも、俺はこの男が、ホープレスの気持を代弁した作品を書いたことを認めないわけにはいかなかった。西側で育ち、きっと遊ぶとき以外は、B・D・Tになど近よりもしなかったろうが、この男の作品には、ホープレス・チャイルドでなければ感じようのない〝何か〟がこめられていた。それは事実だ。

「あなたは僕が嫌いですか」

「嫌いとか好きじゃない。別のところで生きてる、それだけだ」

「僕とはしない？」

「俺はバイじゃない。男とはしない」

「そいつは残念。あなたはすごく魅力的なのに」

バイセクシュアルが多いのも、ホープレスの特徴だった。男も女も、異性とも同性とともセックスができる。

昨夜のサモンも、十五のホープレスの娘と同棲《どうせい》している。

肩をすくめて、ヨシオはじっと俺を見つめた。目の中に、宝石にも似た煌《きらめ》きがあり、確かに男にも女にも、もてそうだった。

「この国は嫌いですか」

「好きとか嫌いじゃない。考えたこともない」

「ホープレスである自分は？」

「生きてきた。これからも生きていく。それだけだ」

「リアリストなのですね」

「ホープレスは皆、そうさ」

ヨシオは頷《うなず》き、コーヒーをすすった。

「確かに僕は珍種だ。そう思います」

「だがいずれはでてくる。そういうタイプさ」

「本当に？　本当にそう思います？」

「東側だろうが西側だろうが、何かをやりたいと思った奴《やつ》は、たとえそれが今まで誰もやった人間がいないことであっても、どうしてもやりたけりゃやるだろう。ホープレスで小説を書こうなんて奴は今までいなかった。これからはいるかもしれん。テレビや雑誌にでてるあんたを見て、憧《あこが》れて、同じようになりたいと思うようなのがな」

「素敵《すてき》だ。そうなるといいな」

「俺にとってはどうでもいい」

「僕はこの国が嫌いです。この国は長いことやるべきことを怠ってきた。もう、五十年近くもね。B・D・Tができたのは、外国人のせいだといっている日本人が多い。外国人を入れたからスラム化したんだって。でもちがう。外国人にいるべき場所を与えず、利用するだけ利用した日本人が、B・D・Tを作ったんだ。本当の意味で最初から日本人と外国人が平等であったら、B・D・Tは生まれはしなかった。ホープレス・チャイルドもね」

「安い労働力と狭いアパートか」

「そう。日本人は、自分たちに必要なときには平気でそれを押しつけた。外国人にはそれでいいと思ったんだ。外国人が目覚めて団結すると、今度は追いだしにかかった。もし国連が何もいわなかったら〈新外法〉は制定されなかった」

「その〈新外法〉がホープレス・チャイルドを作ったのだぜ」

「だからいうんです。この国の政府は五十年前に〈新外法〉を自ら制定すべきだったんだ。そのときなら、子供たちはホープレスとは呼ばれずにすんだ」

「小説に書けよ」

「書いています」

「で、そろそろ話したらどうだ？　ここにきた用事を」

ヨシオは頷いた。この男を決して嫌いだとは思わなかったし、正直いえば、その意見には九割、俺も賛成だ。だが俺は小説家じゃない。ホープレスであることへの不満では生きていけないのだ。

ヨシオはジャケットの中に細い指をさしこんだ。

写真と封筒をとりだした。写真をつまんだ指先はマニキュアで光っている。

俺はまず写真を受けとった。

ホープレスの女が写っていた。十九くらいだろう。ステージ衣裳《いしょう》のような、胸に大きな切れこみの入ったサテンのドレスを着け、前にマイクスタンドがある。どこかのナイトクラブのような場所で撮った写真だ。

髪が長く、犬のように愛敬《あいきょう》がある鼻と、何かにびっくりしたような大きな目をしている。

「名前はガーナ。ガーナ・トゥリー。六本木エリアで育ったホープレスです。捜して下さい」

「仕事か」

俺は少し驚いていった。

ヨシオは頷いた。

「彼女とは六本木の『グレイゾーン』というクラブで会いました。そこで歌っていたのです」

「表向きだろう」

「ええ。売春婦です。あと半年であがる予定でした」

「あがってどうするんだ？」

「『クラブ・プラネット』」

「なるほど」

「クラブ・プラネット」は、成城《せいじょう》にある、最高級ナイトクラブだった。テレビにでる一流歌手やボードビリアンが日がわりでステージを踏む。そこでのステージデビューは、テレビで自分の番組をもつより、はるかにステイタスがある。

ケーブルや衛星《B・S》で、テレビチャンネルが五十局以上もある今、テレビにでて歌ったくらいでは、歌手はスターになれない。

「クラブ・プラネット」は、一流のショウ・ビジネスマンや西側の大金持が常連で通い、最高級の接待などで使われる店だった。一般客はひと月前の前売りチケットを買わなければ入店できないし、本物の「客」とは案内される席も区別されると聞いていた。

『クラブ・プラネット』が彼女を前座歌手にひっぱろうとしている、と彼女から聞きました」

「夢じゃないのか」

ヨシオは首をふった。

「あなたは彼女の歌を聞いていない。才能は抜群にあった」

「それで？」

「僕は彼女の客でした。知りあってふた月です。週に一度は、〝買い切り〟をしていました」

買い切りとは、ひと晩まるまるを指名独占することだ。

「一週間前から、彼女の行方がわからなくなった。店にもでてないし、携帯電話も答えない」

「逃げたのじゃないか」

「『グレイゾーン』は僕のことを知っています。本気で僕が心配していることも。マネージャーはアパートまでいきました。ずっと帰っていないようだ、といっていました」

ませんでした。僕のことを好きでした」

「いなくなった翌日、僕と彼女は約束をしていたんです。黙って約束を破る子じゃありません。僕のことを好きでした」

「自信があるんだな」

「好きまでは。愛になると、わからない」

俺は頷いた。写真をもう一度見る。

B・D・Tのクラブ歌手でコールガール。千人はいるだろう。

「彼女は僕にインスピレーションを与えてくれた。彼女のことを今度、作品にしようと思った。だからもし、彼女がトラブルに巻きこまれていたら、ひっぱりだして下さい。僕のたてたストーリーにあった人生を、彼女には送ってもらいたい」

ヨシオは夢を見ているような口調でいった。

B・D・Tで生きていた女がトラブルと無縁な筈《はず》がない。

「B・D・Tはトラブルの街だ」

「だからあなたに頼んでいる。あなたのことを調べ、彼女を捜せるのはあなたしかいないと思った」

俺《おれ》はため息をついた。

B・D・Tの人間を捜してほしいと思う奴《やつ》は、ふつう西側の住人にはいない。俺にギャラを払えるのはしかし、西側の住人でなければ、東側であくどい商売をやっている奴らだけだ。

東側の人間なら俺に頼まず、組織に頼むだろう。

「彼女はB・D・Tを抜けだすチャンスにめぐりあっていたんです。姿をくらます筈がない」

「わかった」

「着手金です」

ヨシオは封筒を指さした。中を開くと小切手がでてきた。

一千万だ。

「弾むな、ずいぶん」

「B・D・Tはトラブルの街です。あなたがいったとおり。でもB・D・Tにいかなけりゃ、彼女は見つからない」

だから、というわけか。

ヨシオは名刺をとりだした。

「プライベート・ナンバーが書いてあります。キィナンバーは、五五四二。それを押してくれれば二十四時間、いつでも僕を呼びだせます」

キィナンバーは、一日のうち決まった時間にしか電話をつないでもらいたくない人間のためのシステムだ。

「報告は毎日か」

「ええ。できればそうして下さい。いつからかかっていただけます?」

俺は少しだけ考え、いった。

「夕方からだ」

「けっこうです。明日、今くらいに電話を下さい」

俺は頷《うなず》いた。

「ありがとう。ひきうけて下さって」

ヨシオは微笑して腰をかがめた。顔をあげると、扉まで歩いていき、いった。

「ピストル、もっていくのでしょ」

「東側にいけば、たいていの奴はもってる」

ヨシオはあいまいに頷いた。

「警察は永久にピストルをなくせない。ドラッグも」

「だろうな」

「でもピストルは人を傷つけ、ドラッグは自分が楽しくなるためのものです。目的はまるでちがうのに」

「扱う奴にとっては同じなのさ。いい金儲《かねもう》けになる」

ヨシオの顔が輝いた。

「そうか。そうだったんだ。やっぱりあなたのところにきてよかった」

俺は鋭くヨシオを見た。

「俺のことは小説に書くなよ」

ヨシオは頷いた。

「書きません。僕が書きたいのは、ガーナの物語だ。彼女が見つからなけりゃ、作品ができない」

扉を開け、一揖《いちゆう》するとでていった。最後まで、洗練された優雅な仕草だった。

奇妙な男だった。だが小説家なのだから、あれくらいの奇妙さはおかしくないのかもしれない。

ヨシオ・石丸が立ちさって気づいた。

頭痛が消えていた。

4

ヨシオには夕方から始めるといったが、実際はそれから一時間くらいのうちに俺は動きだしていた。

まず、家にいてもできる簡単な調査から始めることにした。

十二時を過ぎるのを待って、俺は、サモンのマザーに連絡をとった。

マザーといっても、本物の母親じゃない。要は、サモンらコールガールの元締めをやっている「ママ」だ。

サモンの店は昼の十二時にオープンするのだ。

電話がつながると、俺はいった。

「ケンだ」

「あら、ケン、ずいぶん元気ね。きのうはサモンとたっぷり遊んだのじゃなくって?」

会ったことはないが、注文でこれまで何度も話している。サモンからも気さくで、いいマザーだと聞いていた。

「サモンなら、もうすぐ連絡があるわ。いかせる?」

「そうじゃない、別の件だ。今から女の子の写真をファックスするから、知っている子だったら、教えてほしい」

「仕事?」

マザーの声が低くなった。

「そうだ。ドライバーたちにも見せてくれ」

「いいわ。ケンがいうのなら」

「恩にきる」

いって俺はヨシオから預かったガーナの写真を電話機のファックスポケットにさしこんだ。話しながらファックスも送れる機能は、今の電話にはたいていついている。

マザーは、もう十年もこの商売をやっている。六本木エリアのB・D・Tでコールガールをやっている娘の顔を、たぶんいちばんよく知っている人間のひとりにちがいない。

加えて、マザーの店のドライバーたちがいる。

ドライバーというのは、文字どおり、無線を積んだ車で、女の子を客のいるホテルや家まで送り迎えする連中だ。道に詳しく、しかも用心棒を兼ねた仕事なのでベテランが多い。

腕のいいドライバーだと、女の子に劣らぬ稼ぎをする奴もいる。そういう連中は、店どうしのひきぬきなどで、あちこちのコールガールハウスを渡りあるいている。いろいろな女に会っている筈《はず》だった。

「かわいい子じゃない。名前は？」

「ガーナ」

「待ってて」

もちろん女の子に関する情報は、店にとっては重大な秘密だ。ふつうに訪ねていったのでは、決して教えてはもらえない。マザーが俺に協力してくれるのは、俺がマザーの店の〝上客〟であるのと、俺自身がホープレスであるからに他ならない。

俺がホープレスにからんだ仕事をするとき、殺人とか誘拐といった重大犯でない限りは、ホープレスの味方をすることを、マザーは知っているのだった。この信頼関係があるからこそ、俺は、ヨシオのいったとおり、Aクラスの調査員でいられるのだ。

「あたしは知らなかったけど、うちのドライバーでひとり、覚えがある、という子がいたわ。『ニュー・トウキョウマッサージ』にいた子に似てるって」

「そのときの名前は？」

「待って――。エイプリル？　エイプリルだって」

「『ニュー・トウキョウ』のケツモチはどこだっけ」

ケツモチというのは、看板料をおさめている組織だ。コールガールハウスは必ずどこかの組織に、毎月いくらかの看板料を払っている。もとは日本人の組織が二十世紀からやっていた古い習慣だ。日本人組織がぶっこわれた今、外国系《エイリアン》マフィアがそっくりうけついでいる。

マザーが訊《たず》ねている声が聞こえた。

「どこ？　タイガース？　じゃ、長くはいるわけないわね。ケン、聞こえた？」

「ベイルート・タイガースか」

「そう」

俺は息を吐いた。ベイルート・タイガースは、イスラム系の愚連隊《ぐれんたい》だ。やり口が荒っぽいので有名だった。

「直営じゃないのだろ」

マザーは鼻を鳴らした。

「あそこに、そんな商売上手がいるわけないじゃない。ガキばかりよ」

電話の向こうで、マザーに話しかけている声がした。

「あらそう。あのね、ケン、『ニュー・トウキョウ』はいっとき、女の子の質が落ちて、回転が悪かったのだって。そのときに、タイガースがどっかから借りだしてきた十人くらいのテコ入れのひとりだって。人気はあったそうよ」

「わかった。どうもありがとうよ」

俺はいって電話を切った。

ガーナはもともと、ただのコールガールだったのだ。それが何かのきっかけで「グレイゾーン」に入り、今度は「クラブ・プラネット」にひっぱられていた。

珍しい話じゃない。今の芸能人の半分は、B・D・T出身者で占められている。ホープレスの方が、容姿もいいし、ハングリー精神があるから、ああいう世界では成功しやすいのだ。

コールガールやコールボーイだったことを隠さない歌手や俳優もいる。もちろん、ひとりのそういうサクセス・ストーリーの陰に、何百人、何千人という、挫折《ざせつ》の物語もあるが。

次に俺が電話をかけたのは、「シンジケート・タイムス」社だった。

「シンジケート・タイムス」は、B・D・Tで発行されている唯一の、風俗情報を扱わない新聞だ。内容はその名のとおり、今、東京の東側に、五百から千はあるといわれている、暴力団の専門情報だ。

小さいのは、せいぜい七、八人の愚連隊から、でかいのは数百人をこえる広域マフィアにいたるまで、新組織の旗上げ、事務所開設、抗争、人事、服役、出所、そして慶弔と、あらゆる暗黒街情報を載せている。タブロイド版だが毎週発行され、読者はけっこう多い。B・D・Tで商売をやっている連中は、多かれ少なかれ、こうした情報と無縁ではいられないからだ。

編集部につないでもらい、デスクの亀岡《かめおか》を呼びだしてもらった。亀岡は日本人だが、暗黒街情報が大好きで、わざわざ「シンジケート・タイムス」に就職したかわり者だった。

「はい、カメ」

亀岡のぶっきら棒な声が耳に流れこんだ。

「ケンだ」

「おう、聞いたぞ。きのう新宿でひとり殺したんだってな。どこの組の奴《やつ》だ」

「知らんよ、フリーだろ。薬《ヤク》ボケしたガキだから、入っていたとしてもたいしたことのない愚連隊だ」

「独占インタビューやらせろよ」

「そいつはお断わりだ。おたくの社に毎月、大枚の広告料を払ってる」

チッと亀岡は舌打ちした。

「つまらん。あんなハシタ金」

「それより訊《き》きたいことがある。『グレイゾーン』てクラブだがな」

「そういうのは、うちのデータバンクに入れっていってるだろう。電話つないでコンピユータ叩《たた》きゃ、答え一発だ」

「高いんだよ、あんたんとこのデータバンクは」

「経費で落とせるくせに何いってやがる」

「あんたに訊きゃタダだ」

「これだよ。本当にホープレスってのは始末に悪いぜ。日本人の人のよさにつけこみやがって」

「マヌケといえよ。日本人のマヌケとな」

亀岡は唸《うな》った。

「どうせ俺《おれ》はマヌケなピュア・ジャパニーズよ。『グレイゾーン』がどうした」

「どこの仕切りだ」

「クラッシュ・ギルドだ。プエルトリカンと黒人系のホープレスだ。店長のグッドガイ・モーリスてのは、切れ者だ」

「きれいな商売か」

「ケツのケバまで勘定をむしることを別にすりゃ、きれいな商売だ。六本木エリアじゃ、最高級店のひとつだ。西側の客が半分くらい入ってる」

「イスラム系との関係は？」

「イスラム？　どこの組だ」

「ベイルート・タイガース」

「ありゃ、ミニ組織だろう。クラッシュ・ギルドは大どころさ。組員も二百はいる。タイガースはせいぜい二、三十だ」

「仲はいいのか」

「さあな。イスラム系は、別のところがいっときクラッシュ・ギルドともめてたのが、今はおさまってる筈だ。互いに領分がちがうからな。クラッシュは、ナイトクラブ経営と女だ。タイガースは、溶剤と用心棒だろう」

「いや、女の送りこみをやってるって聞いたぜ」

「そんな筈はない。イスラム系は女には手をださない。以前、それでチャイニーズ系と大抗争があったからな。手打ちで、互いに、女と溶剤を分けっこした筈だ」

「チャイニーズが女で、イスラムが溶剤か」

「そうよ」

「タイガースのボスは？」

「アリフ。アリフ・コンドって奴だ。年はあんたと同じくらい」

「どこにいきゃ会える」

「事務所だろうな。さもなきゃ、旧麻布《あざぶ》のモスクだ。手下ひきつれて欠かさず夕方は礼拝にいっている」

俺は時計を見た。五時の礼拝でつかまえられるかもしれない。

「会うつもりなら、奴ら荒っぽいから気をつけろ。たかが二、三十の数で、よそに潰《つぶ》されずやってきてるのには、それだけのわけがある」

「ハリネズミなのだろ」

ハリネズミとは、武闘派のミニ組織をさす言葉だった。

「そういうこと。消し屋とまちがわれたら、蜂の巣だ」

「ご忠告、ありがとよ」

「独占インタビューの件、どうだ？」

「蜂の巣になったら、病院にきてくれ」

「くそったれ」

カメは電話を切った。

俺はデスクの前から立ちあがった。着がえることにする。

ヨシオの格好に影響されたわけじゃないが、合成レザーのジャケットに、これは本物の、革のタイを結んだ。いつものブーツをはき、背骨のよこに、残りが七挺《ちょう》となった三十八口径の一挺をさしこむ。

もうひとつ用心に、左肘《ひじ》の内側に、小型のナイフをテープで止めた。B・D・Tで仕事をするときには、最低でこれくらいの用心が必要だ。

腹ごしらえにでかけたら、その足で旧麻布のモスクにいくつもりだった。

六本木エリアに百年も前からある「ハンバーガー・イン」で、昼夜兼用の食事をすませた俺は、店の前に止めておいたメルセデスに乗りこんだ。

まだ時間が早いせいで、街角で客ひきをする娼婦《しょうふ》もあまりでていない。

六本木エリアには、ナイトクラブとディスコが集中している。ほとんどが組織の仕切りで、中で商売をする娼婦や薬《ヤク》はそこが扱っている。西側じゃなかなか手に入らないし取締りの厳しい、薬《ヤク》も、六本木エリアなら簡単に手に入る。

警察は、月に一度か二度、定期的に刈りこみをかましているが、事前に情報が流れているせいで、パクられるのはたいていモグリの売人だ。

ただ六本木エリアは、東新宿エリア以上に、西側からの利用者が多いため、街の自浄作用がよく働いている。

表通りをふらふらと歩いて金をせびったり、ホールドアップで薬《ヤク》代を稼ぐようなジャンキー《中毒者》は、ほとんどこの街にはいない。いればあっという間に六本木エリアを縄張りにする組員にどこかに連れさられてしまう。噂《うわさ》じゃ、旧芝浦港《しばうらこう》の海底には、重しをつけられたそういうジャンキー共がごろごろ沈んでいるという。

頭に一発ぶちこんだ死体をそのへんに転がしておかないところも、シンジケートの美化活動だった。

もともとは、東新宿も六本木も、今、B・D・Tになっているすべての街は、日本人暴力団「ヤクザ」の縄張りだった。

これがひっくりかえったのは、二〇一〇年頃からだ。最初は日本人「ヤクザ」の下働きや管理をうけていた、外国人のチンピラや娼婦たちが、それぞれの民族系で徒党を組んで組を旗上げした。

このへんの事情は、そっくりそのまま、ヨシオのいった日本政府の外国人差別の状況と同じだ。

日本人の経営者にこき使われることにうんざりした出稼ぎ労働者が、自分たちの会社を作り、「這《は》い上がっ」たのと同じように、日本人の暴力団に甘い汁を吸われていた出稼ぎ娼婦やその用心棒たちが、自分たちの組を作ったのだ。

平和ボケして、警察への対応だけに頭を使い、企業化していた日本人暴力団は、あっという間に、外国系組織にぶっ潰された。

日本という外国で、帰る国ももたず、毎日を生きのびることに命をかけていた連中と、お洒落《しやれ》に走り、高級車を乗りまわし、下っぱにだけ命のやりとりをさせていた、肥え太りヤクザとでは、はなから勝負にならなかったのだ。

日本人「ヤクザ」の強みは、タテ構造組織と組員の忠誠心だったのだが、二十世紀後半につづいた平和のせいで、親分のために命を捨てようなどという子分はほとんどいなくなっていた。

金儲《かねもう》けだけがうまくなった組織《ブタ》は、常に、飢えた組織《オオカミ》にとってくわれる——暗黒街のセオリーだ。

抗争につぐ抗争、敗退につぐ敗退で、もとから日本にあった暴力組織は、そのほとんどが潰れてしまった。

生き残ったのは、完全な企業化に踏みだすことで、女や薬《ヤク》、バクチなどよりも、不動産や金融などの収入の依存率が高かった、ごく少数の大型組織のみだった。

それら大組織は、今や本物の企業と化している。中でも最大なのが、かつて日本最大の暴力団といわれた「豊和組《ほうわ》」だった。現在は「ホーワインダストリイ」という社名になり、旧組員の一部を役員にもつ、人材派遣、土地開発の最大手会社となっている。

一般社員のほとんどは、ダークスーツにネクタイを締め、アタッシェケースを手に仕事をする連中だ。若い大学出の社員の中には、自分のつとめている会社の前身が暴力団であったことを知らない者すらいるかもしれない。

会長の兵頭敏樹《ひょうどうとしき》は、豊和組の元組長で、今は財界人としておさまっているが、よくテレビのインタビューなどに登場しては、ときたま映画やドラマで描かれる「レトロ・ヤクザ」ファンのために解説をしてやっている。

「指詰め」「破門」「鉄砲玉」などの古い言葉にロマンチシズムを感じるという、阿呆《あほう》な連中がいるのだ。

俺は車を、旧麻布のテレビ局跡に建ったモスクの向かい側で止めた。

モスクの外壁にとりつけられたスピーカーからは、コーランの祈りをささげるプレイヤーの声が流れてくる。

もちろんB・D・Tにあるモスクだからといって、礼拝にきているのが、タイガースのような愚連隊ばかりとは限らない。むしろそういう人間より、ホープレスではあっても、まっとうに暮らしている敬虔《けいけん》なイスラム信者の方が多い。

それが証拠に、あたりの道は、古ぼけたバンやトラック、どこからか信者を満載してきたバスなどで埋まっている。

B・D・Tの住人がすべて暗黒街と関係があるわけではないのだ。

俺は礼拝が終わりにさしかかる頃あいを見はからって、メルセデスを降りた。

モスクの入口のまん前に、派手《はで》な色のキャディラック・オールドタイプが二台、止められている。横っ腹には、これ見よがしに虎の絵が描かれていた。

まともな信者たちはきっと、眉《まゆ》をひそめているにちがいない。アリフとその部下たちが乗りつけた車だ。

礼拝が終わった。モスクの中から、ぞろぞろと人がでてくる。

その中に、ひと目で愚連隊とわかる奴《やつ》らがいた。中央に、ひときわでかく、片目にアイパッチをはめている、イスラム系のホープレスがいる。周囲の態度から、その男がアリフだろうと、俺は見当をつけた。

そいつらがオールドキャディに近づくと俺は声をかけた。

「アリフ・コンドさんかい」

その瞬間、チンピラどもの顔色がかわり、ドアや窓から車の中にあわてて手をさしこんだ。モスク内に武器をもちこまないとは、いい心がけだ。

俺は撃たれないように、両手を上に掲げて叫んだ。

「待て! 話をしたいだけだ」

無関係な信者たちの姿がまたたく間に往来から消える。ドンパチが始まりそうなときの逃げ足の早さは、さすがにB・D・Tの住人だ。

「何だ、お前は」

アイパッチの男が低いしわがれ声でいった。俺の見当があたったようだ。

「ケン・ヨヨギ。私立探偵だ」

「私立探偵?」

アリフは軽く顎《あご》をしゃくった。とりまきから二人が離れ、俺に近づいてきた。二人とも、例の鉛管ショットガンをかまえている。腹のあたりを狙《ねら》われ、俺は急に下痢をおこしそうな気分になった。

ひとりが銃をもちかえ、俺の上着を開いた。そう思って拳銃《けんじゅう》は、ダッシュボードの隠しポケットに移してある。

ボディチェックをした奴は、ナイフには気づかず、ボスの方を向いて、首をふった。

「女の子をひとり捜してるんだ」

アリフは油断のない目つきで部下を見やり、俺に目を戻した。

「タイガースは、女は扱わない」

「知っている。だが、おたくがケツモチをしているマッサージハウスにいた子だ」

アリフは再び部下を見た。そして顎で自分の車をさし、

「乗れ」

とだけ俺《おれ》にいった。

俺は腹を決め、キャディの後部席に乗りこんだ。隣りにアリフがすわり、運転席と助手席からは、拳銃をもった手下が俺の胸を狙っている。他の連中は、車の周囲を固めていた。

「丸腰なんだ。そいつをひっこめてくれ」

「そうはいかん」

アリフはにこりともせずいった。岩のようにごつごつとした顔をした、愛想のない野郎だ。

「お前は腹にダイナマイトを巻いているかもしれん、手は膝《ひざ》の上においておけ。ちょっとでも動かしたら、顔を撃つ」

部下がカチリと、リボルバーのハンマーをおこした。

「わかった。だがその前に写真を一枚だしたいんだ。何だったら、あんたがだしてくれていい。シャツのポケットに入っている」

アリフは手をのばし、俺の胸もとからガーナの写真を抜きとった。

「その子だ。『ニュー・トウキョウマッサージ』でエイプリルと名乗っていた。元から

いた子じゃない。テコ入れに、あんたたちタイガースが送りこんだ子だ」

「知らんな。いった筈《はず》だ。われわれは女は扱わない」

「だから、どこかの口入れ屋からひっぱったのだろう。どこの口入れ屋からだったかを教えてほしいのさ」

アリフはまっ白い前歯に写真の角をあてた。

「なぜだ？」

「捜すには、一度、昔を調べてからの方が捜しやすい」

「いなくなったときはどこにいた？」

「『グレイゾーン』で歌っていた」

「ラテンのクラブだな」

「いくことはあるのか」

俺は頷《うなず》いて、訊《き》いた。アリフの返事はにべもなかった。

「酒は飲まん」

「オーケー。どうだ？」

アリフは俺の左目に狙いをつけている助手席の野郎を見やった。

「覚えているか」

「『ニュー・トウキョウ』のケツモチからは手をひきました。確か経営者だった男が自殺したんで」

「自殺？」

俺は男を見た。男はアリフをうかがうように見やり、喋《しゃべ》った。

「経営がマズくなって、チャイニーズ系から金を借りた。返せなくなった」

シンジケートは、担保なし、即日で、一億までならすぐに貸す。ただし、保険をかけ、返せなければ自殺させる。

「それで？」

俺は訊《たず》ねた。

「口入れ屋とはその男がコネをつけた。タイガースは関係ない」

「だが女の質が下がって困っていたのだろう。そんなコネがあるのなら、どうして最初から使わなかった？」

「知らん」

「口入れ屋の名は？」

「知るわけがないだろう」

「死んだ経営者の名前を教えてくれ」

「ツキモト」

「日本人か？」

俺が訊きかえすと、野郎は馬鹿にしたようにいった。

「ピュアのな」

「どこに住んでいた」

「広尾《ひろお》のゴーストマンション」

広尾にはかつて、大金持のための超高級マンションがあった。それがドーナッツ化現象のために金持が逃げだし、スラム化した。ゴーストマンションは渾名《あだな》だ。どこだか俺にはわかった。

「身よりはいるのか」

「婆《ばば》あの女房が今でもいる。日本人だからな、年金でももらってるんだろう」

「ほかには？」

アリフがいった。俺は首をふった。

「いや。これで全部だ」

アリフはあいまいに頷き、俺を見た。

「うちが女を扱っているなんて与太話は二度とするな。もしどこからか耳に入ってきたら、お前が流しているものと見なして、耳を削《そ》ぎ、舌を抜く」

「わかったよ」

俺はいった。だからといって、アリフの話をすべて信じたわけではなかった。

「消えろ」

俺の返事を聞くと、アリフは興味を失くしたように手をふった。

5

B・D・Tの中では、広尾がいちばん過去の面影をとどめない街だろう。高級スーパーマーケットや高層マンションが建ちならび、金持の外国人が多いとされていたところだ。

かつて美しさを誇った街路は、古くなり動かなくなった車の廃棄場と化している。オーナーのかわったスーパーマーケットは、生鮮食料品がなく、安物のレトルトや古い缶詰が山積みされ、万引きのスキを狙《ねら》うガキ共がたむろするだけだ。

マンションの気どった外装ははがれおち、管理会社が手をひいたおかげでエレベータも動かなくなり、生活廃棄物の回収手数料をケチった連中でロビーはゴミの山となっている。野良犬や野良猫、そして巨大化したドブ鼠がそこを巣にしていた。

ゴーストマンションは、そうした建物のひとつだった。スラム化に敏感だった金持どもが船を見すてる鼠のようにでていったあと、街の将来にまださほど不安を抱いていなかった日本人の二次住人が多く移ってきた建物だ。その二次住人も、今はもうほとんどいなくなり、ホープレスを中心とする三次住人に入れかわっている。

たぶんツキモトは、自分の移り住んだマンションに、初めは誇りをもっていたのだろう。だが先住者が見すてた理由に気づいたときには、もう別の場所に移りすむ余裕を失っていたのだ。

コールガールハウスの経営がうまくいっているうちは、それもさしては気にならなかったのかもしれない。うんと稼いで、西側の住人になることも夢ではなかったからだ。が、ツキモトは結局、それを果たせず、女房は今もここにいるというわけだ。ツキモトは、B・D・Tに食われたのだ。

夕暮れの中、マンションの前でわけもなくたむろしていて、俺が車を離れたスキに、エンブレムをもぎとろうとしたガキの耳をひねりあげた。

「教えといてやる。こういう格好いい車には手をだすんじゃない。指を切りおとされるぞ」

ガキは十歳くらいのヒスパニック系ホープレスだった。ぎゃあぎゃあわめくそいつの頰《ほお》をつかみ、俺はいった。

「このマンションにツキモトって人は住んでるか」

ガキはうんうんと頷いた。痛みのせいで涙目になっている。仲間はクモの子を散らすように逃げていった。

「何階だ？」

手を離した。

「四階のいちばん手前の部屋だよ。うるせえ日本人婆あだよ。いつもベランダから水をまきやがるんだ」

「ひとり暮らしか」

「そうさ。勘弁してくれよ、おじさん」

「いけよ」

俺は追いはらい、開きっぱなしのオートオープナーをくぐってマンションの中に入った。切れた電球をとりかえないでいるせいでロビーの中は薄暗く、生ゴミの異臭がただよっている。

案の定、エレベータは動いていなかった。

俺はほうぼうにゴミの積まれた階段を四階までのぼった。

教えられた部屋の前に立つと、インターホンを押す。驚いたことに、インターホンは生きていた。

しばらく待ったが返事がない。もう一度押した。

とたんにスプレーで落書きだらけにされたスティールドアが中から開かれた。

七十くらいの婆さんが、古い野球バットをふりあげて現われ、どなった。

「うるさいね！　このホープレスの悪ガキが！」

俺の顔を見て、その顔が驚きと怯《おび》えにかわり、バットを投げすてた。あわててドアを閉めようとする。

「待ってくれ！」

俺は急いでドアノブをつかんだ。

「何すんだよ！　あたしは何も買わないよ！　寄付もしない。帰っとくれ！」

「そんなんじゃない。話を訊《き》きにきただけだ」

「何いってんだい。そんなこといって、この年よりのところに押しこもうって腹だろう。強盗が」

「ちがう！　亡くなった旦那《だんな》さんのことできたんだ。俺は私立探偵だ」

俺は婆さんとドアを押しあいながら叫んだ。

「亭主の借金はもう払いおわった。とろうったって、もううちにはビタ一文ないよ！」

「金なんかいらないって！」

俺は婆さんをドアごとつきとばし、三和土《たたき》に入った。

這《は》いつくばった婆さんは、恐怖に顔をひきつらせて部屋の奥へと逃げこんだ。

「も、もうすぐ、せがれが帰ってくるよ。せがれはね、柔道五段なんだ！」

散らかった居間のソファの陰にかくれ、どなっている。

「誰がきてもかまやしない。本当に話を訊きにきただけなんだから」

いって俺は、弁護士会が発行している身分証を見せた。

「ほら、ちゃんとした私立探偵だ。セールスマンでもなきゃ、借金とりでも、寄付金集めでもない」

「本当かい？」

婆さんは首だけを古い革ソファの背もたれの向こうからつきだし、いった。

「あんたたちホープレスは信用できない。平気で嘘《うそ》をつくからね」

その言葉にはちょっとむっときた。俺は、髪を結いあげ、鳥ガラのように痩《や》せた婆さんの顔をにらみつけた。

「嘘なんかつかねえ」

「じゃ、そっから用事をおいいよ。一歩でもあがったら、窓から『人殺し』って叫ぶからね」

叫んでも、下にいるガキ共を喜ばせるだけだろう。そう思ったが、口にはせず、俺はいった。

「あんたの旦那がやってたマッサージハウスにいた女の子を捜してる」

「うちのが死んだのは、もう一年も前だよ」

「知ってる。代がわりしたのだろ。代がわりする前にいた子だ」

「それで？」

「写真を見てくれ」

「あたしは店にはでてなかったから知らないよ」

「じゃ、こういうのはどうだ？　あんたの旦那さんはいっとき、女の子の質がさがったので、どっかからあたらしい子たちを補充した。うまくいかなくなるちょっと前だ」

「それがどうしたんだい？」

俺はため息をつき、いった。

「俺が捜してるのは、そのときあたらしく入った子のひとりなんだ。旦那がどこから見つけてきたか知りたい」

「そのへんから拾ってきたんだろ」

「そうはいかないのは、あんたも知ってる筈《はず》だ。立ちんぼうだって、必ず仕切ってる奴《やつ》がいる。勝手にひきぬきゃ、戦争だ」

婆さんは黙った。

俺はいった。

「謝礼がでる」

「謝礼?」

「そうさ。情報を提供してくれたら」

「いくら?」

「一万」

「あの人は、ちゃんと営業日誌をつけてた。几帳面《きちようめん》だったからね」

いったん言葉を切って、

「五万」

といった。

「三万だ」

俺はいった。婆さんはようやくソファの陰から立ちあがった。

「女の子の名前は？」

「エイプリルってのがそのときの源氏名だ」

「金をおだし」

「日誌とひきかえだ」

婆さんは唇をなめた。

「亭主のもち物は全部、向こうの部屋に積んであるんだ。捜すのに時間がかかるよ」

「どれくらい」

「一時間か、二時間」

「じゃ、あとでくる」

「前金でおいていってもらおうじゃないの。年よりがしんどい思いをしようっていうのだから」

「じゃ、一万だけだ。残りはあと」

俺はいい、金をだした。婆さんが突進してきて、俺の指先から札を奪いとった。

俺は腕時計を見た。七時を回ったところだった。

「十時頃、またくる」

「わかったよ」

「俺の名前だが――」

「ホープレスの名前なんか聞いたってしょうがないよ。どうせ、適当に作ってるんだから」

どうやらとことんホープレスが嫌いらしい。B・D・Tに住んでいるから嫌いになったのか、もともと嫌いだったのか。

だが老い先短い婆さんにすごんだところで始まらない。

「勝手にしろ」

俺はいって、

「十時までに捜しとけよ。さもないとその銭もとりかえすからな」

婆さんに指をつきつけ、ドアを閉めた。

再び階段を使って、一階まで降りた。外にでると、ガキ共の姿はなくなっていた。

メルセデスに乗りこもうとして、気づいた。何か尖《とが》ったもの――釘《くぎ》かガラスの破片で車体をひっかかれたようだ。

あのクソガキ。

俺は腕を組んだ。ろくに学校もいっていないようなのに、ごていねいに四文字言葉を残していったのだ。

6

広尾をでた俺が次に向かったのは、ナイトクラブ「グレイゾーン」だった。

早い時間、六本木エリアのナイトクラブは、西側からの客が多い。午前一時を過ぎる頃になってようやく本来の、B・D・Tに巣くっている悪党どもの社交場となるのだ。

「グレイゾーン」は、旧六本木通りに面したビルの地下にあった。

階段の前にはガタイのいい黒人系のドアボーイが立っている。

俺《おれ》がメルセデスを路上駐車するのを見ていたそいつは、降りてきたのが俺ひとりなので意外そうな表情を浮かべた。

年の若い俺を、メルセデスの所有者に雇われた運転手だと思ったようだ。

「いらっしゃいませ。おひとりですか」

歩みよった俺に訊《たず》ねた。

「そうだよ。グッドガイ・モーリスはいるかい」

ドアボーイの顔が仮面のように無表情になった。

「お知りあいで？」

「いや。ちょっと話がしたくてね」

「下にいかれてから、係の者にお申しつけ下さい」

「なるほど」

「お車は、駐車場にお回ししますか。そこならガードマンがおりますが」

俺はメルセデスをふりかえり、ドアボーイに訊ねた。

「手をだす奴がいると思うか？」

ドアボーイは口を開け、口を閉じ、俺の目を見て首をふった。

「だろ。十歳以下のガキならいざ知らずな」

俺の言葉の意味がわからなかったのか、何もいわない。

「だから頼む。十歳以下のガキがよってきたら、追いはらってくれ」

階段を降りた。

階段の下には、銀色をした扉がはめこまれていた。

押し開くと、サンバの強烈なリズムが流れてきた。どうやら客はもう入っているようだ。

どうせドアボーイは、かくしもっているハンディトーキーで俺のことを知らせているにちがいなかった。

俺のま横には、黒塗りのクロークとキャッシャーカウンターがあった。その先は細長い通路で、両側に熱帯のジャングルのような木が生いしげっている。

「いらっしゃいませ」

クロークの中に立っていた若いタキシードドレスを着た女がいった。

「お預かりものはございませんか」

「ないよ」

「では、お席にご案内いたします」

ひとりか、と訊《き》かなかったところをみると、やはり連絡がいっていたようだ。イヤリングに見せかけたイヤフォンを片方の耳にぶらさげていた。

ラテン系の血が流れているとすぐにわかる、浅黒い肌に大きな黒い瞳《ひとみ》をしている。

女が手もとにあったベルをチン、と鳴らした。

するとジャングルの中から豹《ひょう》の毛皮をまとった大男が現われた。小柄な俺より、三十センチはでかい。もともとなのか、塗ったのか、肌の色は漆黒だ。

「こちらへどうぞ」

みごとなバリトンでそいつはいって、通路を先に歩きだした。通路の正面には、もう一枚の扉があった。

それを開いた瞬間、リズムと熱気が顔を打った。

店内は、キャンドルを点《とも》したボックス席と、半円型のダンスフロア、そして一段低くなったステージに分かれている。

ボックスは、半分近くが客で埋まっていた。なりで、西側からきたと、すぐにわかる連中ばかりだ。

フロアでもそのうちの何組かが踊っていた。B・D・Tで遊ぶこつは、早い時間からやってきて、さっと楽しみ、さっさとひきあげることだ。遅くまでいるとロクなことがないのを、よく知っているようだ。

ステージでは、パーカッションやサックスを備えた八人組のラテンバンドが演奏をしていた。

俺は毛皮を着たでかぶつに案内されて、隅のボックスに腰をおろした。

「ご注文はのちほどうかがいに参ります」

いって、でかぶつは立ちさった。俺は店内を見渡した。

知っている顔はない。ということは、いきなりぶっぱなされる心配もない。

トップレスのシガレットガールが何人も首から煙草のケースを吊《つ》るして、店内を回っていた。

もちろん売っているのは、煙草だけじゃない。薬《ヤク》から自分の体まで、売り物じゃない品は何ひとつない筈《はず》だ。

コンガを叩《たた》くリズムが早くなった。あたらしいスポットライトがステージに落ちた。奈落《ならく》がせりあがってきて、歌手と覚《おぼ》しい女が姿を現わした。シースルーのビニールドレスを着けた、抜群のプロポーションの持主だ。

その女が光の中に立ったとき、俺は息を呑《の》んだ。

ガーナだった。

どういうことだ。

イントロが終わり、ポルトガル語の歌声がその唇を割った。俺の背後に人の立つ気配があった。俺はふりかえった。

タキシードを着た、長身の、ホープレスの男前が立っていた。左手に火のついた葉巻をはさんでいる。

「ラテンは好きかね」

白い歯が男の唇からこぼれた。

「ああ。あんたが、グッドガイ・モーリスか」

俺は驚きから立ちなおろうと努力しながらいった。男はキザな身ぶりで頷《うなず》いた。

「そのとおり。君は？」

「ケン・ヨヨギ――」

その先をつづけようとすると、モーリスは葉巻をふって押しとどめた。

「知っている。新青山にオフィスのある、私立探偵だ」

「光栄だね」

「君のことは有名だ。若いが、すばしこい、とな」

俺はモーリスの唇に浮かんだ笑みを見つめた。目は笑っちゃいなかった。

「俺とあんたには、共通の客がいる。その男に頼まれて、俺は動いてる。だが、こいつはどういうことだ？」

俺はステージの方をさしていった。ガーナの歌が始まってから、フロアにはどっと客がでていた。

「どういうこと、とは？」

「いつ帰ってきたんだ、彼女は」

モーリスはステージで歌うガーナを見やり、俺に目を戻した。笑みが大きくなった。

「それはちがう。彼女はガーナじゃない」

「ちがう?」

「ガーナの姉だ。ロニー。ロニー・トゥリー。彼女も歌はうまいが、神は才能を、よりガーナの方に与えた」

「本当か?」

「疑うようなら、ステージのあと、彼女をこの席によこそう」

「ふたりは仲がよかったのか」

「さあ、な。私には、そうは思えないが」

モーリスは首をひねり、いった。

「なぜそう思う?」

「それはロニーに訊くことだ。他に知りたいことはあるかね?」

「ガーナに恋人はいたか」

「ヨシオが恋人だった。少なくとも、ヨシオほどいい客はいなかった」

「他にガーナに夢中になっていた奴《やつ》は?」

「たくさんいたよ。だが、さらってまで、という無謀な人間はいない。この店のことを、お客さんは皆、知っている」

つまりガーナに危害を加えるような客には、報復が及ぶ、ということだ。

「売れっ子だったのだろ」

「もちろんだ。ナンバーワンのシンガーだ」

「ひきぬきにあっていたか？」

わざと「クラブ・プラネット」のことには触れず、俺は訊ねた。

モーリスは手を広げた。

「不思議はない」

「やめるのは――」

モーリスは俺の言葉をさえぎり、いった。

「契約がある。今年いっぱい。彼女はそれを守るだろう。そして来年、もっとギャラを弾む店があれば、いくかもしれない。ビジネスだからな」

「縛ろうとはしない？」

「評判を落としてまでは。いちばん大切なのは、シンガーではなく、ゲストだ」

「悩んでいたとか、そういうようすは？」

モーリスは首をふった。

「まるで。まるでなかった。一週間前、いつもどおり、店がはねたあと、うちのドライバーが送っていった。その日は、客をとらなかった。うちの店は、毎日客をとることを強制していない。ホステスも含め、全ての女の子にそうしている。彼女に、その晩、客からの誘いはあったが、断わり、まっすぐに帰った」

「珍しいことか」

「いや。そうでもない。あの子は好みがうるさかった」

「その晩、ガーナに断わられた客を覚えているか」

「覚えている」

「誰だ？」

「教えられない」

モーリスはきっぱりといった。

「その客がガーナをどこかに閉じこめているかもしれん、とは思わないのか」

モーリスは首をふった。

「そんなことはありえない」

「えらく自信があるようだな」

「ゲストのキャラクターは必ず把握することにしている。もちろん、大切なゲストに限ってだが」

「その人物は上客なのだな」

「と、いうことになるな。ここまでの話のなりゆきでは」

モーリスはいってにやりと笑った。頭の切れる男だ。

「ガーナとひきかえにしてもよいぐらいのか？」

「ガーナだろうと誰だろうと、本当の上客なら、ひきかえにできる人間など、スタッフの側にはいない。たとえ、私でもだ」

「立派な心がけだ」

モーリスは両手を広げてみせた。

「ガーナがこの店で客をとらずに、外で客をとっていた可能性はあるか？」

俺は別の質問をした。

「ない、とはいえない」

モーリスはいい、唇の上に生やしたヒゲに触れた。

「そういう場合、ペナルティは？」

「もし前もって、ガーナに店を通して予約が入っていて、受けつけた上でキャンセルし、実は他の客と寝ていた、ということになれば……。そう、ペナルティが生ずる」

「どんな？」

モーリスは笑った。

「焼きゴテを背中に押しつける、とでも思っているのか？　そんなものはない。ガーナが受けるペナルティは減給だ。一週間、タダ働きになる」

「拒否したら？」

「できない」

モーリスは首をふり、悲しげにいった。

「東側で働く限り、東側のクラブのルールに、彼女は従わなけりゃならん」

「もし西側のクラブに移ろうとしたら？」

「そういう前例はないな。移った、という前例じゃない。東から西にでていき、成功したタレントはいくらでもいる。だが東側のルールを破って西にでていった人間はいない。これからもいない、だろう」

「ルールを破って、でていこうとした人間はいたんだろ」

モーリスは再び手を広げた。

「後悔し、考えなおした。皆、な」

「沈められて？」

モーリスは答えなかった。

「あんたの考えを聞かせてくれ」

俺はいった。

「私の考え？」

「ガーナはどこにいったのだと思う？　ここや、ヨシオから逃げだしたかったのだと思うか？」

「私にはわからない。ガーナには、いきたければどこにでもいける自由があった。『グレイゾーン』との契約さえ果たすのなら。契約は、週に三日歌い、最低、週にふたりは客をとること。それさえしたなら、たとえ彼女が何をしようと、私は許したろう」

「ガーナが以前、何をしていたのかは知っているか」

「もちろんだ。彼女は、ロニーの紹介でここのオーディションを受けにきた。前のところとは特に契約がなかったので、さっそくきてもらった、というわけだ」

「契約はなかった？」

　俺はひっかかった。

「そうとも」

「それは、『ニュー・トウキョウマッサージ』か」

　モーリスは頷《うなず》いた。

　信じられなかった。ガーナが、テコ入れのために連れてこられたほどの上玉なら、店側が、契約の縛りをかけずにおく筈《はず》はない。

「契約がない、というのは本人の口から聞いたのか」

「それもある。が、私自身でも調べた。あの子は確かにフリーだった」

　奇妙な話だ。

「『ニュー・トウキョウ』のケツモチを知っているか」

「ケツモチ？　ああ、あのイラン人たちのことか」

「イランだけじゃない」

「どこでもいい。本物の回教徒は客にはならん。知っていたとも」

「奴らとも話しあいをせず、か」

「必要があるかね」

　契約をしていなかった筈はない。だが、契約をしていたのに、話しあい（要は移籍料の支払いだ）をせず、ひきぬけば、戦争になる。俺《おれ》が聞いているベイルート・タイガースならば、相手がクラッシュ・ギルドでも、店の看板のひとつやふたつは、叩《たた》きこわしてみせる仕事にはでた筈だ。さもなければなめられて、ケツモチの稼業ができなくなる。

モーリスが嘘《うそ》をついているのか。

しかし、この嘘には、つく理由がない。

考えている俺を尻目《しりめ》に、モーリスはステージをふりかえった。それで、今まで俺には向けていなかった側の頬《ほお》に、長いタテの傷跡があることがわかった。

ステージのロニーは、三曲めを歌い終わったところだった。ロニーの声は、ハスキーだが、ねっとりとした色気があった。ステージ向きのシンガーだ、と俺は思った。

「次の曲で今度のステージが終わる。この席につけようか？」

モーリスは訊《たず》ねた。俺は頷いた。

「他に何か、私に訊《き》きたいことは？」

「ガーナだが、もし契約の期限がきたら、延長しようと思っているか」

「もちろんだ。ガーナはたぶん、六本木エリアのクラブでは、最高の歌手だ。ほうっておく手はあるかね？」

モーリスはいい、ピシッと指を鳴らした。通りかかったウェイターがすっとんでくる。

「こちらに飲み物を。それからロニーのステージが終わったら、つけるんだ」

「かしこまりました」

ウェイターはいい、俺のすわるテーブルのかたわらにひざまずいた。

「お客さま、御注文は？」

「ホワイトラムのオンザロック、それから、彼女の好きなものを何か」

俺はステージを指していった。モーリスの笑みが大きくなった。

「まだ今夜、ロニーには、指名が入っていない。が、連れてかえりたいのなら、早めに交渉することだ」

「彼女は高いのか」

モーリスは笑みを浮かべたまま、首をゆらゆらと動かしてみせた。

「ガーナほどではないがな」

数分後、冷えたホワイトラムをちびちびと飲んでいた俺の前に、ステージを降りたロニーが立った。

俺の向かいには、ウェイターが届けた、フローズンマルガリータのグラスがおかれている。

「今晩は」

ロニーはステージと同じ、ハスキーな声で言って、首をかしげてみせた。

近くで見ると、確かによく似てはいるが、ガーナとは別人だった。大きな黒い瞳《ひとみ》は妹と同じだが、鼻は妹よりも筋が通っている。口もとに、成熟と色気を感じさせる、小さな皺《しわ》があった。

「ヨヨギ、ケン。あんたの妹を捜すために雇われた探偵だ。少しばかり話をさせてくれないか」

「探偵？　へえ、若いのね。いくつ？」

「二十五」

ロニーは首をふった。

「本当に若い。私より若いわ」

「いくつ？」

「ひとつ」

いって、ロニーはするりと向かいに腰をおろした。すきのない身のこなしだった。

「ありがと」

いって、グラスを両手で包むようにしてもちあげた。

「乾杯。あなたの雇い主に」

「雇い主に？」

「そう。その人のお金で、わたしは好きなお酒が飲める」

「別に俺が自腹を切ってもいい」

俺はグラスを合わせ、いった。人の目をのぞきこむように話すロニーには、ついひきこまれる魅力があった。

その気になればドレスからすける乳首もじっくりと眺められそうだが、あえて俺はロニーの目を見つめた。

「ここは高いのよ。知ってる?」

ロニーは声をひそめ、いった。

「知っている。だが見てくれより俺は稼いでる」

「あなた雇ったの、ヨシオでしょう」

ロニーは酒をすすった。

「当たりだ。君の妹に夢中のようだ。姉さんを見ていても、理由はわかる」

ロニーの唇に、ふっと皮肉げな笑みが浮かんだ。

「もとはわたしの客よ、彼」

「ヨシオが?」

「そう。西の出版社の人間が初めて彼をここに連れてきたの」

「なるほど」

「男前だし、有名人。優しくしてくれたから、わたしもふた晩、彼とはつきあった。そして何度めかのとき、妹をここで見たの」

俺はロニーを見つめた。

「いちころだったわ。才能のある人間て、やっぱり才能のある人間が好きなのね。妹の歌を聞いて完全に参ったみたい」

「君だってうまい」

ロニーは再び笑った。

「妹の歌を聞けばわかるわ。あの子に歌を教えたのはわたし。ここに連れてきたのも、わたし。でもわたしは絶対、あの子を越えられない」

「何がそんなにちがう？」

「すべてよ。わたしはスローのサンバやボサノバは下手じゃない。でもテンポの早いものには、どうしても合わない。リズムじゃないの、パンチなのよ。あの子にはそれがある。あの子の歌を聞くと、踊りたくなるの。誰でも」

俺は首を振った。

「君がそこまでいうのなら、聞いてみたい」

「あの子は天才よ。歌手になるために、神さまが作ったの。たまたまこの街に生まれてきたけれど、きっと大スターになるわ」

「夢見る連中はおおぜいいる。こっち《東》にもあっち《西》にも」

「わたしはあの子が嫌い」

ロニーは静かにいった。

「勝手気ままで思いやりもない。派手《はで》好きで、いつも上しか見ない。わたしは小さい頃からいくどもあの子に泣かされた。死んだダディは、あの子ばかりかわいがった。甘えるのがうまかったから。でも、あの子が天才だってことにはかわりがない」

「ガーナはいくつだ？」

「十九」

「ずいぶん年が離れているな」

「母親がちがうの。わたしを生んだ母親は、ダディの友だちに撃ちころされた」

俺はロニーを見た。ロニーは肩をそびやかすようにいった。

「その友だちは結局、警察《ピー》に殺されたわ。もしピーが殺さなけりゃ、わたしが殺した。そのつもりでナイフをもっていたわ」

「いくつのとき？」

「六歳。マミィが死んですぐ、ダディはガーナの母親とくっついたわ」

「なるほど。ガーナのアパートはどこだい」

「ベイエリアのモノレール跡」

二〇一五年の直下型大地震で、旧羽田《はねだ》空港と都心を結んでいたモノレールは廃線になった。その高架跡には、細長いアパートが建ちならんでいる。B・D・Tでも、さほどひどい地区ではない。

「ひとりで暮らしていたのか」

「ええ」

「鍵《かぎ》は？」

「わたしはもってる」

俺はロニーの次の言葉を待った。

「今夜、わたしを指名してくれない？　そうしたら案内するわ」

「いいとも」

俺は頷《うなず》いた。

「どっちの金で払う？　俺のか、クライアントのか」

「ヨシオのお金にして」

ロニーは笑みを浮かべ、いった。

「彼のお金で、楽しみましょ」

ロニーもヨシオに惚《ほ》れていた――俺はそのとき感じた。

「わかった。店が終わるのは？」

「わたしは、十二時の最後のステージであがるわ。十二時四十分に、ここの前にきて」

「車で待ってる」

「車の種類は？」

「メルセデスの黒」

ロニーは声をださず、口を開いた。きれいなOの字を作る。

「じゃ、この次は、あなたのお金で指名してもらう」

「今夜しだいだ」

Oの中で、蛇のようにちろちろと舌が動いた。

「がっかりはさせないわ」

ロニーは細めた目で俺をすくいあげるように見つめ、いった。

7

「グレイゾーン」をでた俺は、年中無休の、インド系ホープレスがやっている食堂で腹ごしらえをした。ここの「タイガー・カレー・ラーメン」は、やたらに辛いが抜群にうまく、体がしゃきっとする。

今、東京のラーメンは、中国系とインド系が覇権を争っている。雑誌でもしょっちゅう、両方の、うまいラーメン屋の特集が組まれている。

インドラーメンは、この十年くらいのあいだに生まれ、あっという間に広がった食いものだ。味噌《みそ》ラーメンのいわば、カレー版という奴《やつ》で、カレー系の香辛料で味つけしたラーメンが、まずB・D・Tの東南アジア系ホープレスに支持され、それから日本人にも広まった。日本人は、こと食い物に関しては、外国人の扱いの下手さからは想像もつかないくらい革新的だ。人種に対する保守性はどこかにいっちまって、うまいものなら何でも食う意地きたなさがある。

ラーメン屋をでた俺は、メルセデスを転がして広尾に向かった。ツキモトの婆さんが、そろそろ死んだ亭主の日誌を捜しだす頃だ。

グッドガイ・モーリスの話から総合しても、ガーナの過去が、その失踪《しっそう》にはからんでいるような気が、俺にはしていた。

だいたい、東側で育ったホープレスは、大人になるまでのあいだに、いろいろなできごとや、やくざな連中とかかわっている。ヨシオのようなお坊っちゃんには、とても話せないような経験をガーナもしてきたにちがいなかった。だから、姿を突然消したのには、九十パーセント以上の確率で、ガーナの過去が関係しているにちがいない。

ゴーストマンションの、昼間止めたのと同じ場所に、俺はメルセデスをおいた。例のガキどもの姿はない。まあ、いいだろう。説教で人生の厳しさがわかるくらいなら、世の中は賢い奴しかいなくなってしまう。

そのうち仲間の誰かが思いきり痛い目にあって、人生の何たるかを知ることになるのだ。もっとも、痛い目にあった当の本人の人生は、下手すりゃそこで終わりだが。

こもちあるいているポケットライトで鼠を追いちらしながらロビーを抜け、階段をのぼった。

ドアの前に立ち、インターホンを押した。

返事はなかった。

「婆さん、俺だ！」

ドアをノックし、声をかけた。それでも返事はない。

ノブを握ってひいた。鍵はかかっていなかった。ドアが細めに開き、中の、暖かな空気が流れだした。

嗅《か》ぎなれた血の匂《にお》いが、その空気には混じっていた。鉄錆《てつさび》を思わせる、濃い匂いだった。インドラーメン以上に、俺はその匂いで、しゃんとした。

息を詰め、右手を背中に回して拳銃《けんじゅう》をひきぬいた。

中に、この血を流させた奴がいないことを祈った。理由はふたつだ。ひとつは、俺自身が血を流したくないこと。もうひとつは、それを避けるために、この拳銃でそいつの頭をぶち抜きたくないからだ。

二日つづけて、拾い物の拳銃で殺《ばら》したとあっては、いくら予定調和のための与太《よた》とわかっていても、お巡りも俺を放ってはおけなくなる。

このままドアを閉めて回れ右し、出なおすことも考えた。だが声をかけてしまった以上、逃げるのも危い。犯人が中から、俺の車を見ていれば、ひょっとしたらこの先、つけねらわれる可能性もあるかもしれない。

それを被害妄想だと片づける奴は、B・D・Tで探偵稼業ができない。

だから俺は、リボルバーの撃鉄をおこすと、ドアをもう一方の手で内側に力いっぱいひいた。

ドアがバン、と開いた。

正面に明りのついた居間があった。さっき婆さんが逃げこんだ部屋だ。

俺は右手にもった拳銃をまっすぐ前にのばし、左右にあるかもしれない部屋や、人がかくれられそうなすきまに注意しながら、屋内にあがりこんだ。

誰にも邪魔されず、居間に入った。

その部屋には、革ばりのソファと長椅子《ながいす》、それに旧式のビデオ内蔵テレビがおかれていた。

婆さんがかくれたソファの向かいに長椅子がある。入口からは死角になる場所だ。

そこに婆さんが横たわっていた。首が落ちそうなほどの深さで喉《のど》を一文字にかききられている。床の、すりきれたカーペットが一メートル四方くらい、血を吸って色をかえていた。

俺は他の部屋を調べることにした。

婆さんが住んでいたのは旧型の２ＬＤＫで、居間の他にふたつの部屋があり、ひとつには仏壇と本棚が、もうひとつにはベッドがおかれていた。人はいなかった。

仏壇のある部屋には、本以外にも、ありとあらゆる荷物がおかれていた。だが、婆さんがいった「捜すのに時間がかかる」状況じゃない。

どれもきちんと整理され、ダンボール箱に詰まっていた。おそらく、死んだ亭主の荷物はすべて、この部屋におかれていたのだろう。

積んであるダンボール箱のひとつだけが、封を破られ、仏壇のかたわらの床に放りだされていた。

俺は拳銃をしまって、そのダンボール箱を調べることにした。用心のためにもちあるいている手袋をはめる。

中味は日誌だった。文房具屋で売っている、売り上げ帳と一体になったものだ。一年ごとに買いかえる日記帳で、表紙に年号が打たれている。

ざっと中味をひっぱりだした。古いものから奥にしまいこんであった。ダンボール箱のいちばん上にのっているのには、三年前の年号が打たれていた。

婆さんは、一年前に亭主が死んだといった。とすると、去年とおと年の分が入っていない。

居間に戻った。まだ乾ききっていない血に触れないよう注意しながら、婆さんの死体を動かした。

死体の下にも日誌はなかった。もちろん、居間の他の部分も捜したが、日誌はない。婆さんを殺した奴がもっていったと考えるのが順当なようだ。

厄介なことになった。

俺《おれ》には婆さんが殺された理由の見当がついた。

婆さんは、すぐに見つかる日誌を、「捜すのに時間がかかる」から、二時間後、とりにこいといった。

金になる、と踏んで、他から金がとれないか、日誌を調べたにちがいない。そしてそこに、金になる人物の名なり、手がかりがでていた。

そこで、俺よりもそいつに高く売ることにした。結果がこれだ。

俺にはあれほど怯《おび》えた婆さんが、こうしてすんなり殺されちまったのは不思議だが、目の前に銭を積まれ、つい用心を忘れたということか。

問題なのは、婆さんを殺った奴は、たぶん俺のことを婆さんから訊《き》きだしているにちがいない、という点だ。

とにかく長居は無用だ。

俺はドアノブについた俺の指紋をふきけし、六本木に戻ることにした。

約束どおりの時刻に、ロニーは「グレイゾーン」の入口の階段をのぼって外に現われた。

黒い、足首までも丈のある布のコートを羽織っている。

俺はメルセデスのヘッドライトをつけ、軽くフォンを鳴らした。小走りにロニーが駆けよってきた。

助手席のドアを開け、するりと乗りこむ。ふんわりと香水の匂いが漂った。鼻の奥にしみついてしまいそうだった血の匂いをかきけしてくれる。

ロニーのヘアスタイルは、十本ぐらいずつを撚《よ》って固めたものだった。その髪からもいい香りがした。

「時間どおりだな」

俺は吸いかけの煙草を灰皿に押しこみながらいった。

「本当にすごい車に乗っているのね。どこかの組に入っているの？」

ロニーは車内を見渡していった。

「いや、どこの組にも入っていない」

「探偵だけでこんな車が買えるの」

「誘拐の身代金を運んだりとか、金になる仕事もある」

俺がいうと、とたんにロニーの表情がこわばった。

「そういうきたない仕事なわけね。それじゃお金になる筈《はず》だわ」

不意にドアを開いて降りようとする。俺はあわてていった。

「待ってくれ、どうしたんだ」

「わたしだってホープレスよ。誘拐犯の連中がどんな手を使うかぐらい知ってるわ。身代金運びっていうのは、たいてい犯人とぐるなんでしょ」

いいすて、片脚を道路に踏みだした。

「そいつはちがう！」

俺は思わず大声をだした。ロニーがびっくりしたようにふりかえった。

「俺は身代金の十パーセントを手数料としてとっている。ただしそれは、被害者が生きて戻った場合に限ってだ。それから、俺は誘拐をやるような奴らとつるんだことは一度もない」

「口では何とでもいえるわね」

ロニーは信じていないように、冷ややかにいった。俺はため息をついた。

「ロニー、新聞を読んでいるか」

「ええ、字は習ったわ。学校にはいけなかったけど」

それがどうしたというように、ロニーは俺を見つめた。

「きのう、西新宿駅の地下であった撃ちあいの記事を読んだか」

「ホープレスの誘拐犯が撃ちころされたって話?」

「そうだ」

「それがどうしたの」

「あの事件の身代金を運んだのが俺だ」

ロニーは目をみひらいた。

「新聞には、身代金を運んだ私立探偵が正当防衛で犯人を撃ったとあったわ」

「そのとおりさ。俺が撃った。新聞には名前はのらない。わかっているだろう。仲間からの報復があっちゃまずいので、警察は名前を発表しないんだ」

「本当なの」

ロニーは息が詰まったように訊《たず》ねた。

「本当だ。俺が撃ったのは、薬《ヤク》ボケした変態だった」

ロニーは無言でしばらく俺を見つめていたが、車のドアを閉めほっと息を吐きだした。

「ごめんなさい」

「いいんだ。そういう噂《うわさ》があることも知っている」

俺はいった。噂だけじゃなかった。本当に誘拐犯とぐるになっている奴や、ひどいのになると被害者が死ぬのもおかまいなしで身代金を猫ばばした私立探偵もいることを、俺は聞いていた。

「俺はいい車に乗っているし、稼ぐ仕事もする。だが、それなりにマトモにやってるんだ」

ロニーは首をふった。

「わたしが悪かったわ」

俺は肩をすくめた。

「水に流そうじゃないか。確かに俺も善人の顔はしていないと思う」

ロニーは笑っていいのかどうかわからない、という表情を浮かべた。俺は笑って見せた。

「だろ」

ロニーはそれでようやく微笑《ほほえ》んだ。

「そんなことない。あなたは、その、ハンサムではないかもしれないけど、とてもすばしこそうな顔をしているわ。頭がよさそうな」

俺は唸《うな》った。

「正直だな」

ロニーの笑みが大きくなった。

「どうする？　正直な女とはつきあわない？」

「いや。何か一杯、飲みにいこう」

俺は車をスタートさせた。

8

俺がロニーを連れていったのは、六本木エリアと西側の境いに近い（つまりは俺の住居にも近い）バーだった。

ほぼ百年前からそこに建っていて、直下型地震による崩壊からもまぬがれた、古いビルの地下一階にある。

オーナーは何代めかは知らないが、とにかく百年前から使われているカウンターで酒を飲むことができる店なのだ。

そのあたりには、どういうわけか、昔からデザイナーやイラストレイターといった、絵描きのような商売をしている連中が多く、その酒場にもそういう客たちが描いた絵が何枚も飾られている。古い車のポスターや、良き時代の六本木の風景画などだ。

カウンターの中には、キムというでぶのバーテンがいて、俺がその店にいきだした十七の頃から働いている。

キムは生粋の六本木育ちだが、ホープレスではない。コリアンだった。

「よう、ケン」

カウンターには、先客がふたりほどいたが、もうグラスの中味以外とはとても話ができないほど、へべれけだった。

キムはそいつらを無視して、俺に頷《うなず》いてみせた。

俺は物珍しげに店内を見まわしているロニーを、カウンターの端にすわらせ、その隣りに腰をおろした。

「フローズンマルガリータかい」

「いいえ。スコッチのオンザロックをダブルでいただくわ」

俺の問いにロニーは首をふった。キムが頷き、シングルモルトのボトルに手をのばした。

「煙草、もってる？」

ロニーがいったので、俺はパッケージをさしだした。キムが巨体には似あわない、すべるような足どりで近づき、火をつける。

「ありがとう。素敵《すてき》なお店ね」

「あんたの歌の伴奏をしてやれるようなピアノがなくて残念だ」

キムは答えた。それを聞いて、俺は眉《まゆ》を吊《つ》りあげた。

「彼女を知ってるのか」

「何年六本木にいると思ってるんだ。お前さんが生まれる前からだぞ」

キムは静かにいった。

「くそ。これからは、まっ先にあんたのところに訊《き》きこみにこよう」

「お断わりだ。俺は酒は売っても、お喋《しゃべ》りは売らん」

キムはいった。

キムが俺のためのラムをだしてくれたところで、俺たちは乾杯した。

「許してくれる？」

ロニーがいい、

「もう忘れた」

俺は答えた。

「理由があるの」

「話したくなけりゃ、話さなくていい」

「話したい」

「じゃ聞こう」

「わたしの幼な馴染《なじ》みでハルヒという子がいたの。ホープレスなのだけど、日本人に見えた。お父さんの血が濃かったのね。母親は、六本木エリアのホステスだった。

十一のときに、こっち《西》側の自閉症の女の子の家でアルバイトをするようになった。日本人の子よ。その子は学校にいくのを嫌がっていたから、話し相手になってやって、いっしょに家庭教師の授業をうけるの。わたしに初めて字を教えてくれたのは、ハルヒだったわ。教わったことを、そのまま、今度はわたしに教えてくれた」

ロニーはため息をつき、ウイスキーをすった。

「ある日、ハルヒとその子、家庭教師の三人がディズニーランドにでかけた。帰ってきたところを待ちぶせていたホープレスのギャングが襲った。家庭教師は銃をつきつけられ、どちらの子が、日本人の金持の娘かを訊かれた。家庭教師はハルヒをさしたの」

ロニーは目を閉じた。

「誘拐犯はハルヒを連れていき、身代金を要求した。でも日本人の父親は支払いを断わった。何日かして、レイプされ殺されたハルヒの死体が見つかった……」

俺は無言だった。

「ハルヒは殺されることはなかったのよ。お金にならないとわかれば、解放するのが誘拐犯のやり方だ、ピーの連中もそういったわ。でも、そいつらはハルヒの体で腹いせをした……」

「むごい奴《やつ》らだ」

「同じホープレスでも、わたしは誘拐をやる連中が憎い。今でも、犯人はつかまっていないけど、もし見つけたら――」

「忘れられないかもしれないが、忘れるようにした方がいい」

俺はいった。ロニーは俺を見た。

「リアリストなのね」

「この仕事をしていると特にそうなる」

「わたしもそうなれたらいい、といつも思うわ」

「矛盾してるようだが、もし君がそうなったら、君の歌の魅力が薄れちまうような気がする」

「そんなことはないわ。ガーナはすごくリアリストだけど、歌には魅力があったもの」

ロニーがガーナの話をしたので、俺は話題をかえることにした。

「ガーナがひきぬきにあっていたことは知っているか」

「ええ。どこからかは知らないけど。すごくいい話がきてるっていってたから、きっと
西側からだろうって思ったわ」

「『クラブ・プラネット』だ」

ロニーははっと目をあげた。カウンターの奥を見つめた。

「そう……。『プラネット』なの。じゃ、喜ぶわね」

「最後に彼女と話したのはいつだい」

「十日前かしら。わたしと彼女のステージが、毎週火曜日にぶつかるの。わたしが前座。

そのときに話したわ」

「特にかわったようすは？　悩んでいるとか」

ロニーは首をふった。

「別に。何もなかった」

「そのいい話のことを聞いたのはそのときかい？」

「その前かもしれない。あの子はスターになるのを夢見てたけれど、そのための階段をのぼることを忘れてはいなかったから。大物が店にきているとわかると、いつもいい歌をうたったわ」

「だからリアリストか」

「そう」

「『グレイゾーン』に入る前、ガーナは何をしていたんだ？」

「調べたのでしょう。マッサージよ。たぶん半年か一年くらいだと思うけれど」

「そこに入ったきっかけは？」

ロニーは首をふった。

「わたしはもう、四年以上、あの子と暮らしていなかったから」

「ガーナはひとり暮らしを？」

「十二のときからね。彼女の母親が死んだ年」

「男とは？」

「二、三ヵ月、遊びでつきあったり、暮らしたりした子はいたと思う。でも特定のはいなかった。西側でスターになろうって、本当に小さなときから決めていたみたいだから」

「マッサージはその頃の男の紹介かな」

「どうかしら。きっと歌のレッスンをつづけていくためのお金が必要だったのだと思う」

「レッスン。どこで受けていたんだ？」

「西側にあるタレントスクール。半分以上はホープレスが生徒だけど、ものすごく高い月謝をとるの」

「何というところだ」

「『セタガヤ・タレント・アカデミー』。校長は田氏丸譲《たじまるじょう》よ」

田氏丸譲は、ホープレス出身のエンターテイナーだった。歌手で、コントもこなし、芝居もする。ホープレス・スターの草分けのひとりだ。派手《はで》な交友関係で知られている。

「這《は》い上がり」だった。

「マッサージで働きだすまで、月謝は誰がだしていた？」

「わたし」

ロニーはいった。

「でも別に、将来、あの子から返してもらおうとは思っていなかった。いったでしょ。わたしはあの子が嫌いだって。でもやっぱり、わたしとあの子は、この世の中でお互いにただひとりの家族なの。あなたに家族は？」

「いない」

俺は即座に首をふった。

「俺は典型的なホープレスだ。物心ついたときには、両親はいなかった。死んだか、どこかにいっちまったか。俺はB・D・Tのホープレス共同体で育てられた」

ホープレス共同体は、政府の福祉行政をあてにせず、住人が自分たちで作った組織だった。孤児院であり、学校であり、訓練場だ。

「なぜ探偵になったの？」

「面白いと思ったし、向いているとも思ったからだ。弁護士事務所の使い走りで市民権をとったあと、そこでいろいろなものを見た。

その頃、西側の調査員は、東側じゃ何の役にも立たなかった。西からきた人間には、東の連中は何も喋らない。ピーと同じような目で見られていた。だから、ホープレスの俺なら、同じ調査をやるのでも、もっとうまくやれると思ったのさ」

「それまでこっち側に探偵はいなかった？」

「いたさ。だが君が最初思ったような、やくざな連中ばかりだった」

「じゃ、信用があるのね、あなたは」

「ある。東にも西にも。どちらの連中からも信用されるってのは、楽なことじゃない」

「わかるわ」

結局のところ、俺《おれ》が扱うのは、いつもB・D・Tがからんだ調査ばかりだ。きれいで金になる、西側の、企業信用調査などの仕事は、決して俺のところにはこない。

「ガーナはどうしていなくなったと思う?」

俺は訊《たず》ねた。

「わからない。ただ、わたしが思うのは、こんな形で皆が行方を捜すようないなくなり方をするのは、決してガーナの望んでいたことじゃないって」

「つまり、この失踪《しっそう》は、ガーナの意志じゃない」

「ええ」

ロニーは頷《うなず》いた。

「ガーナは大きなチャンスに巡りあっていた。そのチャンスはB・D・Tのシンガーなら、誰もが夢見るようなチャンスよ。それを駄目にするかもしれないことを、ガーナがやる筈《はず》ない。あの子はそれこそ、こういうチャンスのために生きてきたのですもの」

「誰かがガーナにヤキモチをやいてどこかにさらったとか」

ロニーは微笑《ほほえ》んだ。

「もしそんなことをする可能性がある人間がいるとすれば、わたしくらいよ」

「君がやったとは思えない」

「あなたのいうリアリストなら、妹がスターになることは、わたしにとっても決してマイナスじゃないわね。たとえわたしはこの街をでてゆけないにしても、妹の稼ぎで、それなりにいい思いができるもの」

「そうだな」

俺はいって煙草に火をつけた。

「妹のアパート、いってみる？　見たいんでしょ」

ロニーが訊ね、俺は頷いた。

「ああ。そうしよう」


ベイエリアに向かう車の中で、俺はロニーに訊ねた。

「ベイルート・タイガースの誰かとガーナはつきあっていたことはあるかい」

「イスラム系？」

「そう」

ロニーは少し考えていた。

「いいえ。あの子は、ショウビズの得になりそうもない男の子には目もくれなかった。白人系やアフロ系ばかりよ。つきあったのは」

「組員だった奴《やつ》とのつきあいは？」

「あったかもしれないけど、特にどことか誰とかは、知らない」

ベイエリアは、夜になると東西両方の若い連中が、車を転がしてやってくる場所だ。きたならしい東京の街も、半分以上埋めたてられ、細々と運河が流れる東京湾も、闇《やみ》の中じゃ、光とそれを映しこむ鏡のような存在で、妙にロマンチックに見えるらしい。

実際は、ほんの足もとの水の中に、いったい何人の、頭に一発くらったエイリアンマフィアの死体が沈んでいるかわかりはしないのだが。

「ここよ」

ロニーが俺にいって車を止めさせたのは、細長い、モノレール高架跡に建つアパートだった。

窓は皆、旧高速道と運河の方を向いている。

ロニーは肩から吊《つ》るしたバッグから鍵《かぎ》をとりだした。

「いくら妹でも、知らない他人のあなたに部屋を見せるのはちょっとつらいわ。少しのあいだ、外で待っていてくれる。下着とか、見られたくないようなものがでていたら片づけてくるから」

「いいとも、合図してくれ」

俺はいって、ロニーとともに車を降りた。

アパートの前は、運河沿いに並んだ水銀灯が明るく照らしだしている。広尾ほどは、荒れはてていない。

「部屋は三階の向かって左端。窓を開けて呼ぶわ」

いって、ロニーはアパートの入口をくぐり、中に入っていった。入口にも、明りはちゃんと点《つ》いている。

このあたりは、東側でもまっとうに働いている連中が住んでいる。アパートも、西側の不動産会社が管理しているのだ。

ホープレスは、よほどの成功者にならない限り、西側には住めない。政府の土地売買禁止政策で、ほとんどの西側の土地は、個人ではなく、企業のもちものとなり、一軒家だろうとアパートだろうと、賃貸しのところばかりだ。結果、家主で管理者の日本人企業は、西側の家やアパートに、ホープレスを住まわせない、というわけだ。万一、住まわせると、同じ地区やアパートの住人である日本人から嫌がられ、家賃が下がるからだ。むろん差別だ。だが、外国人に対する差別をなくそうとした政府は、外国人と日本人の混血児に対する差別についちゃ、まだ頭が回っていない。

西側に住んでいるホープレスは、本当に一部の「這い上がり」だけだった。

俺はメルセデスによりかかり、煙草に火をつけた。

とたんに、ガシャン！　という、ガラスの砕ける音がして、ロニーと覚《おぼ》しい女の悲鳴が頭上から降ってきた。

しまった。

俺は唇を嚙《か》んだ。

ツキモトの婆さんを始末した奴が、ガーナのアパートにも先回りしていない筈はなかったのだ。

「ロニー！」

俺は叫んで拳銃《けんじゅう》をひきぬき、走りだした。

アパートの入口を駆けぬけ、らせん状の階段にとりついた。

三階まで一気にのぼる。

廊下の踊り場に立つと、手前の部屋の扉が開き、黒人系の眼鏡をかけた親爺《おやじ》が顔をのぞかせた。俺の拳銃を見て目を丸くする。

「部屋にひっこんでいろ！」

俺はどなって、廊下を奥に向かって突進した。

いちばん端の部屋のドアが半分ほど開いている。そこから男がとびだしてきた。スーツを着ていて、顔にハンカチで覆面した野郎だった。

「野郎、動くな！」

俺は叫んで、拳銃の狙《ねら》いをつけた。スーツに覆面姿の男はたたらを踏んで立ちどまった。

「手をあげろ」

俺はいった。男はいわれたとおりにした。

覆面は、目のすぐ下までをおおっていた。東洋系だというのは、その浅黒い肌色でわかった。スーツは濃紺で、ビジネススーツのような地味な色だ。

俺は歩みよった。覆面をはぎとってやろうと右手をのばした。

不意に両膝《りょうひざ》の裏側を強か《したた》に払われ、俺はあおむけにひっくりかえった。廊下に背中を叩《たた》きつけ、息が詰まる。

涙でぼやけた視界に、長い棒きれを両手でもった野郎がおおいかぶさった。そいつも覆面をして、スーツにネクタイといういでたちだ。野郎は棒をもって、廊下で見張りに立っていたのだ。俺はそれに気づかなかった。

野郎は咳《せき》こむ俺を腰をかがめてのぞきこんだ。さっと棒をふりかぶる。

頭にふりおろされた棒を、俺は危うく転がってよけた。棒は俺の右耳をかすめ、肩にあたった。

俺は呻《うめ》いた。そこらでひっぱがしてきた棒じゃない。樫《かし》か何か、ひどくかたい棒だった。

次の瞬間、靴の爪先《つまさき》が俺のこめかみに叩きこまれた。最初にとびだしてきた方の野郎だ。

目の前がぱっと白くなり、俺は気を失いそうになった。が、胃袋に棒の先を叩きこまれ、えびのように体を折りまげる羽目になった。

野郎は、二メートルくらいある棒のまん中あたりを両手で握っていた。うずくまった俺の前で、野郎の体がくるりと回転した。

遠心力のついた棒の先が、今度は俺の額をとらえた。

俺はがくんとのけぞって、廊下に後頭部を打ちつけ、今度こそ本当に、気を失った。

額に冷たい水を感じ、目を開いた。まぶしかった。フロアスタンドがすぐかたわらで点《とも》され、その光が痛い。

「気がついた？」

タオルを手にしたロニーが俺をのぞきこんでいった。

そこはめちゃくちゃに荒された部屋の中央だった。女ものの衣服や切りさかれたクッションの詰め物が床を埋めている。俺はひっくりかえったソファに背中をもたせかけていた。

「や、奴らは？」

口を動かすと、たまっていた血がどっとこぼれた。最後の一撃で、俺の口の中は傷だらけだった。

「いっちゃったわ。ひどい血」

ロニーが、はっと身をひいていった。

「歯が折れたんだ」

下顎《したあご》は完全に痺《しび》れていたが、骨折はしていなかった。このていどで骨を折るようでは、ホープレスは成人式を迎えられない。

俺はツバといっしょに残っている血を、ロニーからうけとったタオルの中に吐きだした。

「くそ。なんで殺さなかったのかな」

首の骨もつながっている。ただ二、三日は背骨が今夜のことを思いださせるだろう。

「死んだと思ったんじゃ――」

「あれはプロだ。そんなミスはしない。それに君をおいていってる」

俺はロニーを見た。目を開けているのがひどくつらかった。

「部屋に入ったら、あの男がかくれていて。声をだすなっていわれたのだけど、悲鳴をあげたの。そしたらつきとばされたわ」

「撃ちも刺しもせずか」

「ええ」

俺はいい香りのするロニーの胸もとから部屋に目を移した。

奴らは徹底的に家探しをしたようだ。ありとあらゆるものがぶちまけられている。

床の上に、安物の黒いアタッシェケースがあった。蓋《ふた》は閉まっている。

「俺はどれくらい気を失ってた？」

「さあ……。四、五分だと思うわ」

俺はもう一度、アタッシェケースを見た。嫌な予感がした。

「あれはガーナのか？」

「何が？」

ロニーは背後をふりかえった。

「あれさ。あのプラスチックのアタッシェケースだ」

「知らないわ。見たことない」

「この部屋をでよう！」

俺はどなって、立ちあがった。

「どうしたの？」

「いいからでるんだ！　急げ！」

ふらつきながらもロニーの手をひっぱった。

「待って――」

「早く！」

ふたりでガーナの部屋から転げでた。

「ケン⁉　ケン⁉」

叫ぶロニーにかまわず手をつかみ、廊下をひきずった。

不意に建物が揺れた。ズシン、という腹にひびく音がして、ガーナの部屋の扉がふっとんだ。中からすさまじい勢いで、赤黒い炎が噴きだし、俺とロニーは廊下に転がった。

ロニーが悲鳴をあげた。

天井の漆喰《しっくい》がはがれ、雪のように俺たちにふりかかった。火災報知器がけたたましい勢いで鳴り、スプリンクラーが作動する。

他の部屋のドアが次々と開き、パジャマ姿で寝呆《ねぼ》け眼《まなこ》の住人たちが口々に悲鳴をあげながらとびだしてきた。

もうもうと煙がガーナの部屋から吐きだされた。時限ナパームだ。部屋にあるものをいっさいがっさい焼きはらうつもりだったにちがいない。もちろん、その中に、俺とロニーも入っていた。

俺はロニーを助けおこし、身震いした。

相手はとんでもない奴《やつ》らだ。

9

警察と消防の取調べから解放されたときには、もう夜が明けかけていた。

幸いに死人がでていない。おかげで、警察の奴らも通りいっぺんの調査をしただけだった。B・D・Tエリアの古いアパートが火事になったところで、たいして騒ぐにはあたらないというわけだ。

もちろん俺は、忍びこんでいた奴らのことや、アタッシェケースにかくした爆弾がおかれていたことを喋《しゃべ》らなかった。――おおかた、古くなったガス管からでも洩《も》れたガスが溜《た》まってて、それが何かの拍子にドカンといったんだろう。

俺を調べた刑事はそんなセリフを吐いた。どうやらきちんとした現場検証をやる気はないらしい。

へとへとに疲れきって、俺とロニーはメルセデスに乗りこんだ。

「送るよ。今夜はお楽しみが多過ぎた」

俺の怪我《けが》も、爆発の巻き添えをくらったことになっていて、消防士とともにやってきた救急隊員が応急手当てを施していた。

俺はエンジンをかけ、ロニーを見やった。ロニーはまっすぐフロントガラスの向こうを見つめている。

運河の向こうの空が群青色に染まっていた。カラスの大群がやかましく鳴きながらとびかっている。

ロニーは重いため息をついた。

「ケン、わたし恐いわ」

俺は黙って車をだした。とにかく現場からは早く立ち去りたい。

「さっきまでわたし、ガーナの行方がわからなくなったことを、あまり真剣に考えていなかった。でも、いくらここがB・D・Tだって、ふつうじゃないわ、こんなこと」

「そのとおりだ」

俺は煙草に火をつけ、いった。顎の痛みは今では、頭全体をずきずきさせている。

「もちろんあいつらは、ただの空き巣じゃない。空き巣にしちゃ身なりがよすぎたし、仕事のあとをナパームで消すなんて手間を、空き巣はかけない」

「じゃあ何なの？」

ロニーは小刻みに震えていた。

「消し屋だろう。それもそこらにいるようなストリートギャングなんかじゃない。プロだ。目の玉のとびでるような金をふんだくる奴らさ」

「どこからきたの？」

俺は首をふりかけ、激痛に後悔した。

「わからない。誰が何のために雇っているのかすら、わからないんだ」

「──家に帰りたくないわ」

ロニーが低い声でいった。

「あいつらがひょっとしたら、きてるかもしれない」

「確かに君はガーナのたったひとりの身内だ。君自身は気づいていなくとも、奴らを雇った人間が嫌がる何かを知っているかもしれないな」

俺は煙草を吸いながらいった。

「誰なの？　ガーナがヨシオ以外につきあっていた誰か？」

「さあな。もしそんな奴がいたとしても、そいつの名前や写真はきれいさっぱり燃えてしまった」

俺はいって、新青山の方角にメルセデスのハンドルを切った。

「どこへいくの？」

「俺の家だ。そこなら安心だろ。ひと眠りして、家に帰るのがそれでも恐かったら、グッドガイ・モーリスに電話するといい。奴なら、どこか安全な場所を探してくれる」

ロニーはほっとしたような笑みを浮かべた。

「ありがとう、ケン。あなたって優しいのね」

「俺《おれ》が？　ただリアリストなだけさ」

俺とロニーは別々のベッドで眠った。ロニーが俺のベッドで、俺は居間にあるソファをベッドがわりにして、寝たのだった。

ロニーはもちろん魅力的だった。だが婆さんの死体を見つけ、棒で気を失うほどひっぱたかれ、黒こげになりそこなったあとでは、さすがの俺もそんな気にはなれない。俺は鎮静剤がわりに、ロニーに睡眠薬をやり、自分は毛布と拳銃《けんじゅう》を抱えて、おやすみをいった。

あの消し屋どもがはたして俺に目をつけるかどうか、可能性は五分五分だった。

目を覚ますと、ロニーがキッチンにいた。コーヒーと、ベーコンの焼ける匂《にお》いが鼻にさしこみ、俺をつかの間の死から呼びもどしたのだった。

ひどい頭痛は薄れていたが、体じゅうの骨が、あわなくなった寄せ木細工のようだった。

俺は呻《うめ》きながらバスルームに入り、ぬるい湯をためたバスタブに沈んだ。肩に青黒いアザが浮かんでいた。

しばらくつかっていると、骨がふやけて柔らかくなり、ようやく元どおりにおさまった。

バスローブを羽織って、キッチンにいった。ロニーがコーヒーカップを両手で抱え、テーブルにすわっていた。昨夜俺が貸したパジャマ姿だった。

「コーヒーは」

「もらう」

俺は向かい側に腰かけた。

ロニーはモーニングカップを俺に押しやり、ちらりと自分の胸もとを見おろした。

「このパジャマ、あなたには小さいみたい」

「そうかい？　俺はチビだぜ」

俺はコーヒーをすすっていった。

ロニーは微笑《ほほえ》んだ。

「何人めなの？　わたしで」

「来客用さ」

しかたなく俺はいった。だが、セックスをしないでそれを着たのは、ロニーが初めてだ。

ロニーはやっぱり、というように頷《うなず》いた。

「朝ご飯、食べる元気ある？」

「いつでも朝飯は食うことにしている。空《す》きっ腹《ぱら》では死にたくないからな」

その言葉にロニーは、昨夜の騒ぎのことを思いだしたようだ。目をみひらき、俺を見つめた。が、何もいわずに立ちあがって、キッチンにいった。

ロニーの作った朝食は、ベーコンをつけあわせたオムレツだった。形よくしあがったオムレツは、中が柔らかで、プロ並みのできばえだ。

「料理が得意なんだな」

自分は食べずにコーヒーだけをすすっているロニーに、俺はいった。

「オムレツだけよ。マミィが教えてくれたの。フライパンの柄の叩《たた》き方を」

「あれにはコツがいるんだろ」

「三、四回失敗すれば覚えられるわ」

「そのうち教えてくれよ」

ロニーは微笑んだ。

「自分で料理をするような人には見えないわ。世話を焼いてくれる女の子はいくらでもいるでしょう」

「前はいたがね。今はいない」

俺は食いながらいった。

「別れちゃったの?」

「結婚していた。十八で結婚したんだ。ここに移ってくる前だった。俺と彼女は同じ年だった。同じホープレス共同体の出身で、いわば幼な馴染《なじ》みってやつさ」

「今、その人は何を?」

俺はフォークで天井をさした。ロニーが息を呑《の》んだ。

「ここに？」

「そうじゃない。もっと上さ。二十一のときに妊娠した。俺も彼女も知らなかったが、彼女は生まれつき子宮機能に障害があった。医者がそれを教えてくれたのは、臨月でもないのに彼女が大量出血をして、病院に担ぎこまれたときだった。結局、彼女も俺たちの子供も、それきりだった」

ロニーは言葉を失ったように俺を見つめた。

「心配しなくていい。もう四年も前のことだ」

「――つらかったでしょうね」

囁《ささや》くような声だった。

「それは、な。だがきのうもいったが、俺はリアリストなんだ。思いだしてもしかたがないことはしない」

ロニーは首をふった。

「ケン……」

「この話はそれで終わりだ。つづきはない」

俺はきっぱりといった。皿の料理もあらかた食いつくしていた。

食事をすませた俺は、ロニーを彼女のマンションまで送っていった。ロニーの住居は、勤め先に近い、六本木エリアのはずれにあるマンションだった。住人のほとんどは、六本木エリアで水商売をやっている女たちで、「グレイゾーン」で働く子たちのために、ワンフロアを、グッドガイ・モーリスが借りてやっているのだという。

「荷物をまとめたら、モーリスに電話をして、誰か迎えによこしてもらう」

玄関のところまで送っていった俺に、ロニーはいった。

「モーリスは頼りになるのか」

「あなたと同じ。リアリストよ。こちらが約束さえ破らなければ、やるべきことをやってくれる」

ロニーは微笑んだ。

「なるほど。奴《やつ》はどう動くかな。昨夜の件で」

「何もしないと思うわ。お店に爆弾を投げこまれたわけじゃないもの」

「それが賢明だ」

ロニーは両腕を俺の首に巻きつけた。

「あなたのオフィスに連絡する。また会いにきてくれるでしょう」

「もちろんだ」

ロニーは俺に唇を押しつけた。素早く舌が俺の歯に割って入り、効果的に動きまわった。

「今度こそ、ね」

口を離すと、ロニーはいった。

マンションの前に止めておいたメルセデスに乗りこみ、俺は考えた。

ツキモトの婆さんが死に、ガーナの部屋が燃えてしまった今、俺に手がかりを与えてくれそうなのは、ベイルート・タイガースのアリフしかいなかった。

だが、今度は、モスクの前で待ちぶせるというわけにはいかない。

アリフは、もちろん俺に話していないことがある筈《はず》だ。それを訊《き》きだすには、手下の前ではまずい。

どうやるか。

そのとき、メルセデスにとりつけた自動車電話が鳴った。

「はい」

「ケンか。飛田《とびた》だ」

高飛車な声がいった。飛田は、西側で法律事務所をやっている弁護士だった。親子二代の弁護士で、親父《おやじ》さんの方は、刑事専門の、ホープレスの面倒をよくみてくれる話のわかる人だが、せがれの方は、その親父に金の苦労をさせられたぶん、金持の相手しかしない民事専門だ。

事務所も、親父さんが西新宿の駅のそばの雑居ビルの一室に借りているのに比べ、せがれは渋谷に自前のビルをもっている。

親父は馬鹿だ、というのが口癖の嫌な野郎で、金にならないホープレスの事件には、ハナもひっかけない。何年か前に、奴が顧問をやっている会社の経理係が、表にでてはマズい金をもちだして東側に逃げこみ、そいつを探す仕事を請けおったことがあるきりだ。

「どっちの飛田さんだい？　ホープレスが好きな方か、嫌いな方か」

わかっていたが、わざといってやった。

「そんな口をきいていいのか。えらく金になる仕事を回してやろうっていうんだぜ」

「そいつはありがたいな。ドブさらいには、ケン・ヨヨギ探偵事務所を、か」

「黙って聞けよ。その電話には、スクランブル《盗聴防止機能》はついてるか」

「ついてるよ」

「よし。私のクライアントが腕のいい調査員を探している」

飛田は尊大な口調でいった。

「それは、それは」

「B・D・Tのギャングなんかじゃないぞ。日本の大企業だ」

「なるほど」

「仕事の内容は信用調査だ。ほとんどが西側の企業や人間を対象にしている。この仕事をすれば、西側のクライアントがいっきに増える」

「お宅からの発注だろ」

「ちがう。うちは紹介するだけだ」

その言葉に、俺はすわりなおした。

飛田の事務所を通した「孫うけ」の形で、日本企業の仕事を請けおうのと、直接請けおうのとでは、確かに将来のことがまるでちがってくる。

ホープレスの探偵にはめったに巡ってこないようなチャンスだった。

「うまくすれば、私のところと同じように、顧問という形でくいこめるぞ」

飛田は恩に着ろ、といわんばかりの口調だった。

「条件は？」

「向こうは急いでいる。すぐにでも調査してもらいたい対象があるようだ。今日じゅうに、いいか今日じゅうに、だぞ。相手の社にでむいてくれ」

「そいつは無理だ」

「なぜだ!?」

「俺は今、別の仕事を抱えている」

「そんなもの放りだせ。滅多にないチャンスだ」

「どこの社だ」

「そいつは、お前がオーケーといわなけりゃ教えられんな」

飛田は意地悪くいった。

「二、三日あとじゃ駄目なのか」

「駄目だ。ホープレス相手のクズ仕事に、何を義理立てしてる」

「そういう問題じゃない」

「断わるってのか?」

信じられないように飛田はキンキン声になった。

「お前、馬鹿か。相手は西側の大、いいか、本当の大企業だ。潰れる心配もない、ちゃんとスーツにネクタイをしめて、毎日風呂《ふろ》に入り、ドラッグもやらない、まともな連中だ。顧問になれば、ごまんという金が、仕事をやってもやらなくても、毎月、振りこまれるんだ。命を落とす心配もないし、つきあうのは本物の紳士ばかりなんだ。そんなチャンスを、くだらねえゴミ溜《た》めあさりとひきかえに、棒にふるっていうのか」

「ゴミ溜めで育った人間にそういう口はきかねえ方がいいぜ、お偉い日本人さんよ」

「考えなおせ。ホープレスだが、私はお前を買っているんだ」

嫌ないい草だった。が、滅多《めった》にないようなチャンスであることは事実だ。日本企業の顧問になれば、拳銃《けんじゅう》をもちあるくような仕事もせず、一日に何人かの人間と会って話をするだけで、首が折れそうなほど殴りつけられることもなく、どえらい金になる。

「相手は本気なのか」

「本気も本気。私が保証する。優秀な顧問調査員を欲しがってるんだ。いわばこれはテストさ」

俺は唇を嚙《か》んだ。今でも充分に、俺は稼いでいる。だが、今のような危い仕事を、これから十年も二十年もつづけていくわけにはいかない。

いつかは命を落とすことになる。

西側にでていって成功するのを夢みるのは、何も歌手ばかりじゃない。

ガーナの件は、別の調査員をヨシオに紹介することもできる。昨夜までのことは黙っていればいい。どうせ、お坊っちゃまの天才芸術家の気まぐれなのだ。

「どうなんだ？」

飛田はたたみかけた。

「——悪いな。他をあたってくれ」

だが俺の口からでたのは、その言葉だった。いってから、俺は自分でも驚いた。

「正気か、ケン！」

「ああ。どうしても手をはなせない仕事があるんだ。そいつを片づけたあとなら——」

「駄目だ、駄目だ、駄目だ。ケン、お前も知っている筈だ。日本人てのはな、そういうホープレスのいい加減なところが嫌いなんだ。やると決めたら、自分のところだけに忠誠を誓ってもらいたいんだよ。ふたまたはかけさせない。特に企業はな」

「じゃあ、この話は終わりだ。痛いがな」

「痛い？　それですむのか。一生後悔するぞ」

「かもしれん」

「ケン、考えなおせ」

飛田は再度いった。やけにしつこかった。

「いや。残念だ」

俺は切ろうとした。

「ケン、頼むよ」

俺は思わず受話器を耳から離して見つめた。あの飛田が、ホープレスの俺に向かって、頼む、という言葉を使っている。

俺は口調を改め、いった。

「感謝するよ、チャンスを与えてくれて。だが、やりかけた仕事を途中で放りだしちゃ、ただでさえ悪いホープレスの評判をよけい落とすことになる」

「いいんだな」

飛田の口調も一変した。

「本当にいいんだな。どんなに後悔しても、俺はもう取りつがんぞ」

奴《やつ》がメンツを潰《つぶ》された、と思っていることがわかった。

「しかたない」

「お前のところには、仕事は回さない」

「あんまり笑わせるなよ。まだ一度だけじゃないか」

それもあいだに入って、紹介料とやらを、クライアントと俺の両方から、たっぷりハネたのだ。

飛田はいきなり電話を切った。それが奴の返事だった。

俺はため息をついて、電話のマイクスイッチを切った。何も失くしたわけではないのに、ひどく大損をさせられたような気分で、飛田の奴に、胸がムカついた。

エンジンをかけ、新宿に向かうことにした。行先は、「シンジケート・タイムス」社だ。

一時間後、俺は「シンジケート・タイムス」のデスクの亀岡と、東新宿のコーヒースタンドで向かいあっていた。スタンドの客の半数は、昼間から客をひく娼婦《しょうふ》だった。このあたりの立ちん坊は、東側でももっともレベルが低く、値段も安い。ただし、二人にひとりは悪性の性病をもっているといわれている。

亀岡は、その娼婦たちのほとんどと顔馴染《なじ》みだった。奴が俺の呼びだしに応じてスタンドに入ってくると、あちこちから黄色い声がとんだ。

「カメちゃーん」

「おう」

「こっちのカメにはごぶさたじゃない」

手をのばして触ってくるのまでいる。

「よせよ」

「なによ。うれしそうに、ミルクいっぱい飲ませたくせに、ほら」

飲みかけのアイスミルクのグラスをかかげてみせる女までいる。どっと笑いがおこった。

「うるせえ、性悪女どもが」

「大好きなんだろ。性悪女にくわえてもらうのが！」

「今ここでやってあげてもいいよぉ」

亀岡は顔を赤くした。今どき誰も使わないような、プラスチックフレームの眼鏡をかけ、頭のてっぺんが薄くなりかけた四十過ぎの男だ。

眼鏡はだてじゃない。だが近視、乱視ともに、今は、矯正手術をうける人間が大多数で、そうでなくても使い捨てのコンタクトレンズを、そこらのコンビニエンスストアや駅の売店で買うことができる。

亀岡はそのどちらをも嫌がっていた。ひどく臆病《おくびょう》なのだ。それでよく、ギャングの情報紙の編集がつとまると、俺は思っていた。

「もてるじゃないか」

俺はにやついていった。

「くそ。こんな店に呼びだしやがって」

「常連みたいだな」

「ふざけんな」

おかまのウェイターがやってきて、腰をくねらせながら、

「いつもの？　カメさん」

と訊《たず》ねた。俺は吹きだした。

「何の用だ」

「アリフの女の住所を知りたい」

「女？　奴は結婚してる。もちろん法律上じゃないが、四人、女房をもってるぞ」

「面倒だな」

「一夫多妻だからな、奴らは」

「お前さんもいっぱい、ここに女房がいるじゃないか」

「やめろって」

「よし。いちばん新しい女房の住所を教えてくれ」

「今はわからん。確か、今年の初めに結婚したてのがいる筈《はず》だ。披露パーティの記事を扱った覚えがある」

「女房たちは別々に住んでいるんだろ」

「そりゃそうだ。いっしょに住んでいたら地獄だぞ」

「それもそうだな。すると奴は通っているわけだ」

「そうさ。いつも毎晩――」

ウェイターが飲み物をもってきたので、亀岡は口を閉じた。ウェイターは流し目をくれ、亀岡の股間《こかん》を触っていった。亀岡はそれをふりはらい、舌打ちした。

「なるほど。本当の常連てやつだな」

「酔ったときに一回、まちがえただけだ」

「そのときのことが忘れられんようだ。試してみるかな、俺も」

俺はわざと尻《しり》をもじもじさせてみせた。

「嫌な野郎だな」

亀岡は俺をにらんだ。俺は笑っていってやった。

「その眼鏡、ひょっとすると別の使い途《みち》があるんじゃないかと思ってさ」

「ふざけるなよ」

「で、アリフだが、毎晩、四人いる女房のうちのどこかに泊まっているってわけか」

「そうだ。どこに泊まるかは、当日まで当の女たちにも知らせない。浮気をさせないためと、寝首をかかれない用心さ」

「ボディガードは？」

「いっしょだ。いつも二人は連れて歩いている。ひとりはナイフの名人で、もうひとりは素手でも人を殴りころすような大男だ。もちろんどっちも、銃ももってる」

「厄介だな」

「まだ会ってないのか」

「いや、一度会ったが、話したことの他にも知ってることがあるような気がするんだ」

「何を追っかけてる」

「もう少ししたら話すよ」

俺は言葉を切って少し考えた。

「そのツラ、誰にやられたんだ。撃ちころした誘拐犯か」

亀岡が訊ねた。

「いや。そういや、棒を使う消し屋のことを聞いたことはないか」

「棒？　どんな」

「二メートルくらいの、太さが均一な固い木の棒だ」

「それでやられたのか」

「そうだ」

「チャイニーズ系かな」

「東洋系であることは確かだ」

亀岡は考えた。

「チャイニーズは、ナイフはよく使うがな」

「何ていうか、拳法《けんぽう》とか剣道とかあるだろう。ああいう感じで、訓練を積んでいるように見えた」

「聞いたことがないな。どこかの組員か」

「地味なスーツを着てやがった。ビジネスマンみたいな」

「顔は？」

「そこまでは見られなかった。覆面をしていたんだ」

「ああ。だが絶対にプロさ」

「妙だな。お前さんをのしたのなら、けっこう腕が立つ筈だ。だがそんな変な技を使うようなプロの話は初耳だ。場所はどこだ」

「モノレール跡さ」

「あそこは、どっちかというと黒人系のエリアだぜ」

「だから地廻《じまわ》りじゃない」

俺は頷《うなず》いた。

亀岡は少し考え、首をふった。

「思いあたらんな。腕の立つ、B・D・Tのプロなら、たいてい一度は名前や仕事のことを聞いている筈なんだが」

「たぶんナイフも使う」

ツキモトの婆さんの死体を思いだし、俺はいった。

「ナイフ使いなら、ごまんといる」

「わかった。もし何か聞いたら教えてくれ」

「見返りは何なんだ？」

俺はちょっと考え、いった。

「池袋のB・D・Tエリアに、あたらしい組織ができてる」

「覆面を？」

「池袋？　あそこはフィリピン系とコリアン系の縄張りだぞ」

「それは女がらみだろう。今度のはちがう」

「何で稼いでる」

「『アイスファイア』さ」

亀岡は目をみひらいた。

「あのヤクは根絶された筈だ。工場を国連軍がミサイルで吹っとばした」

「どこかに設備が残ってたんだ。こっちに入ってくるのは大量じゃないが、確かにでまわってる。とんでもない値がついていて、西側の金持が買いしめにきてるって噂《うわさ》だ」

「ガセじゃないだろうな」

「俺がガセを流したことがあるか」

「どんな金持だ」

「日本人だ。不動産管理会社のせがれどもさ。一生遊んで暮らす以外、やることのない連中さ。売人は、赤いポルシェに乗ってる」

「赤いポルシェだな」

「見張りもいっしょだろうから、探りをいれるなら気をつけることだ」

「わかってら。素人じゃないぞ」

「じゃ、アリフの女房のことは頼む」

いって俺は立ちあがった。

「わかった。車か事務所に電話する」

亀岡は頷いて、手をあげた。俺がコーヒースタンドをでていくと、遠巻きにしていた娼婦《しょうふ》どもがわっと亀岡にむらがるのが見えた。

10

事務所に戻った。留守番電話が入っていた。リモートコントロールを操作する。

最初の録音は飛田からのものだった。車に電話をしてくる前だ。

二本めはロニーからで、モーリスの紹介で移ったマンションの住所を知らせていた。ついでに携帯電話の番号も吹きこんであって、いつでもいいから会いにきてほしい、と告げていた。

三本めはヨシオだった。ていねいな口調で、わかったことがあれば教えてほしい、といった。

俺《おれ》はもらった名刺のバーコードをリモートコントローラーの読みとりにかけた。

壁に埋めたスピーカーから呼びだし音が流れでた。向こうの電話機がツウコールめに応答し、ファックスのような信号音を流した。

リモコンで、教えられた四桁《けた》のキィナンバーを押した。

信号音が再び呼びだし音にかわった。やがて、ヨシオの声が応答した。

「ケンだ」

俺はいった。

「ケン。お電話をお待ちしていました。いかがです？」

「いろいろ、厄介なことになっている」

「厄介？」

ヨシオの口調は、あいかわらず物静かだった。

「ガーナの過去を洗っているんだ。いくつか組織がかかわっているようだ。そのうちのひとつが、きのうガーナのアパートに爆弾をしかけた」

「爆弾を……」

「ガーナの部屋は丸焼けになった。手がかりが消えてしまった」

「あなたに怪我《けが》は？」

「ない。ロニーもいっしょだったが大丈夫だ」

「ロニー」

ヨシオはつぶやいた。まるで何年も会っていないとでもいうような、遠い響きがあった。

「ガーナの姉さんさ。知らないわけじゃあるまい」

「もちろん知っています」

「今のところ、彼女だけが頼りだ」

「彼女は今、そこに？」

「いや。家にいるだろう」

疑っていたわけではないが、俺はヨシオにも本当のことはいわなかった。

「なぜガーナの部屋に爆弾なんかしかけたのでしょう」

「誰か、ガーナの行方を探してほしくない人間がいるんだ。彼女が他の男とつきあっていた、という印象をうけたことはないかい。名前もだせないような大物と」

「いえ」

きっぱりといった。

「彼女が昔、マッサージハウスにいたことは知っているかい」

「ええ。少しだけ、聞いたことがあります」

「そのときのことで何か覚えていることは？」

「変態の客の話をしていました。舌にピンを刺してくれと頼まれたって」

そんな奴《やつ》なら腐るほどいるだろう。

「彼女、ヤクはどうだった？」

「ふつうです。マリファナやコークはときどき。あとのものには手をだしていませんでした。あまり好きじゃなかったみたい」

「どうしてそう思うんだ？」

「僕が勧めてもやらなかったり」

「彼女はでかい夢をもっていた、そうだろ」

「ええ」

「その夢を実現させるためなら、何でもした。そうじゃないか」

　ヨシオはかすかに息を弾ませた。

「そのとおりだと思います」

「彼女の夢は、歌手で成功して、西側にでていき、這《は》い上がることだ」

「そうです」

「そのための切符を手に入れていた。『クラブ・プラネット』」

「はい」

「どうやって、目を留められたのかな。あんたが紹介したのか」

「いいえ。僕はしません」

「どこかにつてがあったんだ。思いあたるかい」

　ヨシオは考えていた。

「わかりません」

「『クラブ・プラネット』にいったことは？」

「あります」

「紹介してくれと頼むかもしれない」

「いつでもけっこうです」

どうやら天才作家は、顔がきくらしい。

「彼女の失踪《しっそう》は『クラブ・プラネット』に関係していると思うのですか」

「わからない。全部をあたってみたいんだ」

「わかりました。これからは何を？」

「人の寝室に忍びこむ」

俺は答えた。

その夜の九時、俺は旧赤坂エリアの入口にあるマンション街にいた。旧赤坂エリアは、盛り場としては、ドーナッツ化現象がおきる前に崩壊した街だった。二十世紀の終わりから始まった世界的な大不況と二〇一五年の直下型地震のダブルパンチが、この街のネオンを吹きけした。同じようにかつては盛り場だったのが没落した街としては銀座もあるが、こっちはドーナッツゾーンからはずれたおかげで、今は西側の企業によって息を吹きかえしつつある。

赤坂の方は、ドーナッツゾーンに入ったせいで、西側企業の接待などに使われなくなり、さびれていく一方だったのだ。ただし旧青山通りをはさんだ北側は、生き残った。つまり永田町《ながたちょう》と元赤坂にはさまれた、六本木、赤坂エリアが崩壊したのだ。アメリカのL・Aでもそうだが、治安の悪いスラム地区と経済中枢区がけっこう隣接して存在するのが、こうしたドーナッツ化現象の特徴だと、俺は前に何かの本で読んだことがあった。

今の旧赤坂エリアは、かつての飲食店がすっかり消え、ほとんどが東側住人のための住宅区域となっている。

東、西といったところで、もちろんはっきりと線がひかれているわけではない。感覚的なもので住人の種類分けをし、皆がそう呼んでいるだけだ。分けたがり、差別したがるのは、人間の本性だというのが、今の東京を見ているとよくわかる。

俺は永田町に近い場所（つまり車をやられる可能性が低いあたり）に車を止め、徒歩でめざすマンションの近くに張りこんでいた。

亀岡から教えられたのは、テレビ局跡に建ったマンション群のひとつだった。B・D・Tでは建築基準法はないに等しく、違法建築例の展示会場のようなタコ足建造物が珍しくないが、このマンション群は比較的まともな高層アパートだった。理由は簡単で、道路一本はさんだ反対側に政治中枢の建物がたくさんあり、外国からの〝客人〟も多くこのあたりを通るため、見苦しい建物を建てさせまいと、政府が圧力をかけたのだ。上っ面だけはこぎれいにしておくことを考える役人らしい発想だ。

マンションはどれも二十階建て以上で、十階から上は、B・D・Tにしては目の玉のとびでるほどの家賃をふんだくられる筈《はず》だ。もちろん持主は、西側の不動産管理会社だ。

アリフのような、たいして大きくもないエイリアンマフィアのグループのリーダーが、なぜこんな一等地にマンションを借りられているのか、俺には驚きだった。

もちろん払えないことはないだろうが、亀岡の話では、アリフは、あと三軒は、同じような女房たちのための住居をもっていることになる。手下どもに渡すこづかいや、武器を調達するための資金を考えると、ここはとほうもなく贅沢《ぜいたく》な住居であるといえた。アリフは
アリフの最新の女房は、十九歳になるパキスタン系のホープレスだという。

どうやら今、その女房に熱をあげ、毎晩のように泊まりにきているらしい。

俺は昼とはちがい、黒ずくめのなりをして、拳銃《けんじゅう》とナイフを身につけていた。場合によっては二人のボディガードを片づけ、奴の口の中に銃口をつっこんでも、知りたい情報を手に入れるつもりだった。

奴は怒りくるうだろうが、奴の口をこじあけなければ、俺の首をひっこぬきそうになったあの棒つかいの正体がつかめない。

ここまでやる理由は、しかえしをしてやりたい、というのもあったが、昼間の飛田の話を断わったことがいちばんだった。

滅多《めった》にないおいしい話をふった以上、今度の件は、とことんやってやる腹がすわっていたのだ。

十一時少し前、例のけばけばしいキャディラックがマンションの前に止まった。助手席にいた男がまず降り、鉛管ショットガンを手にあたりをうかがった。つづいて後部席から、アイパッチのアリフと、奴の倍はかさのある大男が降りたった。最初に降りた男は、きのうの昼、俺の左目に拳銃をつきつけた野郎だった。

奴はあたりを確認したあと、マンションのロビーに入った。ここらじゃ珍しい、オー

トロック機構のロビーだ。ロビーの安全が確認されるのを待って、でぶとアリフはマンションの入口をくぐった。キャディラックは走りさる。

甘い奴らだ。もし本気で襲撃を警戒しているなら、ロビーの安全が確認されるまで、アリフは車を降りるべきじゃない。馬鹿みたいに歩道につっ立っているあいだに、いくらでも鉛玉をぶちこむチャンスはあるのだ。こんなところでスキを見せているようでは、アリフも長生きはできないだろうと、俺は思った。

アリフが熱心な回教徒であれば、夜更かしはしない筈だ。朝の礼拝があるからだ。女房と一戦をまじえたとしても、一時には寝ているだろう。

俺は浮浪者のようにうずくまったまま、時間がたつのを待った。

きのうの疲れがでて、十二時を過ぎた頃、俺は少しうとうとした。はっと気がつくと、午前二時をすでにまわった時間だった。

立ちあがった。

マンションの前に、黒塗りの国産車が止まっていた。確か、ラピッドという、スポーツタイプで、半数以上が輸出されている高級車だ。

そのラピッドの止まる音が、どうやら俺の目を覚まさせたらしい。

のびをして体を屈伸させると、俺は潜んでいたハンバーガースタンドの裏から歩きだした。スタンドそのものはとっくに潰《つぶ》れていて、シャッターが閉まっている。中はきっとゴキブリとネズミの天下だろう。

ラピッドは、エンジンをかけたまま、ドアロックが施されていた。リモコンでロックをかけてでていったのだろうが、いくら住宅区域とはいえ、B・D・Tにキィをつけたままの車を放置していくのは、間抜けの仕事だ。

盗む気の奴は、平気でサイドウインドウをぶち破って乗りこむだろう。警報が鳴ろうが何しようが、B・D・Tの住人にとっては、寝がえりをうつくらいの騒音でしかない。

ロビーに入った。内部からの操作かキィによるロック解除でない限り動かない、自動扉がある。

こんなものは、素人の泥棒よけにしかならない。

俺は人工皮革のコートの内側から、瞬間的な高電圧を発生させる「壊し棒」をとりだした。大きさは掌にすっぽり入るくらいで、針金で作ったアンテナが二本生えている。本体は絶縁プラスティックで作られていた。

アンテナの一方を鍵穴《かぎあな》にさしこみ、もう一方を適当に、ロック機構の金属部分にあてがって、スイッチを押した。

ぱっと青紫色の火花が散って、薄い煙がたちのぼった。

硬質ガラスの自動扉が開く。

ちょろいもんだ。このメカ、「壊し棒」は、東新宿の奥で、一百万で売っている。

自動扉をくぐると、エレベータに乗りこんで二十一階のボタンを押した。二基あるエレベータの片方は、二十二階で止まっている。

二十二階は、アリフの女房の部屋がある階だった。

ここのエレベータには、二基ある箱の双方がその階で止まっているか、常に表示される電光盤が備えられている。

俺の乗った箱が二十一階まで上昇していくあいだ、もう片方はずっと二十二階で止まっていた。

二十一階でエレベータを降りた俺は、静まりかえった廊下を歩き、非常階段にでた。非常階段を使って、二十二階までのぼる。

二十二階の廊下にすべりこんだ。エレベータホールを見た。扉の開いたエレベータが止まっていた。廊下に人影はない。

妙だ。

エレベータに歩みより、中をのぞいた。エレベータを停止させるキィが、電光盤に差さっていた。工事や引っ越しの際などに使われる停止装置をつかっている。

俺は廊下を進み、アリフの女房の部屋の前まできた。扉が細めに開いている。

どうやら、俺と同じことを考えている奴《やつ》がいたらしい。ややこしいことになった。

かすかに女の悲鳴が聞こえた。つづいて、ドスッという鈍い音がする。

俺は唇をなめ、拳銃を手にした。

左手でそっとドアを引いた。

入ってすぐの細長い廊下に、きのう俺を狙《ねら》ったチンピラが倒れていた。顔のまん中に弾をくらっている。

廊下に忍びこむと、ドアを閉めた。廊下の先は、スモークのガラス扉がはまっている。

突然、そのガラス扉が内側から砕けちった。男が背中でつき破って転げでてきたのだ。

アリフのボディガードの大男だった。Tシャツにパンツいっちょうという格好だ。

大男はもがき、立ちあがろうとしていた。Tシャツの腹がみるみる血で赤く染まった。

撃たれている。

俺は割れたガラス扉から奥を見やった。

あいつらだった。ビジネススーツに覆面をした、あの消し屋のコンビの片われがそこにいた。

消し屋が手にしている得物を見て、俺は口笛を吹いた。

刀だった。日本刀だ。今じゃ、古い映画のビデオくらいでしかお目にかからない代物だ。

「やあやあ。お久しぶりだな。きのうはあったためてくれてありがとうよ」

俺は拳銃《けんじゅう》の狙いをその野郎の胸のまん中につけ、いった。

野郎は無言だった。両手を刀の柄に巻きつけ、切っ先を斜め下に向けたまま、俺をにらんでいる。

「動くなよ。こんなに早くお返しができるとは思わなかったんで、胸がわくわくしてるんだ。ちょっとでも動いたら、ありったけの弾、ぶちこんでやる」

部屋の奥、俺には見えない方角から、再び悲鳴が聞こえた。消音器をつけた拳銃のくぐもった銃声がつづき、重いものが倒れる響きが床を伝ってきた。

「派手《はで》にやってるな。どこの人間だ、お前ら」

覆面の野郎は答えなかった。奥でアリフとその女房を痛めつけているらしい仲間を呼ぶようすもない。ただ目を細めて、じっと俺の顔をにらみつけているだけだ。まるで俺のことを、仕事を邪魔する虫ケラか何かのように思っているような目つきだった。気にくわない。野郎の目の中には、拳銃をつきつけられていることに対する恐怖がみじんもなかった。

俺は背中がぞくぞくするのを感じた。こいつは、俺が今までにわたりあったどんなギャングともちがう。薬《ヤク》ボケしたラリ公でもない。とてつもなく腕が立つ、正真正銘のプロだ。

「そのナイフのお化けを捨てろ」

俺は奴との間合いを詰めないように注意しながらいった。

奴はぴくりとも動かなかった。

「おどしじゃないぜ。今すぐ捨てなかったら、腹に一発ぶちこんでやる」

奴が目を伏せた。刀を握っていた腕から力が抜けた。

捨てる、と思った瞬間、いきなり俺に向かって刀を投げつけた。俺は反射的に体をひねりながら引き金をひいた。

弾丸はあたらなかった。奴は投げつけると同時に体を躍らせていたのだ。

割れたドアごしの視界から奴の姿が消えた。刀は俺に刺さらず、嫌な音をたてて倒れているでぶの喉《のど》につき立った。

くそ。俺は舌打ちして、壁に背中を貼《は》りつけた。これで条件は向こうに有利になった。相手はふたり、こっちはひとりだ。ただ奴らは、俺のいる、この細い廊下を通らなければ、外へ逃げられない。

俺の方から中に踏みこむのは、間抜けのすることだ。奥にいるアリフとその女房は、とっくに息の根を止められているだろう。

俺はここでじっと息を殺して、奴らがしかけてくるのを待つ他ないというわけだ。

拳銃のグリップが汗でぬらついた。背中を冷たい汗が伝いおちている。

どうでてくる。

相手にも銃があることはわかっている。でかい刀ででぶを仕留めたのは、趣味のようなものだろう。

ツキモトの婆さんの喉をかっさばいたのも、今、でぶの喉につき立っているこの日本刀にちがいない。

俺は生唾《なまつば》をのみこんだ。喉が鳴った。

本当は逃げだしたいところだ。だが、ここで奴らを逃せば、手がかりはすべてなくなる。この消し屋のコンビが、ガーナの行方をつきとめる鍵をぶっ壊して回っているのだ。

俺は息を吐いた。

刀をもっていた野郎が奥へ逃げこんでから三分以上が経過していた。奥からは、もう何も音が聞こえてこなかった。

俺の銃声は、さすがに他の部屋の連中にも聞こえた筈《はず》だ。道のまん中での撃ちあいではないのだから、警察を呼ぶ住人もいておかしくはない。

どうする？　ピーにきてほしい反面、自分の手で奴らの頭をふっとばしてやりたい気持もあった。

「おーい、聞こえるか」

俺はどなった。

「もうすぐピーがくる。こられちゃ困るのはそっちだろう」

返事はない。

駄目だ。間抜けをやるしかない。

俺は片手をのばし、でぶの死体から日本刀をひきぬいた。吐きけがする仕事だった。

「大切な代物だろう。返してやるよ」

割れたドアから奥の居間に投げこんだ。

先に血がべったりとついた刀は、床に転がった。

中の奴がアクションをおこすのを待った。

何もおきない。

俺は深呼吸した。くそ。くそ。

そのとき、不意に空気が冷んやりとしてきたことに気づいた。部屋の奥から風が流れこんでいる。

俺は正面の窓を見やった。閉まっていた。

とすると、奥の部屋の窓が、開いたか破れたかしたのだ。

まさか。ここは二十二階だ。その窓から逃げだしたというのか。

「野郎っ」

俺はどなって、ドアのすきまから奥の部屋にとびこんだ。弾丸がとんでくることを予期し、なるべく体を丸くして転げこんだ。

だが弾丸はとんでこなかった。

もうひとつ奥の部屋との境いをへだてるドアが開いていた。

アリフの寝室だった。でかいダブルベッドから半分ずり落ちたアリフが俺をにらんでいた。口の中に銃口をつっこまれ、引き金をひかれたとわかる。頭のてっぺんが弾《はじ》けていた。

俺は銃をかまえたまま寝室に入った。ベッドの向こう側に、すっ裸の若い女が落ちていた。片目に弾丸を撃ちこまれている。

窓を見た。開いている。

ロープがベランダの手すりに結びつけられ、外の下方に向かって垂らされていた。

ベランダにでた。手すりから頭をだしかけ、はっとして引っこめた。とたんに下の方でくぐもった銃声がして、ベランダの天井で弾丸がはぜた。

俺は手だけを手すりからつきだし、拳銃の引き金をひいた。三発ほど撃って下をのぞいた。

真下の、二十一階の部屋のベランダまでロープは垂れさがっていた。窓がぶち破られ、吹きこむ風にカーテンがひるがえっている。

何て奴《やつ》らだ。

俺はアリフの部屋をとびだした。止まっているエレベータに乗りこむと、キィを回して作動可能にし、電光盤を見た。

もう一基のエレベータは、今、十八階を過ぎ、下っているところだった。

二階と一階を押した。まっすぐ一階に降りるほど馬鹿じゃない。ロビーで待ちかまえられたらアウトだ。

二階まで降りると、俺は非常階段を駆けおりた。非常階段の昇降口は、ロビーの、エレベータホールのわきにあった。

そこまできたとき、銃声が自動扉の方から聞こえた。無人のまま降りてきた、俺が使った方のエレベータが扉を開いたのだ。自動扉のところでそれを待ちかまえていた野郎が、中に弾丸を撃ちこんだにちがいない。

俺はよこっとびにロビーに躍りでると、拳銃の引き金をひいた。

野郎はちょうど自動扉をくぐり、入口の階段を駆けおりかけたところだった。

俺の放った弾丸は、ガラスの自動扉をぶち抜いて、野郎の背中のどこかにあたった。

弾丸は二発しかでなかった。全部で六発しか装填《そうてん》できないのだ。

野郎は階段の最後の二段を膝から崩れ落ちるようにして転がった。転がった先には、黒のラピッドが止まっている。

ラピッドのドアにつかまって、奴は立ちあがった。俺の方をふりかえりもせず、開いたドアから中に転げこむ。

運転席にすわっていた相棒が即座にアクセルを踏みこんだ。タイヤがかん高い音をたてて回り、ラピッドは猛スピードで走りだした。

俺はといえば、そいつを黙って見おくる他なかった。奴らがまだ俺を仕留めるつもりでいたら、こっちにはもう、ナイフしかなかったからだ。

11

警察がやってきたのは、それから十分ほどしてからだった。ツキモトの婆さんのときとはちがい、俺は現場から逃げずにいた。あの二人組の消し屋に関する情報を手に入れるためには、警察に協力する他ない。

警察には、このマンションにアリフが泊まっていることがわかっていたにちがいない。

なぜなら、最初にすっとんできた制服のお巡りのパトカーにつづいて、〝ハリネズミ特捜隊〟の池谷《いけたに》警部が、部下を連れて、機捜の連中とともにやってきたからだった。

〝ハリネズミ特捜隊〟は、アリフの率いていたベイルート・タイガースのような、武闘派小規模暴力団を対象にした捜査部隊だ。

小さな組織は、よそに食われないようにするため、どうしても尖鋭《せんえい》化して、武闘派になる。そうしたグループをハリネズミと呼ぶのだが、B・D・Tにはそれこそ町の数だけ、いやそれ以上に、ハリネズミがいる、といわれている。ハリネズミはハリネズミどうしで、始終、小競りあいをおこしている。その対策に設けられたのが〝ハリネズミ特捜隊〟だった。

池谷はお巡りとしちゃ腕ききだが、ホープレス差別のかたまりのような民族主義者で、とにかく嫌な奴だった。

その夜も、機捜の担当刑事に、俺《おれ》が事情を説明している最中、いきなり近よってきて、俺の腕に手錠をはめた。

「何すんだよ」

「てめえが殺したんだろ、吐いちまえ」

本気でそうは考えていないことは、池谷の顔を見ればわかる。池谷は、太り過ぎの上に、いつもくたびれた格好をしていて、お巡りの中でも嫌われ者だった。くたびれた格好をしているのは、賄賂《わいろ》をとらないからだと公言し、上司にも手を焼かせている。

「冗談じゃない。俺が殺《や》ったんなら、ピーがくるまで待っているわけないだろう」

「おおかた逃げられない証拠でもあるんだろう。いい度胸だよな、タイガースのアリフといや、六本木エリアじゃ知られたお兄さんじゃないか。そいつの寝込みを襲って仕留めるとは、え？ ケンよ。いくらで雇われたんだ？ ついこのあいだも、身代金運んで、おいしい思いをしたばかりだろうが。銭のかかる女でもできたのか」

「そいつはジョークだろ、警部。もし本気なら、でぶり過ぎて、脳にまでコレステロールがついちまったのかな」

「上等な口きくじゃねえか。字もろくに書けねえようなホープレスがよ」

いって、池谷は俺の手錠を思いきりきつく握った。歯車が手首にくいこみ、俺は歯をくいしばった。

「きやがれ」

池谷は、手錠の鎖をつかみ、俺をエレベータにまでひきずっていった。

二十一階にあがった。

「現場はもういっこ上だぜ」

「黙ってこい」

俺は池谷にひっぱられるまま、消し屋どもが逃げだすのに使った、アリフの部屋の下の部屋に入った。

破れた窓ガラスが散らばった居間に、パジャマを着た日本人の男が顔を撃たれた姿でよこたわっていた。六歳くらいの男の子を連れた母親が、隣りの部屋で制服警官に慰められながら泣いている。男の子の方は父親を殺されたのがよほどショックだったのか、呆然《ぼうぜん》とした放心状態だ。

「きさまらクズは、どっか別の場所に押しこんでおくべきだよな。同じように永住権なんぞ認めるから、罪もねえ日本人に被害者がでるんだ」

「俺が殺ったっていうのか」

「てめえじゃなきゃ誰なんだ」

「アリフの口を塞《ふさ》いだ奴らさ」

そう答えながらも、俺の胸の中にどうしようもない怒りと後悔が広がるのを感じていた。俺が乗りこみさえしなければ、この家の大黒柱は死なずにすんだのだ。

「じゃ、てめえはこの夜中に何しにのこのこアリフの部屋を訪ねてきた？　寝込みを襲うのが目的じゃないとすりゃ、アリフの女房に夜這《よば》いでもするつもりだったのか」

「警部、あんたが俺たちホープレスを嫌いなのはわかっている。だが、日本人が皆善人で、ホープレスが皆犯罪者だなんて思ってないだろ」

「思っていたらどうなんだ？」

「こっちは真面目《まじめ》だ、答えてくれ」

「偉そうな口をきくんじゃねえ。お前は、上の部屋とひっくるめて、五人の殺人の容疑者なんだ」

駄目だ。何をいってもわかってもらえそうもない。池谷がくるとわかっていたら、このマンションで警察を待つんじゃなかった——俺は後悔した。

池谷は黙りこんだ俺をいきなりつきとばした。俺は壁に背中を叩《たた》きつけ、息を詰まらせた。

池谷はおおいかぶさるように俺の顔をにらんだ。くさい息が吐きかかるほど、顔を近づけた。

「知りたいのなら教えてやる。俺はお前ら、雑種野郎が嫌いだ。お前らはいつも被害者ヅラをして、何かというと政府や政治が悪いとほざきやがるが、その前にマトモに働こうなんて考えがこれっぽっちもない。マトモに働くってのはだ、ワケのわからねえノゾキ屋や、身代金運びをやることをいってるんじゃないぞ。額に汗して、泥だらけ油まみれになって働くことをいうんだ」

「確かにあんたのいってることは、半分は当たってるかもしれない。だがあんたはホープレスじゃない。泥だらけになりたくたって、雇ってくれない会社は多いし、仮りに雇ってくれても、ホープレスと日本人とじゃ給料がまるでちがうんだ。同じ働きをして、給料が倍ちがっても、ホープレスが文句をいえば、すぐクビになる。ホープレスを正規の社員として雇う会社はないから、いくらでもとりかえがきくからな。それでもホープレスは我慢しろっていうのか」

「我慢はな、お前らホープレスだけじゃなくて、日本人もしてるんだよ。そうやって人のせいにしたがるところが俺は嫌いなんだ」

俺はむっとするのを抑えられなかった。

「俺があんたに聞いてくれと頼んだわけじゃない。あんたがホープレスの悪口をいったから、いったまでの話だ」

「でかい口をきくなっていってんだよ。この東京でな、おきる犯罪の半分以上に、ホープレスがかかわっているんだ。ホープレスさえいなくなりゃ、俺たちの仕事はぐっと楽になるんだ」

「あんたはそうなりゃ失業だ。交通整理でもするのか。そのでっ腹で交差点に立ったんじゃ、かえって見とおしが悪くなるってもんだろうがな」

池谷は素早くあたりをうかがい、素知らぬ顔で、俺の顎《あご》に肘《ひじ》打ちを叩きこんだ。

俺は唇を切った。

「お前らでも赤い血がでんのか」

池谷は平然としていった。

「この、くそピーが」

俺は血を奴《やつ》の着ている防弾チョッキに吐きかけてやった。

「やっと本音がでたな。お前らは、ホープレスが警官に嫌われているっていうが、ホープレスの方が警官を嫌ってるのさ」

「じゃ、何で、ホープレスをお巡りにしない？　こういう危い現場には、ホープレスのお巡りをつきだせばいいじゃないか。日本人はきれいな格好をして、楽な仕事をするのが好きなのだろうが」

池谷は俺の襟首をつかみ、ひきよせた。

「俺もな、そう思ってんだ。お前らホープレスの殺しあいに、なんで日本人の警官が手をださなきゃいかん、とな。ホープレスどうしがどれだけ殺しあおうと、俺には痛くもかゆくもねえんだ」

俺は池谷の目を見つめた。奴の眼には、怒りといらだちが溢《あふ》れるほどこもり、ぎらぎらと光っていた。

「じゃ、教えてやるよ、警部。ここの殺しのホシはな、ホープレスじゃない。あんたと同じ日本人さ」

池谷が顔をひいた。不意にひややかな表情になった。

「パクられるのが恐くて、妙なガセを吹きこもうってのか」

俺はうんざりしてきた。

「いいか、警部。あんたも俺もお互いが嫌いだ。そのことは今、たっぷりと確認しあった。だが、俺たちは初めてツラを合わすわけじゃない。嫌だろうし、認めたくないだろうが、俺もあんたも、この街で似たような仕事をやってる。これまでだって、俺はピーに情報を提供してきた。その中味に、一度でもガセが混じっていたことがあるか」

「てめえの都合のいい話ばかりじゃねえか」

俺は怒りを爆発させた。

「だとしてもだ！　俺が嘘《うそ》をついて、人殺しや人さらいを逃がしたことが、一度でもあるか!?」

池谷は無言で俺を見つめた。

「俺はな、この仕事が好きで好きでたまらなくてやってるわけじゃない。あんたの目から見りゃ、ゴミ溜《た》めをあさってる犬かもしれないが、その犬が必要な人間もいるんだよ。警官がどれほどお偉い、高潔な仕事だとしても、その警官には頼めないからと、俺のところにくる人間だっているんだ。俺は、その人間が嘘さえつかなけりゃ、なるべく役に立ってやりたいと思ってる。そういう自分を誇りに思っているよ。あんたら警官はちがうのか。誰かの役に立ちたいとは思わないのか!?　小ぎたない犯罪者をこづき回してりゃ、それで満足か。それならゴミ溜めをかぎまわる犬の方がよほどマシだぜ」

もし池谷がまた手をだすようなら、今度は遠慮なくやりかえすつもりだった。膝《ひざ》で奴の玉を蹴《け》りつぶしてやる。

だが池谷は手をださなかった。かわりにポケットから鍵《かぎ》をだすと、俺の手錠をはずした。

「日本人だって証拠はどこにある？」

「上だ。二人ともプロの消し屋だが、ホープレスは着そうもない、ダークスーツを着ていた。そして、ひとりは日本刀を道具にしていた。使い方を見りゃ、ひと目でわかる。

ずっとそいつを使っていたというのがな」

「それだけか」

「二人のうちの片方は、どこかはわからないが、背中に俺の撃った弾をくらっている。車は黒のラピッドで、それで逃げた」

池谷は表情ひとつ動かさず、

「こい」

とだけいった。

俺と池谷は二十二階のアリフの部屋にあがった。現場検証のまっ最中だった。俺はそこで、何があったかを洗いざらい話してやった。

俺の話を聞きおわると、池谷はいった。

「で、ここにはいったい何しにきたんだ？」

「アリフを問いつめて、話を聞くつもりだったのさ。奴は、俺が捜している人間の過去にからんだ何かを知っていた」

「アリフが消されたのは、そのせいだっていうのか」

「ああ。このアリフ以外にも消された人間がいる。ツキモトって日本人の婆さんだ」

「何だと」

池谷はまた怒りだしそうになったが、それを抑えた。

「どうして知ってるんだ」

「死体を見たからだ。そのあと、俺も消されそうになった」

「警察にはそのことを届けたのか」

「いいや。今日は話すつもりだったがな」

「貴様……」

池谷は俺をにらみつけた。

「全部、話すんだろうな」

「ああ」

俺は、ヨシオ・石丸の名だけは伏せて、今までのことを話した。

「──その女、ガーナを捜すだけで、こんなにいっぱい人が死んだというのか」

「そうさ。日本人の消し屋ふたりが、ガーナの過去を消して回っている。なぜだかはわからんが」

池谷がどこまで信じているかわからないが、俺はいった。池谷が信じなくてもかまわないが、犯人にしたてられることだけは、避けなければならない。

「依頼人は？」

「それをいわなけりゃ、俺を逮捕するっていうなら別だが、そうでないのならいえない」

「──日本人か」

俺は黙っていた。不意に池谷は声を荒げた。

「それだけは教えろ！　どうなんだ⁉　依頼人は日本人なのか」

俺は池谷の権幕《けんまく》に少し驚いた。

「ちがう」

それを聞くと、池谷は鼻から荒々しく息を吐いた。

俺は妙な気分になった。池谷は、俺の話を、今度は頭から嘘だとは決めつけなかった。かわりに、ガーナの居所を捜すよう俺に頼んだのが日本人かどうかを知りたがった。

何かがある。池谷は、俺の知らない何かを知っているのだ。

「何を知っているんだ、警部」

俺がいうと、池谷は俺をにらんだ。

「何をいってるんだ」

「あんたは何かを知ってる」

「知らんな。お前の話のウラをとるだけのことだ」

「ちがうな。あんたは何かをえらく気にしてる。そいつは何だ？」

「てめえには関係ねえ」

「関係ないわけがないだろう。こっちは命がけなんだ」

池谷はじろっと俺を見た。

「お前に命をかけてくれって頼んだのは警察じゃない。お前は銭のためにやってるんだろうが」

「どんなに銭を稼いだって、死んじまったんじゃ使えないんだ。野郎らは、今度は俺を狙《ねら》ってくる」

「どうしてほしいんだ。お前に二十四時間の警護をつけろとでもいう気か」

「相手が日本人の消し屋じゃな。警察は信用できないよ。あんたみたいに、日本人は全部善人だと思われたんじゃ――」

いいかけ、俺ははっとした。そうだ、だからだったのだ。

黙った俺に、池谷がいった。

「何だよ、どうしたってんだ」

「ツキモトの婆さんだよ」

「もうひとり、殺されたって日本人か」

「ああ。その婆さんは、こっち側に住んでいながら、ホープレス嫌いじゃあんたといい勝負だった。俺が会いにいったときも、ホープレスだってんで、まるで信用しなかった。そんな婆さんがなんで、自分を殺すような奴《やつ》を家の中にあげたんだろうと思っていたんだ。相手が日本人だったからさ」

池谷は俺の言葉を聞いていたが、

「よし、それなら俺を案内しろ」

といった。やはり、何かがある。

こんな奴に協力するのは癪《しゃく》だった。だが、池谷が腹の中にしまいこんでいるものに、俺は興味があった。

「いいとも。だがその前に、病院に手配をしてくれ。背中に弾丸をくらった日本人だ」

「わかってる。だが、まず無理だろうな」

池谷は頷《うなず》いた。確かにそのとおりだった。金さえだせば、黙って、銃創の手当をしてくれる医者は、西側にも東側にもいっぱいいたからだ。

俺はゴーストマンションの前でメルセデスを止め、ライトを消し、エンジンを切った。すぐうしろに、池谷が国産のくたびれた覆面パトカーを止めた。持主と同じで、ほこりだらけのうすぎたない車だ。

池谷は車を降りてくると、嫌な目つきで俺のメルセデスを眺めた。防弾チョッキをはずし、皺《しわ》だらけの上に染みがあるジャケットを、太鼓腹にはおっている。

「身代金運びでせしめた車か」

憎まれ口を叩《たた》いた。ゴーストマンションの窓は、ほとんどが暗かった。それもその筈《はず》だ。じき夜が明けてしまおうという時刻だった。ふた晩つづけて死にそこない、夜ふかしをする羽目になった。

「今度、あんたにもひと口紹介してやろうか。日本人のあんたでもやる気があるのなら」

池谷はそっぽを向き、ツバを吐いた。池谷の言葉を信じるまでもなく、身代金誘拐の大半は、ホープレスのストリートギャングが主犯だ。そういう連中と取引をするのに、日本人はまるで信用されない。

池谷が車からおろした警察用のフラッシュライトで、俺たちは鼠を追いはらい、ロビーを抜けた。

「ひでえところだ」

階段をあがりながら、池谷はぼやいた。

「どうだ、この匂《にお》い」

「中に入ったら、もっとすごいぜ。覚悟しな」

「わかってるって」

池谷はいうと、ジャケットのポケットからスティック式の脱臭剤をとりだすと、鼻の下に塗りつけた。

「ほら」

驚いたことに、俺にも貸してよこした。鼻の下に塗ると、強烈なメンソールに目がチカチカした。だがおかげで、胸の悪くなる匂いをかがずにすむ。

ツキモトの婆さんの部屋の前に立った。

「待て」

池谷は手袋をした手でノブを握った。いちおう拳銃《けんじゅう》を抜く。ベレッタの馬鹿でかい軍用拳銃だった。九ミリ弾が十五発も入る代物だ。おまけにベルトに予備弾倉を二本も留めている。このぶんなら足首あたりに小型のバックアップガンをもう一挺もっているにちがいない。

池谷は壁に背をつけ、左手でノブをひいた。ゆっくりと鍵《かぎ》のかかっていないドアは開いた。

屍臭《ししゅう》が流れだした。あいかわらず居間には明りが点《とも》っている。

中に隠れていて襲ってくる奴がいないのを確認して、池谷は部屋にあがった。

その手順は、ドンパチに慣れた、プロの警察《ピー》そのものだった。〃ハリネズミ特捜隊〃で奴が何度も、命がけの危険をくぐっていることが想像できる。

にもかかわらず、奴はここに部下をひとりも連れてこようとはしなかった。妙だった。メンソールを塗っていても、ツキモトの婆さんの死体が駄目になりかけていることは、部屋に一歩入ってわかった。

婆さんはあいかわらず床によこたわっていた。喉《のど》から流れだしカーペットにしみこんだ血は、乾いている。婆さんの体をひきはがすのに苦労しそうだ。

池谷は無言で死体を見おろした。

「こっちの部屋に例の日誌がある」

俺《おれ》は婆さんが死んだ亭主の遺品をしまっておいた方角を指さした。

池谷は銃をしまい、俺のあとをついてきた。封を切られたダンボール箱のかたわらにしゃがみ、中味の一冊を抜いた。

パラパラとめくった。

『ニュー・トウキョウマッサージ』の営業日誌だ。ガーナがいた頃の、かんじんな一冊がない。婆さんは、そこから何かを見つけたのさ。そいつを金にしようとした。ところが金のかわりに喉をかっさばかれたというわけだ」

「今どき、手で書いた日誌とはな。なんでコンピュータを使わなかったんだろう」

「嫌いだったんだろ」

「それともコンピュータの方の記録はとうに金にかえちまっていたか」

いわれて、俺ははっとした。そうかもしれない。ツキモトの夫婦は、「ニュー・トウキョウマッサージ」を畳んで、このゴーストマンションに移ってきた。その初めの頃は、ここも相当の値段がした筈だ。亭主に死なれたあと、婆さんは働きもせず、ここで暮らしていた。ここを買う金と生活費をどこで工面したのだろうか。

「なぜそのときに売らなかったんだ」

俺はいった。

「たぶん、売ったのは亭主で、カミさんの方は、この日誌が金になることを知らなかったんだろう。亭主は、こいつを自分のためにとっておいたんだ」

池谷はつぶやき、立ちあがった。

「日本人がかんでるってことだな」

俺の言葉に答えず、考えこんでいた。俺はいった。

「これで俺のいったことが本当だってわかったろう。それでも足りないのなら、モノレール跡のガーナのアパートにいってみろよ。焼け焦げしか残っちゃいないが」

「……」

池谷は答えなかった。

「早くここをでようぜ。それとも、あんたが仲間を呼ぶってのなら、俺はひきあげさせてもらう。話すことは全部、話したからな」

「待て」

「なんだよ」

俺はいって、池谷をふりかえった。とたんに凍りついた。奴がベレッタを俺に向けていたからだ。

「何の真似《まね》だ」

俺はこわばった舌を動かし、いった。俺は丸腰だった。奴のベレッタは微動だにせず、俺の胸をにらんでいる。

池谷は答えなかった。何かに堪えるような顔つきで、ぐっと頰《ほお》をふくらましていた。

「俺を殺すのか。日本人の犯罪をもみけすために」

俺は池谷の顔を見つめながら喋《しゃべ》った。

何か武器になるものがないか、目の隅で捜す。なかった。

かりにあったとしても、俺にチャンスはない。池谷の腕なら、俺が一歩踏みだすまでに、心臓に二発を叩《たた》きこめる。

「呆《あき》れたな。俺は、嫌な野郎だとは思ったが、悪徳警官じゃないと信じてたよ」

池谷は無言だった。目をみひらき、じっと俺を狙《ねら》っている。

俺は頭にきた。

「撃てよ！　さあ、早く撃てよ！　あんたの大嫌いなホープレスだ。さっさと胸のまん中に穴を開けて、ケリをつけちまいな」

池谷は撃たなかった。

ふうっと重い息を吐いて、銃をおろした。

「くそがっ」

吐きだして、ダンボール箱を蹴《け》った。

「いったい、どういうことなんだ」

池谷はいまいましそうに俺を見た。

「俺は、誰にも、一銭も、賄賂《わいろ》はもらってねえ！」

「じゃあなんで俺を撃とうとした⁉　え？　なんで殺そうとしやがった！」

俺はつめよった。奴の襟首をつかみ、激しく揺さぶった。

「てめえ、ふざけんなよ！　俺は悪党には恨まれてもな、お巡りに殺される筋あいはないぞ！」

池谷は俺に揺さぶられるままだった。目には半ば、放心したような虚《うつ》ろな色があった。

「くそっ」

俺は呻《うめ》いて、奴《やつ》をつきとばした。

池谷は、日本人の、日本人の手による、何か大がかりな犯罪について情報を握っているのだ。民族主義者の奴にとっては、それが気にいらない。犯罪はすべて、外国人かホームレスがひきおこすものだと信じていたいのだ。

だから俺を殺そうとした。

「失《う》せろ……」

池谷は低い声でいった。目は積みあげられたダンボール箱を見つめている。

「とぼけやがって……」

俺はいった。

「いいか、覚えておけよ。俺はあんたが今度の一件を、いくら日本人と関係のないものにしたてようとしたって、必ずバラしてやるからな。黒幕をひきずりだしてやる！」

「失せろっていってるだろう！　この雑種野郎が！」

何かが切れたように、池谷はどなった。あべこべに俺は冷静になった。

「雑種を甘く見るんじゃないぜ」

いいすてて、でていった。

12

自宅に戻った俺は、すべてのドアをロックし、あとからつけた保安用の補強錠をコンピュータで作動させた。もし、窓やドア、一階の入口を誰かが破れば、コンピュータがただちに作動して、各部屋のドアロックが降りる。相手もこっちも閉じこめられるシステムだ。

その上で、二階にあがると、天井に作っておいた隠し戸棚から、スーツケースをひっぱりだした。

もう外は明るくなっている。リモコンでカーテンをすべて閉め、スーツケースの番号錠をあわせた。

蓋《ふた》を開く。

中味は、非常用の武器だった。

これまでにも、俺はいく度か、命を狙われたことがある。だが相手はすべて、同じホープレスのストリートギャングたちで、その手口はだいたいわかっていた。

だからそれほど強い危険は感じなかった。連中は、家にやってきてまで俺を殺そうとはしない。——今度会ったら、ぶっ殺す。

そういうようなタイプだ。実際にでくわした奴もいて、ひとりは俺に殺された。

しかし、今度の相手は、まるでちがう。

俺はアリフを襲った消し屋たちが、あのマンションのエレベータを停止させるキィをもっていたことを覚えていた。

奴らは、オートロックだろうと、エレベータの操作盤だろうと、自在に開けることができたにちがいない。つまり、西側の不動産管理会社から、必要ならば、狙っている人物の住居の鍵《かぎ》を手に入れられるのだ。

西側の大企業が、殺しのための便宜をはかってやっているというわけだ。

その上、腕が立つときている。

池谷のようすで、警察があてにならないこともわかった。もし奴らが襲ってきたら、自分以外に身を守る人間はいない。

俺がスーツケースに入れて保管していたのは、ふだんならとてももって歩けない武器ばかりだった。

安物のリボルバーなら、殺した相手からとりあげたですむが、ここにあるのは、警察にそんない訳が通らない代物だ。

まず、KTW加工の四四マグナムを発射する、S&Wの大型リボルバーだった。KTWは、真鍮《しんちゅう》にテフロンをかぶせた特殊装甲弾で、コンクリートブロックでも貫通する。隣りの部屋から壁ごしにぶっぱなしても、相手の頭をぶち抜こうという代物だ。それに、ベレッタの超小型サブマシンガンだった。口径五ミリの小口径高速弾を、一分間に八百発は叩きだす。三十発入りのマガジンを空にするのに、二秒半とかからない。

つづいて、片手で扱えるグレネードランチャーがあった。一発で車をふきとばす発射式手榴弾《しゅりゅうだん》だ。信号弾を撃ちだす銃のような形をしている。

最後に、池谷がもっていたのと同じ、軍用ベレッタのオートマチックがある。六発しか入らないリボルバーでは、今夜のような戦いは不利になる。

もちろん、これらすべてをもちあるくことは不可能だ。俺は軍用ベレッタとグレネードランチャーをもつことにした。マグナムとサブマシンガンは、小さなバッグに移し、いつでももってでられるようにする。

冷凍庫で冷やしたズブロッカをあおり、俺はベッドにもぐりこんだ。相手に西側の大企業がついている以上、ここをでてホテルなどに移ることはもっと危険だ。たとえ居どころを知られる羽目になっても、ここの方が安全な気がする。

いつでも手にとれる位置にベレッタをおき、俺は目をつぶった。眠れないのでは、と思っていたがちがった。一分とかからないうちに、俺は眠りに落ちた。

目覚めたのは、昼の一時過ぎだった。キッチンで朝飯を作る。キッチンに立つと、きのうの、ロニーが作ってくれた食事を思いだした。まるで一年も前のことのようだ。体はあいかわらず不調を訴えているが、今はかまっていられない。

食事を終え、一階のオフィスに降りた。留守番電話に録音があった。

リモコンで作動させた。

まず、ロニーからだった。一日に一度、電話がほしい、といったようすだ。まだベッドを共にしてもいないのに、俺が惚《ほ》れられたと思いこんでも、責任をとってくれるのだろうか。

つづいて、ヨシオ・石丸だ。こっちは、あせってはいない。明日にでもまた、連絡する、といっていた。

ヨシオにはいったい何と説明すればいいのか、俺は考えあぐねていた。

東側のナイトクラブの歌手の失踪《しっそう》に、なぜ西側の大企業のバックアップをうけた消し屋どもがからんでいるのか、俺にはまるきり、想像もつかなかった。たとえガーナが、西側の大物を客にとっていたとしても、そのことで周囲の人間の命までを奪うなんてことは考えられない。

「ニュー・トウキョウマッサージ」とアリフのベイルート・タイガースが、その秘密を握っている。

三番目の電話はグッドガイ・モーリスだった。連絡がほしい、といっている。逆指名すれば、奴のオフィスにつながるから、と告げて電話を切っていた。

俺は逆指名のスイッチを入れた。壁に埋めたスピーカーから、呼びだし音が流れでた。

「はい」

モーリスの声が流れでた。

「ケンだ。電話をくれたらしいな」

「ああ。いろいろと厄介なことになっているようだな」

「耳が早いな」

「ベイルート・タイガースの連中が、ボスを君にやられたと思って、血眼《ちまなこ》になっているそうだが、まだ無事かね」

「だからあんたにこうやって電話をしている」

「それはよかった」

ライターの蓋を鳴らす音がスピーカーから流れた。葉巻に火をつけたらしい。

「何の用だ」

俺は訊《たず》ねた。この男が俺の心配をするとは思えない。

「ガーナの客についてのことなのだが」

「何か？」

「ある大物の日本人がついていた」

俺は緊張した。

「何者だ、それは」

「それについてはまだ、いえない。その日本人は、ガーナとは、うちにくる前から知りあいだったようだ」

「前？」

「ガーナの昔の商売だよ」

「マッサージか」

「そう。そこの客として、ガーナと知りあったといった」

「そいつに話を訊《き》きたい」

「うちでは困る。うちから話が洩《も》れたとなると厄介だ」

「わかった。あんたに迷惑はかけない」

「もうひとつある」

「何だ」

「タイガースの連中だ。アリフの一件があったので、あんたとうちがぐるだと思いこんでいるらしい。頭の悪い連中だ。うちとしては、つまらん嫌がらせをうけたくない。あんたが話をつけてくれるというのなら、その人物の名を教えよう」

嫌な予感がした。

「ということはつまり、タイガースの連中は本気で、俺がアリフを殺《や》ったと信じてるってことか」

「つまりはそうだ」

参った。

「どうしてわかった？」

「私にも友人はたくさんいる。タイガースの連中が君を捜していると知らせてくれた」

俺は唸《うな》った。目には目を、が骨の髄までしみこんでいる奴《やつ》らだ。厄介なことになる。

「で、アリフの後釜《あとがま》は誰だ？」

「サダムという男だ。まだ若いが、十《とお》かそこらでアリフに拾われ、半ば父親のように思っていたらしい」

「わかった。やってみるさ」

しかたなく俺はいった。

「君とうちが、無関係であることを、サダムが納得すれば、客の名を教えよう」

「そうなる前に俺が殺られちまったらどうする」

「そのときはやむをえない。うちとしても、ふりかかる火の粉は払わねばならんのでな」

クラッシュ・ギルドのおでましというわけだ。ベイルート・タイガースと全面戦争ということになる。タイガースは皆殺しにされるだろう。

いくらタイガースの連中に根性があっても、装備や数の点で、クラッシュ・ギルドの敵じゃない。

「タイガースは、二日間、アリフの喪に服している。それが過ぎれば、復讐《ふくしゅう》に動く筈《はず》だ」

親切にモーリスはそこまで教えてくれた。

「礼をいいたいがな、モーリス」

「何かね」

「ひょっとしてあんた、俺が消されるのを望んでやしないか」

モーリスの返事に一瞬、間があった。俺は奴がニヤリと笑ったような気がした。

「君ならきっと切りぬけるだろう」

「そのときには、シャンペンでも奢《おご》ってもらおうか」

俺はいった。半ば、ヤケだった。

「では冷やしておくことにする」

それがモーリスの返事だった。

俺はベレッタを腰にさし、グレネードランチャーをコートの内側の特製ポケットにつっこんで、メルセデスに乗りこんだ。

タイガースと話をつけるためには、そのサダムという野郎とサシで対決する他はない。一歩まちがえば、血の雨が降る。

まず、アリフと話しあった、旧麻布のモスクに車を走らせた。ハンバーガーを途中で買いこみ、モスクの向かい側に止めた車から、サダムたちが現われるのを待つ。

暗くなるまで張りこんだが、ベイルート・タイガースらしい連中はやってこなかった。

俺はますます嫌な気分になった。奴らが日課にしている礼拝に姿を見せないということは、地下に潜ったのを意味している。潜った理由はひとつしかない。

〝ハリネズミ特捜隊〟のマークを避けるためだ。マークを避けるのは、復讐の邪魔をされたくないからだ。

本気で俺を狙《ねら》っているというわけだ。

暗くなり、六時の礼拝が終わった人々がぞろぞろとモスクをでてくると、俺はメルセデスを発進させた。

走りながら「シンジケート・タイムス」社に電話をいれた。亀岡に、サダムたちが潜りそうな場所を訊こうと思ったのだ。

だが亀岡はすでに退社したあとだった。ひょっとしたら例のコーヒースタンドで、女どもとミルクの値段を交渉しているのかもしれない。

俺はあてもなく、B・D・Tを走りまわった。夜になると、西側に近いエリアにはコールガールやコールボーイが立ち、うすよごれた廃墟《はいきょ》のような街に似つかわしくないネオンが煌《きらび》やかに輝きだす。

まるでゾンビのような都会だった。だが、俺もこのゾンビの胎内で生まれ、育ったのだ。

街はしょせん、夜に支配されている。一日を昼と夜に分ければ、東京のような大都会は、夜にその真実の姿が露《あら》わになる。

大阪もいずれはそうなる、と俺は聞いていた。だが俺は、東京以外の土地に足を踏みいれたことがない。ひと目でホープレスとわかる人間にとり、東京以外の日本の街は決してあたたかくない。金があっても食い物を売ってもらえなかったり、ホテルの宿泊を断わられたりするという。

ひょっとしたら、それは噂《うわさ》だけかもしれない、と思うこともあった。西側に住む日本人が、安い労働力のホープレスを東側に押しこめておくために、流している噂だと。

日本人にも、亀岡のような奴はいる。田舎にいけば、もっと素朴で、差別をしない日本人はたくさんいるかもしれない。

だが、ホープレスは田舎では暮らせない。

農業をやりたくともなかなか土地は買えないし、必要な技術を学ばせてくれる場所もない。農業の職業訓練所は、外国からきて、外国に帰る人間には、ていねいな技術指導をするが、帰る場所のない人間には、冷たい。

昼に支配される土地に生きたければ、東京を捨てる他ない。だが、食っていく技術のない人間が生きていけるほど、日本の田舎には仕事がないのだ。

田舎で見かけるホープレスのほとんどは、建築作業のために、かりだされた連中で、プレハブの飯場で寝起きしている。その土地で暮らしているわけではないのだ。

この街を好きなのか嫌いなのか、正直いって俺にもわからない。比べられるものがないからだ。

ただひとついえるのは、俺は、この街のやり方を知っている。そしてそれを知る者にとっては、この街はそれなりにフェアだということだ。

やり方を知らない人間は、突然襲ってくる拳やこん棒、ときにはナイフや銃弾で、怪《け》我《が》をしたり命を落とす。それは、いくべきでない場所で、するべきでないことをしていたからだ。たとえそれが、ただ立っているだけのことであっても。

やり方を知っている人間は、そんなヘマをしない。ドジな奴《やつ》、というだけだ。

アンフェアもたまにはおきる。しかし、道を歩いていたって車にはねられて死ぬ奴もいる。それを嘆いていたのでは、たぶんこの地球上のどこでも暮らしてはいけない。

九時を数分、過ぎていた。俺は走りまわるのに疲れ、腹が減っていた。

車は赤坂エリアにさしかかり、昨夜、アリフとその女房が血まつりにあげられたマンションが見えてきた。

俺はふと、あることが気になった。

アリフがあのマンションに住んでいられたのは、西側の大物と何らかのつながりがあったからではなかったのか。

あのマンションの持主が誰なのか、それを調べれば、日本人の消し屋のバックにいる奴の正体につながるのではないだろうか。

俺はハンドルを切り、マンションに近づいていった。

きのう、ラピッドが止まっていたのと同じ場所に、メルセデスを止めた。何か手がかりをえられるかもしれない。

俺はロビーに入り、オートロックのインターホンに歩みよると、「二一〇二」のボタンを押した。「二一〇二」は、アリフの巻き添えをくって、亭主を殺された日本人の家族の部屋だ。

「――はい」

低く沈んだ女の声が答えた。ロビーに吊《つ》るされた監視カメラで俺の姿は見えている筈だ。俺は息を吸い、いった。

「ケン・代々木といいます。きのうの夜、ご主人を殺した犯人と上ででくわした私立探偵です」

身分証をカメラに向けた。

「どういうご用件でしょう」

その沈んだ声を聞いていると、ますます心が重くなった。

「お悔やみをいいたくて。それと、ひとつふたつ、うかがいたいことがあります」

インターホンは沈黙した。俺は待った。

未亡人になったばかりの女性が迷っているのがわかった。夜であるのに加え、相手は見しらぬホープレスなのだ。

ガタン、と音がして自動扉が開いた。

「二一〇二」で俺のためにドアを開けてくれたのは、昨夜パジャマ姿で母親によりそっていた、六歳くらいの男の子だった。

固く唇を結び、きつい目で俺を見あげている。父親が死んだ今、母親をいじめる者がいるなら自分が許さない、という決意がその瞳《ひとみ》にはみなぎっていた。

「ありがとう」

俺は礼をいった。男の子は無言でぱっと背中をひるがえし、部屋の奥に駆けこんでいった。部屋の造りは、アリフのところと同じだった。

狭い廊下をくぐって居間にでると、ソファに喪服を着けた日本人の女が腰かけていた。化粧けはなく、顔色が悪い。束ねた髪がところどころほつれているせいで、ひどくやつれた印象がする。

男の子は母親のかたわらに立つと、きっと俺を見つめた。

この子が、今度のことで池谷のようなホープレス嫌いにならないでいてほしい——そのとき俺は心底、思った。

「こんなときに本当に申しわけありません」

俺は頭をさげた。

「いえ——」

「心からお悔やみ申し上げます。ご主人は何の関係もないのに、奴らに殺された」

女は深く息を吸いこんだ。かすかに喉《のど》が震え、かたわらの男の子が心配げに母親を見つめた。

「ありがとうございます。ここに引っ越してきたとき、いろいろと心配して下さった方もいらしたのですが、主人は全然気にしませんでした。西側にいても、事故や病気で死ぬことはあるのだからと――」

「奥さんは、昨夜の犯人をごらんになりましたか」

「いえ」

女は首をふった。

「主人とわたしたちは、隣りの寝室でやすんでおりました。窓ガラスの割れる音に目を覚まして……。主人が見にこちらにきて、すぐ……」

奴らと鉢あわせをした、というわけだ。奴らは即座にここの主人を撃ちころした。

「主人は何ももっていませんでした。警察の方のお話では、犯人は、ただこの部屋を通りぬけたかっただけだと……。だったら通ってくれればよかったんです。なにも主人を撃つことなんか――」

語尾がとぎれ、女は両手で顔をおおった。

男の子が俺の顔をにらみつけた。

「帰れ。お前なんか帰れ！」

「いいのよ。この方は悪くないの」

男の子の手を握り、女はいった。

「失礼ですが、ご主人はどんなお仕事をしていらっしゃいましたか」

「不動産管理会社の社員でした。ケイハン・ハウジングという会社です」

「ケイハン・ハウジング」

「はい。このマンション全体がケイハン・ハウジングのものです」

「本社はもちろん西側ですよね」

「ええ。世《せ》田谷《たがや》の若林にあります」

「旧環状七号沿いですか」

「はい。あのあたりに並んでいるビルのひとつです」

旧環七沿いは、西側の新オフィス街だった。道路に沿って高層ビルがびっしりと建ちならんでいる。

「ここに住んでいる人は皆、ご主人の勤めてらした会社に家賃を？」

「はい。また貸しがおきないように、会社は厳しくチェックしていました」

「ひょっとするとご主人は、その監視役を兼ねられていた？」

俺は思いついて、訊《たず》ねた。

「ええ」

女は頷《うなず》いた。

あたりだった。東側では店子《たなこ》による部屋のまた貸しが日常的に行なわれ、不動産管理会社は手を焼いている。家賃が払われないので社員が督促にいくと、契約した人物とはまったく別の人間が住んでいて、家賃は払っているといい、トラブルになる。西側の不動産管理会社は、ところによっては厳しい入居条件を課しており、それを満たせない東側の人間が、最初に契約をした人物からまた借りをするのだ。家賃はもちろん当初より高目に設定され、また貸しする方はそれで利ザヤを稼ぐ。うまくいっているうちはいいが、どちらかがドロンを決めこめば、たちまちトラブルになる。

常駐の管理人をなかなかおけない、東側のこうしたマンションに、不動産管理会社はときどき、監視役として社員を送りこむ。自分のところの人間を格安の家賃で住まわせ、住人の顔ぶれの変化をチェックさせるとともに、また貸しが行なわれないよう監視させるのだ。

この部屋の主人は、まさしくそういう人間だった。

「――すると、このマンションではまた貸しは行なわれていなかったのですね」

「ええ。ここの住人の方はすべて、ケイハン・ハウジングの契約者の方でした」

「失礼ですが、正規契約の場合、ここと同じ広さの部屋の家賃は、どれくらいするものなのでしょうか」

俺が訊ねると、女は答えた。

その金額は、東側のマンションとしては一流といえた。アリフも払っていたのだろうか。

「昨夜の犯人が、このすぐ上の部屋からやってきたことはご存知ですか」

「はい。警察の方からうかがいました」

「上の部屋の住人について、何か知っていらっしゃったことはありますか」

「いいえ。何も。何となく、ふつうの方ではないような気はしていましたけれど、今までトラブルのようなことはありませんでしたから」

「ここにはいつからお住まいですか」

「四年ほど前です」

「上の連中が引っ越してきたのはいつ頃ですか」

「さあ……。でも、もう二年くらいはたっていると思います。女の方がこられたのは最近ですが……」

「当然、ご主人の会社と契約して入ってきたわけですね」

「はい。あ、そういえば——」

「何です？」

「上の人たちがきたとき、一度エレベータでいっしょになって、恐そうな感じだったので、主人にいったことがありました。『上の部屋の人たち、何だかギャングみたいだけど、会社は知っているのかしら』って。そうしたら主人が『わかってる。心配するな』と」

「つまりご主人は、奥さんが実際に会って、連中がマトモじゃないと気づく前から、連中について知っていた」

「……ええ。そうですね」

女は、それがどうかしたのか、というように俺を見つめた。

「少し奇妙だとは思いませんか。上の連中は、奥さんが受けた印象どおり、ギャングだった。『ハリネズミ』という言葉はご存知ですか」

「知っています」

女は頷いた。

「上にいた、アリフという男は、典型的な『ハリネズミ』のリーダーでした。ご主人の会社は、それを知っていてここを貸した、ということになる。それほどここは、店子に困っていたのですか」

「いいえ。人気はありました。今でもある、と思います。東側としては、いい場所ですし、建物もきれいですから」

「するとますます変だ。上の連中について、何か他にご主人がいっていたことはありませんか」

「……………」

女は考えていた。が、やがて首をふった。

「これといっては。もともと、あまり仕事の話をする人ではありませんでしたから」

「そうですか」

俺は息を吐いた。

「あの、あなたはなぜ、昨夜、上の部屋にいらしたのですか」

「アリフに訊《き》きたいことがあったのです。ボディガードがいるので、寝込みを襲うつもりでした。もちろん、殺したり傷つけたりする気はなかった。先回りしていた連中がいたわけです」

　それで俺はエレベータのことを思いだした。

「エレベータを特定の階で釘《くぎ》づけにする操作キィがありますね。ご主人はもっていらっしゃいましたか」

「ええ。ここには常駐の管理人がいないので、いちおう預かっていました」

「見せていただけますか」

「はい」

　女はいって立ちあがった。キッチンにある物入れの前にいき、ひきだしを開けた。しばらく探していたが、

「なくなってしまったみたいです」

　俺をふりかえった。

「いつもそこにおいてあったのですか」

「ええ。引っ越してきてからずっと。住人の方が引っ越しをなさるときで、会社から管理部の人間がこられない場合に、お貸ししていたんですが……」

「いつ頃からなくなっていたかわかりますか」

「いえ……。しばらく使っていませんでしたから」

　女は不思議そうにいった。

「お手間をおかけしました」

俺は礼をいって立ちあがった。

「もう、よろしいんですか」

女はぼんやりと俺を見あげた。

「はい」

「あの……鍵《かぎ》がなくなったことと主人のことは、何か関係があるんでしょうか」

俺の中には、ある予感があった。が、未亡人になったばかりのこの女に、それを告げるのはためらわれた。

「いいえ。別に関係はないと思います」

俺はきっぱりといった。そして訊ねた。

「ここは、引っ越されるのですか」

「さあ……。まだ気持の整理も何もついていないので……」

「警察はまだあなたには何も告げていないでしょうが、昨夜の犯人はホープレスではありません。どうか、ホープレスすべてが悪人だとは、思わないで下さい」

俺は思いきっていった。女は驚いたように目をみひらいた。

「会って下さって、どうもありがとうございました」

俺は礼をいい、靴をはいた。女が玄関まで送りにきた。男の子はまだ俺をにらみつけていた。

俺は息を吸い、いった。

「強くなれよ」

男の子は答えなかった。

俺は廊下にでていった。

13

「二一〇二」をでた俺《おれ》は、エレベータでもうひとつ上の階、二十二階にのぼった。廊下を歩き、「二二〇二」のドアの前に立った。

「二二〇二」のドアは、警察の手で封印されていた。アリフの部下と接触する手がかりが中にあるとしても、入ってはいけない。

俺は廊下を戻り、エレベータの前に立った。二基あるエレベータはどちらも移動中だった。

一基は一階まで降りていく最中で、もう一基は上にあがってきている。

俺はボタンを押し、待った。

あがってきているエレベータが、上りの客を乗せているなら、どこかでその客をおろし、二十二階までくるだろう。

だが、そのエレベータはどこにも止まらず、まっすぐに二十二階までやってきた。

俺は嫌な予感がした。

チン、と到着したエレベータが音をたてた。

俺はベレッタを上着の中でつかんだ。廊下には身をかくす場所がない。

エレベータの扉が開いた。

次の瞬間俺は、十以上もの銃口に狙《ねら》いをつけられていた。

ベイルート・タイガースの奴《やつ》らだった。エレベータにぎっしりと乗りこみ、ほとんどが両手に二挺拳銃《にちょうけんじゅう》で俺を狙っている。七、八人は乗っているだろう。

中央に、色の浅黒い端整な男前がいて、そいつだけは胸の前で腕を組んでいた。耳にピアスをはめ、髪を短く刈っている。なめし革の黒いコートを着こんでいた。

そいつは無表情に俺を見つめた。

「ケン・代々木だな」

「訊くまでもないだろう」

腕をほどき、右の掌《てのひら》をさしだした。俺は息を吐いて、ベレッタをその上にのせた。

「いっしょにきてもらおう」

逃げようがなかった。

俺は奴らに囲まれるようにして、エレベータに乗りこんだ。

一階に降りると、俺のメルセデスの前後が、タイガースの派手《はで》な車でぴったりと塞《ふさ》がれていた。呑気《のんき》にこんなところに止めておいた報いだ。

「どこに連れていくんだ。頭に一発なら、そのあたりで充分だろう」

ロビーにでた俺はいった。

「もちろん殺す」

男前は短くいった。

「だが、訊いておきたいことがある」

「好きにしろ」

「車に乗れ」

男前は、俺のメルセデスの前に止まった、ひどいペインティングのタイガースの車をさした。俺は乗りこんだ。中は、野郎どもの体臭がむっとするほどこもっていた。

俺は、二人のタイガースにはさまれて、後部席に乗った。乗る前に身体検査をされ、グレネードランチャーとナイフもとりあげられた。男前がそれを手に助手席に乗った。

俺は両わき腹に銃口をつきつけられている。車が発進し、数メートルほど走ると、男前は、

「待て」

と、命じた。運転手はブレーキを踏んだ。

男前は助手席の窓をおろし、うしろをふりかえった。もう一台の奴らの車が、俺のメルセデスの尻《しり》から離れたところだった。

男前は表情をかえずに、俺からとりあげたグレネードランチャーを窓からつきだし、引き金を絞った。

グレネードは、メルセデスの横腹に命中した。ドアが吹きとび、ウインドウが砕けちった。次の瞬間、タンクに引火し、火柱をあげた。他のタイガースの連中が大声で笑った。

男前は空になったランチャーを、俺の膝《ひざ》に放り、窓ガラスを巻きあげた。

俺が連れていかれたのは、運河沿いにある、奴らのアジトらしい倉庫の廃屋だった。このあたりは、直下型地震以降、地盤の沈下がひどく、多くの建物が傾き、修理されることなく捨ておかれている。

奴らは奥行きのある倉庫の内部に自家発電機をもちこみ、窓を鉄板で目張り補強していた。車ごと倉庫の中に入り、扉を閉めてしまえば、光も音も洩《も》れない、というわけだ。コンクリートじきの床には亀裂《きれつ》が走り、大きいところでは、三十センチ以上もの段差ができている。

バウンドしながら中に進入した二台の車は、倉庫の中央部で止まった。うしろの車から降りた連中が倉庫の扉を閉めた。

俺は車からひきずりだされると、発電機からのびるライトが作る、光の輪の中央にひざまずかされた。周囲をタイガースの連中が囲んだ。

「殺せ！」「殺せ！」声がとんだ。

男前は俺からとりあげたナイフを手に、俺の前にかがんだ。

「サダムだな」

じっと俺の顔を見つめる男前に、俺はいった。サダムは返事のかわりに、ナイフを走らせた。

頬《ほお》を鋭い痛みが走り、俺は呻《うめ》いた。血がコンクリートの床に滴った。歓声がとり巻きの奴らからあがる。

サダムは指を一本立てた。歓声が止み、静かになった。

「まずお前のキンタマを切りおとす。それから指だ。目、鼻、耳、とえぐっていって、声がでなくなった頃、舌だ」

サダムは静かにいった。

「復讐《ふくしゅう》のつもりか」

俺はいった。声が震えていた。痛みと恐怖の両方のせいだった。

「目には目を、が俺たちの伝統だ」

「アリフを殺《や》ったのは俺じゃない」

「皆そういうさ。こうなれば、な」

「理由がないだろう」

俺は瞬《まばた》きして、いった。

「銭さ。お前は銭のためなら何でもやる」

「よしてくれ」

サダムは俺の言葉を相手にせず、俺の目をのぞきこんだ。

「誰に雇われたんだ」

「金で殺しなんか請けおわない」

ナイフが走った。反対側の頰を切りさかれた。

「タマを切ったらな、痛くて喋《しゃべ》れなくなる。だから今のうちに答えるんだ」

「やってねえって、いってるだろう」

サダムは立ちあがり、手下に命じた。

「こいつのズボンを脱がせろ」

手下どもが俺に襲いかかった。暴れたが、かなう数じゃない。目がくらむほど、拳や蹴《け》りをくらった。

「アリフを殺ったのは日本人の消し屋だ。お前らこそ、心あたりがあるだろう!」

俺は叫んだ。またたく間に下半身をすっぱだかにされていた。

「日本人だと」

「そうさ。日本刀を使う奴ともうひとり。二人組だ」

「与太《よた》をふかすなよ」

「与太なものか。俺はひとりの背中に一発くらわせているんだ」

俺の股間《こかん》にかがみこんだサダムは、俺の顔を見つめた。

「なぜそんなことになった?」

「アリフは、以前、『ニュー・トウキョウマッサージ』に女の子を送りこんだ。そのことと関係がある」

「お前がかかわった理由は？」

「そのときの女のひとりを捜しているんだ」

「マッサージなど知らない」

「アリフは知っていた。昨夜、アリフといっしょに殺された奴《やつ》も。アリフは、女はマッサージの経営者がひっぱってきたといったが、その経営者の女房だった婆さんも、アリフを殺ったのと同じ消し屋に殺された」

サダムは迷っているように、縮こまった俺の一物《いちもつ》を見ていた。

「日本人とのつながりはそれだけじゃない。なぜアリフがあそこに部屋をもっていたか、あんたなら知ってるだろう。あのマンションは、日本人の不動産管理会社のものだ。また借りじゃなかったとしたら、よほどのコネがあった筈《はず》だ」

サダムはじょじょに視線を上に向けた。

「お前の考えを聞こう」

「アリフは、日本人と手を組んでた。その日本人は、ヤバい銭儲《ぜにもう》けを考えていて、この東側ではアリフとつながりがあった。『ニュー・トウキョウマッサージ』の経営者は日本人だ。そこに女を送りこんだのは、アリフじゃなくて、アリフと手を組んでいた日本人だった。ところが今になって、それを調べる人間がでてきたんで、そいつが消しにかかってるって寸法だ」

「なぜ消す必要がある」

「わからん。おおかた西側社会の大物か何かで、犯罪に関与していることがバレるとヤバい奴じゃないのか」

「そんな話は聞いたこともない」

「じゃ、なぜアリフはあのマンションに部屋をもっていた？　家賃を知っているのか、あそこの」

ナイフを握りなおしかけたサダムに、必死になって俺はいった。

「二十万くらいだろう」

「冗談いうな。その倍以上だ。俺はさっき調べてきたんだ。お前らタイガースは、そんなに銭があったのか」

サダムの手が再び止まった。

「与太を――」

「殺されるとわかっていて、こんな七面倒くさい嘘《うそ》をつくか。アリフは絶対、日本人の大物とつながりがあった！」

サダムは穴の開くほど俺の顔を見つめた。俺はにらみかえした。

やがてサダムはナイフを床に放りなげた。

「相手が日本人じゃ、俺たちは手がでない」

「なぜだ。俺は犯人を見つける気でいるぞ」

「お前、馬鹿か。ホープレスのギャングを殺した日本人を、警察《ピー》がまともにつかまえると思うか」

立ちあがったサダムは怒りのこもった口調で叫びかえした。

「ピーは日本人のいうことしか信用しねえ。まして相手が大物だったら、尚更《なおさら》だ」

「だったら、さらってくりゃいいだろう！　それとも相手が日本人だとびびるのか、お前らは!?」

サダムはきっとなって俺をにらんだ。

「気をつけて物をいえよ。まだお前が犯人じゃないと、決めたわけじゃないんだ」

「この街の組織犯罪は、長いこと、ホープレスが牛耳ってきた。売春、ドラッグ、ギャンブル、誘拐、とな。だがな、もともとは全部、日本人のギャングどもの商売だったんだぜ」

「はんっ」

サダムはせせら笑った。

「深夜映画の見過ぎだぞ。『ヤクザ』のことか。奴らは今や腰抜けだ。弁護士がついてて、スーツを着ていなけりゃ、何もできない男のクズ共だ」

「俺がきのう渡りあった奴らに会えば、お前も考えがかわるさ」

「どんな奴らだ」

「スーツを着ていた。覆面をしてな。奴らはプロだよ」

「プロってのは俺たちのことだ！　この街を牛耳ってるのは、俺たち、ホープレスのギャングなんだよ！」

「お前らは小物だ」

俺はうんざりしていった。

「何だと？」

サダムは血相をかえた。俺は叫んだ。

「いいか。ここを見てみろ！　乗っている車を見てみろ！　お前らひとりひとりが住んでいる場所を考えてみろ！　お前らは、俺もそうだが、路地裏で育った。野良犬やドブネズミと食い物を奪いあいながら育った。だから、どんなこぎたないアパートでも、雨露がしのげて、どんなボロ車でも、走ることができりゃ、手に入れたとたんに大物だと思う。この街にいて、この街の同じような肌の色をした連中が道をゆずりゃ、恐がられているんだ俺様は、と、いい気になれる。だが、西側の街を見てみろ。ぴかぴかのビルディング、新品の外車、おろしたてのスーツだ。そういうものは、すべて日本人の独占品なのか。ちがうだろう。ちがう筈だ。ホープレスは西側の社会になかなかでていけない。だけどな、銭は同じなんだ。東側で稼ごうが、西側で稼ごうが、銭はいっしょなんだよ。日本人がアパートを貸す以外に、東側で銭儲けすることを考えないと、どうしていいきれるんだ!?　そういう奴らが、腕の立つ日本人の消し屋を使っていないと、どうしていいきれる!?」

「貴様、いい気になって、ぴいぴいさえずるんじゃねえ！」

サダムがどなった。

「お前がいうとおりかもしれん。アリフの兄貴は日本人が殺ったのかもしれん。だが、お前があちこち嗅《か》ぎまわらなけりゃ、兄貴は死なずにすんだんだ。だからやっぱり、お前を殺す！」

しまった。喋りすぎた。だが遅かった。サダムは一度捨てたナイフを拾おうとした。しかたがない。俺はそのナイフにとびついた。

その瞬間、大音響とともに倉庫の入口の扉が内側に向かって弾《はじ》けとんだ。呆然《ぼうぜん》としているサダムの手からナイフをもぎとった俺に、とり巻きの奴があわてて銃の狙《ねら》いをつけた。

が、扉をつきやぶってきたものをよけようとした仲間につきとばされ、よろめいた。

倉庫の中に、警察の装甲車が突進してきたのだった。装甲車は、タイガースの車にぶちあたり、それを鼻先で押しのけて、クモの子を散らすように逃げまどうタイガースのメンバーを追いまわした。

扉にできた穴から、次々にパトカーが後続してなだれこんでくる。銃声が交錯した。

「てめえ！」

サダムがどなった。パトカーに気づいたタイガースのメンバーは一斉に逃げだしたが、サダムはちがっていた。

コートの内側から、俺のベレッタをひきぬいた。奴が狙いをつける前に、俺は奴に向かってつっこんだ。

ナイフが奴の鳩尾《みぞおち》を貫いた。生あたたかい血しぶきを、俺は裸の下半身に浴びた。

ベレッタが炎を吐き、九ミリ弾が俺のいた床を削った。

「く、そう……」

サダムは呻《うめ》き、俺をにらんだ。

「日本人のイヌが」

「俺はちがうぞ」

俺は奴の耳もとでいった。

「じゃ、こりゃあ、何だ……」

奴の目が裏がえった。喉《のど》の奥がごろごろと音をたて、奴はすとんと、膝《ひざ》をついた。

俺はナイフから手を離し、一歩しりぞいた。サダムはゆっくり前のめりになった。額が鈍い音をたてて、床にぶつかった。

なんてことだ。

俺は歯をくいしばって、サダムの死体を見おろした。

あちこちで銃声が轟《とどろ》いたが、それはもう、タイガースの連中の銃から発せられたのではなく、タイガースを追いつめた警官たちによるものだった。

俺は立ちつくし、あたりを見まわした。

そこらじゅうに、タイガースのメンバーの死体が転がっていた。追いつめられ、害虫のように射殺されたのだ。生き残った奴も、重装備の機動隊員に叩《たた》きふせられ、手足を折られたり、額を割られたりしている。

「ひでえザマだ」

声にふりかえった。装甲車から、防弾チョッキに身を包んだデブが体をひきぬくようにして降りたった。

「てっきり殺されているかと思ったんだが、お楽しみだったようだな」

池谷は、俺の裸を見て皮肉たっぷりにいった。

「くそったれが」

「おい、気をつけてモノをいえよ。お前は命を助けてもらったんだぞ。俺たちが駆けつけなけりゃ、今ごろくたばってるのは、お前の方だ」

返事をせず、俺はタイガースの奴らにむしりとられたズボンをはきにかかった。太腿《ふともも》や膝は、まだサダムの血で濡《ぬ》れている。

「おい！」

池谷が俺の肩をつかんだ。

「なんでここがわかった？」

向きなおった俺はいった。

「『二一〇二』の奥さんから通報があった。マンションの前でお前の車が燃えて、男たちに連れていかれるところを窓から見た、とな。タイガースの奴らだとすぐわかったから、前々から目をつけていたここを急襲したんだ。ありがとうぐらい、あっていいだろうが」

俺は池谷とにらみあった。

「きのう、あんたは俺を殺そうとした。その上、こうやって手柄をたてた。チャラだよ」

俺はいってやった。池谷の頰《ほお》が怒りで赤くなった。

「この礼儀知らずのくそホープレスが！」

ぺっとツバを吐いた。くるりと背を向け、生きのこったタイガースの連中をひったてる機動隊の方に戻っていく。

俺はため息をついて、サダムの上にかがみこんだ。

本当なら殺したくはなかった。そりゃあギャングだし、俺を殺そうとしたのは事実だが、もともとは殺しあう理由などなかったのだ。

サダムの手からベレッタをとりかえし、警察《ピー》に気づかれないうちに懐ろにしまった。ナイフはしかたがない、サダムの胸に残しておく。

上機嫌で部下の指揮をとる池谷に近づいた。

「帰っていいか」

池谷は向きなおり、俺を見た。

「ひっくくって痛めつけてやってもいいが、その傷だ。明日、出なおしてくるんだな。事情聴取はさせてもらう」

「〝ハリネズミ特捜隊〟の本部にいきゃあいいんだな」

「そうだ」

俺は頷《うなず》き、ふらつく足を踏みしめて、倉庫をでた。

倉庫の周囲は十重二十重にパトカー、装甲バスに囲まれ、ごていねいにもテレビ中継車まで出動していた。

警察《ピー》はこの捕り物を、他のハリネズミどもへの見せしめにしようと考えたのだ。

ベイルート・タイガースというハリネズミは、今夜を最後に消滅した。

さぞ枕《まくら》を高くして眠れる奴がいることだろう、俺《おれ》はくるくると回る無数の赤色ライトを見つめ、思った。

14

自宅に戻った俺は、朝になるのを待って、馴染《なじ》みの無資格ドクターの往診をうけた。

日系ブラジル人のこの医者は、本国では医師の免許をもっていたが、出稼ぎにきた日本ではそれが使えないため、表向きは、マッサージハウスのドライバー助手ということになっている。

ドクターは、俺の両頬を十針ずつ縫い、

「傷跡、残るよ」

といった。

「死ぬよりマシさ」

答えた俺に、やった奴《やつ》の運命を悟ったらしい。肩をすくめて、鎮痛剤のカプセルを十錠くれた。

「一度に三錠以上飲まないね。飲むと、アウト。どこかへとんでいくよ」

「わかった。いくらだ？」

「治療代十万円、薬代五万円」

十五万を払い、ドクターがでていくと、俺は家のロックシステムを作動させた。傷はひどく疼《うず》いていた。カプセルを一錠飲み、シャワーを浴びている最中に、膝が震えだして止まらなくなった。

バスルームからでると、震えはおさまった。薬が効いてきたのだった。俺はベレッタをつかんで、這《は》うようにベッドに入った。

その日の夕方、俺はヨシオ・石丸と会うことにした。が、その前にやることがあった。

〝ハリネズミ特捜隊〟の本部は新宿にある。旧マンモス交番の地下だ。

池谷は昨夜来、一睡もしていないようだが、上機嫌はつづいていた。その筈《はず》で、新聞の社会面はトップで、昨夜の手入れを報じていたのだ。

俺は、池谷ともうひとりの刑事による事情聴取をうけた。今度のことに関しては、日本人の未亡人による証言があったので、俺は容疑者扱いを免れることができた。彼女が通報してくれなければ、まちがいなく俺はお陀仏《だぶつ》だった。

池谷が上機嫌な理由はもうひとつあった。ベイルート・タイガースが崩壊したことで、その前のアリフ殺しの犯人についての報道がぐっと小さく扱われることになったのだ。マスコミの多くは、昨夜の手入れと殺しをつなげて考え、アリフ殺しはタイガースの内輪もめが原因だというように伝えていた。

事情聴取が終わり、廊下にでた俺を、池谷が追ってきた。

「おい、ケン」

俺はふりかえった。

「てめえ、まだ納得してねえツラだな」

「何に納得すりゃいいんだ。アリフを殺《や》ったのは、サダムじゃない」

池谷はあたりを見回し、俺の腕をつかんだ。

「こっちへこい」

俺は本部の廊下の端っこへと連れていかれた。小便とゲロの臭いがしみついた、この世のどん詰まりを思わせる場所だ。

「いいか、これ以上がたがた嗅《か》ぎまわると、今度はお前を叩《たた》くからな」

「あの日本刀はどうした？　持主を洗ったのか」

「鑑識に預けてある」

「そのまましまいこむつもりだな」

「黙れ。あれに関しては、慎重な捜査が必要なんだ。『ハリネズミ』を扱うのとは、ワケがちがう」

「捜査をやるのか、やらないのか」

「貴様にそんなことをいわれる筋あいはねえ！」

池谷はかっとしたようにいった。俺は池谷を見つめた。

「あんたは嫌な奴だが、まっとうなピーだ。だから相手に日本人の大物がからんでるとわかっても、びびらないでいてくれると信じるよ」

「なんだと。どういう意味だ」

「アリフが殺されたマンションは、ケイハン・ハウジングという西側の会社が管理していた。家賃は五十万以上だ。アリフにそれを払う銭があったとは思えない。その上、アリフを殺った奴らは、下の『二一〇二』号室においてあった鍵《かぎ》で、エレベータをストップさせている。殺された『二一〇二』の男は、ケイハン・ハウジングの社員で、会社がまた貸し防止に住まわせた管理人だったんだ」

池谷はしばらく考えていた。やがて、俺の言葉の意味に気づいた。

「じゃあ、『二一〇二』の男を殺ったのは、偶然じゃないってことか」

「『二一〇二』の男は、窓ガラスを破って逃げこんできた犯人と鉢あわせした。そのとき、犯人も殺られた男も互いがわかったのさ。だから犯人は、即座に撃った」

「ケイハン・ハウジングの社員だってのか、犯人が」

「そいつは調べてみなきゃわからない。もっとちがうところに勤めている奴で、ケイハン・ハウジングに圧力がかけられる立場の人間かもしれないだろう」

「そんな大物がなぜ東側をうろうろする必要がある」

「銭さ」

「銭だと？」

「あんたもサダムといっしょだ。奴も俺に殺られる前にいっていた。東側を牛耳っているのは、ホープレスだとな。だが、東側で稼いだ銭が西側で使えないわけじゃない。西側の連中が、東側で商売を考えてなぜいけない」

「どこにそんな銭がある？」

「考えてみろ。東側のエイリアンマフィアが、売春やドラッグであげる収益が全部でどれくらいになると思う。そいつを一カ所にまとめて吸いあげりゃ、どでかい額だ」

「今さら、お前らホープレスがそれを手放すとでもいうのか。そいつがなくなったら、ホープレスは生きていく道がない」

「皆《みん》んなそう思ってる。だが同じ人間で、どうして片方は正業で食え、もう片方は犯罪じゃなきゃ食えないと思うんだ」

「世迷《よま》い言《ごと》をぬかすな。ホープレスがいなくなりゃ、犯罪は減る」

「そいつはちがうね。俺たちホープレスがこの街からひとりもいなくなったって、犯罪はなくならない。ドラッグだって売春だって、俺たちが生まれる何十年も前から、ここにあったんだ」

池谷はぷっと頬《ほお》をふくらませた。ちがうといいたいのだが、それは事実にもとるのでいえないでいる。

「あんたも何かを感じている筈だ。犯罪がホープレスの専売特許じゃない、と思う何かをな」

俺は奴のでっぱった腹に指をつきつけ、いってやった。

「そんなことを、あちこちでいいふらさん方がいいぞ。そんなことをしたら、お前は生きていけなくなる」

「俺は恐かない。恐いのはあんたの方だろ。だから、気づいていても、気のつかないふりをしているんだ」

「西側にはな、俺やお前は手をだせないんだ」

「おやおや、こいつは傑作だ。サダムもそういっていたぜ。あんたがホープレスのギャングと同じセリフを吐くとはな。あんたは日本人だろ。俺たちうすぎたないホープレスとはわけがちがうのじゃないか」

「くっ」

池谷は歯噛《はが》みした。今にも俺に殴りかかりそうだった。

「犯罪は犯罪だろうが」

池谷は深呼吸した。必死になって感情をコントロールしようとしている。

「わかった。貴様のいうとおりだ。今度のことの裏には日本人の大物がからんでいる。俺もそいつは前々から感じちゃいた。だがな、下手をうてば、お前も俺も吹っとばされる」

「ようやくチャンネルが合ったな」

俺はにやっと笑った。

「あんたがマジでそいつを追っかける気があるのなら、俺は手に入ったものを提供しよう。ただし、あんたも同じ条件だ」

「貴様、何さまのつもりだ」

「おいおい。日本人大物のケツをあぶりだそうと考えているのは、ピーじゃあんただけ。ホープレスじゃ俺だけなんだ。お互いに頼れるのは相手しかいない」

「お前の手など借りん」

「そうかい。その方が好都合かもな。尻尾《しっぽ》を巻きたくなったときに、文句をたれる奴《やつ》がいないからな」

「この野郎――」

池谷は俺の襟をつかんでひきよせかけ、凍りついた。

「やってみろよ」

俺は奴のでっ腹につきつけたベレッタの銃口を動かし、静かにいった。

「てめえ――。ここをどこだと思ってやがる」

「関係ないね。ピーがやらないのなら、俺しかいない。ホープレスの犯罪以外には目をつぶろうってのなら、ピーなんぞ認めやしねえよ」

池谷は手を離し、喘《あえ》ぐようにいった。

「本気なんだな」

「本気さ。ピーがパクれねえ大物だって、俺は頭をぶち抜ける」

「わかった」

池谷の顔が青白くなった。

「そいつをひっこめろ。お前のいうとおり、手を組もうじゃないか」

俺は奴の目を見つめ、セリフがペテンじゃないことを確信すると、銃をしまった。

「どうしようってんだ、これから」

池谷はほっと息を吐き、訊《たず》ねた。

「俺はこれまでどおり、ガーナの行方について調べる。あんたは例の日本刀の持主、二人組の消し屋について調べてくれ」

「わかった。連絡は、どうとるんだ」

「あんたの方から俺の家にかけてくれ。ただし署内からはかけるなよ」

「わかってる」

俺は頷《うなず》き、奴のそばを離れた。すえた匂《にお》いのこもった廊下を端まで歩いていって、地上にでる階段までくると、うしろをふりかえった。

池谷はまだ、廊下のどん詰まりにつっ立っていた。でかい腹のかたわらに両手をだらりと下げている。奴が途方に暮れている姿を、俺は目に焼きつけた。


ヨシオ・石丸と待ちあわせたのは、ナイトクラブ「グレイゾーン」だった。

ヨシオはひと足早くきて、ボックス席の隅にあるカウンターで飲んでいた。ほっそりした体を、今日はビロードのような濃紺のスーツで包み、ひと目で絹とわかるシャツを着こんでいる。

「やあ」

俺が隣りに腰をおろすと、長いまつ毛を動かし、上目づかいで見あげた。どこかすねたような、甘い表情だ。

その瞳《ひとみ》が広がった。

「どうしたんですか、その傷は」

「新聞、読んだろう」

俺は歩みよってきたバーテンダーに冷やしたホワイトラムを頼んで、いった。

「ベイルート・タイガース？」

ささやくような小声でヨシオは訊《き》きかえした。

「そうさ。あれ以来、毎晩、死にそこなっている。特にきのうは危かった」

「やったのは誰です？」

「タイガースの二代目だった奴さ。たったひと晩だけだが」

「やあ、いらっしゃい」

俺とヨシオは肩に手をかけられ、ふりかえった。グッドガイ・モーリスが葉巻をくわえ、立っていた。

「ヨシオ、お久しぶりです。再会はたいへん喜ばしい」

モーリスはにこやかにいった。指を鳴らしバーテンを呼ぶと、シャンペンを命じた。

俺に向きなおり、いった。

「ケン、見事だよ。あそこまで完璧《かんぺき》に片をつけてくれるとは思わなかった」

「俺が望んだ結果じゃない」

モーリスは肩をすくめた。

「君から見て不充分でも、私からすれば百パーセントだ。サダムはどうなった？」

「死んだ」

俺は苦い口調でいった。モーリスは首をふった。

「なるほど。誤解はとうとう、解けなかった、というわけか」

「タイガースは壊滅したよ。あんたの店に嫌がらせにくることはない」

「そういう可能性があったのですか」

ヨシオが驚いたように訊ねた。

「ヨシオ、B・D・Tでは何でもおきうるのです。たとえどれほど残酷で血なまぐさい運命であろうと、そこに身をおく者にとっては、いつなんどきそれが訪れても、まったく驚くにはあたらない。だからこそ、B・D・Tは魅力的だともいえる」

「ごたくはよせ、モーリス。約束だ、客の名を教えてもらおう」

俺はいった。モーリスは素早く首をふり、ヨシオの方に目配せしていった。

「のちほど。ゆっくりしていって下さい。ヨシオ、ケン」

どうやらヨシオの前では口にしたくない名だったようだ。

モーリスが歩みさり、再び、俺とヨシオはふたりになった。

「毎晩のように命を狙《ねら》われている、とは？　ガーナのアパートで爆弾騒ぎがあった、というところまでは聞きましたが」

ヨシオは改めて、訊ねた。

俺《おれ》はどこまでヨシオに話すべきか、ためらった。問題は、ヨシオに依頼されたガーナ捜しから、大きくかけ離れてきている。が、適当なことをいってごまかすには、ヨシオは頭がよすぎるし、何よりもクライアントなのだ。

しかたなく、俺は、これまでにおきたことをすべて話した。が、一連の殺しの背景に日本人がからんでいることは、あえて話さなかった。

ヨシオの父親は、ホープレスとしては、西側で成功した数少ない「這《は》い上がり」だ。そういう人間は、東側に住むホープレス以上に、日本人とのあいだに微妙な関係をこしらえている。ヨシオもそうではないとはいいきれない。

俺が話を終えても、しばらくヨシオは無言だった。やがていった。

「信じられません。いったい、なぜ、ガーナの失踪《しっそう》がそんなことにかかわっているのか」

「俺も知りたい。前にも同じことを訊いたが、ガーナの客で大物はいなかったのか。特に西側、東側を問わず」

「いえ。彼女は好んで身上話をする方ではありませんでしたから」

俺はため息をついた。

「ガーナが以前、マッサージガールだったことも……」

「ショックかい」

「……それほどは」

抑制した声でヨシオは答えた。

「そういう街ですから」

「確かにな。だが、ガーナの行方を捜しはじめてからは、殺しが多すぎる」

「手をひきたいのですか」

「そんなことは思ってもいない」

「プライドが許さない？」

「そうじゃない」

　俺はヨシオに向きなおった。

「前にもいったが、俺はリアリストだ。プライドなんてかまっちゃいない。ただこの件に関しては、血が流れすぎてる。俺の血も、それ以外の奴の血も。それについての清算が、俺の中ですむまでは、俺は手をひくにひけない。チャラにできないのさ」

「でもとりあえず、一番の危険は去りましたね。サダムという人が死んだことで」

「奴が死ぬことでしか回避できない危険じゃあなかった」

　俺がいうと、ヨシオは驚いた。

「あなたがそういう考え方をする人だとは思いませんでした。誤解であろうと何だろうと、自分の命を狙う人間は許さない——そういうタイプの人だと思っていました」

「そんな考え方をしていたら、ホープレスの半分近くを殺さなければならなくなる。俺をカモにしようと考えているストリートギャングや、悪性の性病をうつしても平気なコールガールまで含めて全部を」

「だから、リアリストというわけですね」

　ヨシオは微笑した。

「それだけじゃない。とにかくガーナの失踪には、何かどでかい秘密があるのさ」

そのとき、柔らかな香水の匂《にお》いが俺の鼻にさしこんだ。

「ハイ」

ロニーだった。ドレスを着て、ステージにあがる前のロニーが、ぎこちない笑みを浮かべ、俺とヨシオのうしろに立っていた。

ロニーは俺の顔を見て、びっくりしたように口をおおった。

「どうしたの、ケン⁉」

「誤解のなせる技さ。残念ながら最後まで解けなかったが」

ロニーは小さく頷《うなず》き、ヨシオに向きなおった。

「ハイ、ヨシオ」

「しばらくだね、ロニー」

ヨシオを見るロニーの目には、この天才作家にまだ未練がある胸のうちが、表われていた。正直いって、俺はやけた。

「ガーナからはあいかわらず、連絡はないかい」

ヨシオが訊《たず》ねた。

「ええ、まるで。でも何だか恐いわ。ケンも会うたびに怪我《けが》をしているみたい」

「俺のことは心配いらない。もとがタフなんでね」

いって俺はシャンペンを飲んだ。

「ガーナの行方はきっと、ケンが見つけてくれるよ」

「あの子のことだから、きっと大丈夫だとは思うけど……」

「そうだね。悪いまちがいさえなければ」

「ケン。何か手がかりはあったの？」

「あるといえばあるし、ないといえばない。別に気をもたそうと思っているわけじゃない。手がかりは、証拠や俺を消したがっている連中の存在だ。ただ、今のところその連中の方が、俺の一歩先をいっている」

「ケンなら、きっとすぐに追いつく」

ヨシオがいった。

「あなたならできる」

「もうすぐステージなの。ヨシオ、ケン、わたしの歌を聞いていって」

「もちろん」

ロニーは、俺たちの席を離れていった。ステージにあがり、スポットライトの中に進みでる。ボサノバのアコースティックギターによるイントロが始まった。

ロニーは、まっすぐにこちらを見つめていた。その目が、俺ではなくヨシオを求めていることに、俺は気づいていた。

俺とヨシオでは比べものにならない、というわけだ。

そんなことはわかっている——俺は思いながら、ロニーの歌に耳を傾けた。

たとえ同じホープレスであっても、俺とヨシオはまるでちがう。なぜなら、ヨシオは、

「這い上がり」の二世だからだ。しかも、ただの「這い上がり」ではなく、その才能は、西側の日系人たちにも高く評価されている。ヨシオは父親の七光りとは関係のないところで、日本人の注目を集めているのだ。

これは、ホープレスがどれほど逆立ちをしたって、めったに手に入らない〝夢〟だ。

ロニーにとって、俺は、同じ〝街育ち〟のホープレスだ。金持になろうが、その結果西側に家をかまえられる身分になろうが、もともと、このB・D・Tで育ったという事実にはかわりはない。

だがヨシオは、「這い上がり」である父親のもと、西側で生まれそだって、ふつうのホープレスでは一生身につけられない、優雅さや上品さを身にまとっている。しかも、ただのぼんぼんではなく、才能も高い評価を浴びている。同じホープレスであっても、虫でいや、ゴキブリと蝶《ちょう》ほどちがうのだ。ロニーでなくても、ホープレスの女はヨシオに憧《あこが》れるだろう。

「久しぶりに彼女のボサノバを聞きました。とても素敵《すてき》だ」

ヨシオはうっとりしたようにいった。ふつうのホープレスが口にすれば、ただ気取っているだけにしか聞こえないセリフも、ヨシオがいうと、何の違和感もない。

「このあとはどう動くのですか」

ヨシオは思いついたように俺をふりかえった。

「ガーナの居処をつきとめてほしくない連中は、どこかで西側とつながっている。そいつをたぐっていくつもりだ」

「西側と？」

「そうだ。確かにタイガースのようなギャングもでてきたが、ことはギャング同士の縄張り争いとはちょっとちがう。たとえばどこかの組が何かの理由でガーナをかどわかしているとしても、そいつをかくすためにしては、やることが大げさすぎる」

「あなたの考えでは、ガーナは自分から姿を消したと思いますか。それとも誰かに誘拐されたと？」

「まだ俺にはわからない」

俺は首をふった。

「結局のところ、あなたはガーナの行方を捜すつもりで、暗がりにいる虎の尾をつかんでひっぱりだしてしまった」

「そういうことになる。その虎は、タイガースなんて名前だけじゃなくて、本物のとんでもなく危い虎だ」

「あなたならその牙《きば》をくぐれる」

「正直なところ、自信はないがね」

ロニーのステージは三十分ほどだった。だがヨシオは最後まで見ずにひきあげるといった。書きかけの原稿があるので、それを仕あげなければならない、というのだ。

「ロニーによろしくいって下さい」

「伝えよう」

「それと、彼女にどうかやさしくしてあげて。今、彼女が頼れるのは、あなただけでしょうから」

ヨシオはいった。俺は、ロニーは今でもあんたに惚《ほ》れているんだ、というセリフをのみこんだ。そんなことがわからないほど、鈍感な筈《はず》はない。要は俺を通して、ロニーに、自分のことをあきらめろ、といっているのだ。

ステージが終わり、俺の席にやってきたロニーは、ヨシオがいないことに気がついていないふりをした。

「ケン、今日はゆっくりしていけるのでしょう」

「そのつもりではいるよ」

「お願い、いて」

「ヨシオがよろしく、といっていた。仕事が残っているらしい」

ロニーは微笑《ほほえ》んだ。

「あの人のことはいいの」

「俺に意地をはらなくてもいい」

「そうじゃないわ。前にもいったように、ガーナとのことがあってから、わたしには過去の人よ」

そうかな、と俺は思ったが、口にはしなかった。ヤキモチをやくのと、彼女の心を傷つけるのとは、別の問題だ。

「嫌じゃなけりゃ、帰りは送っていこう」

「楽しみにしてるわ」

ロニーはいって立ちさった。いれちがいに、グッドガイ・モーリスが歩みよってきた。モーリスは、まるで幽霊のように、自分の店の中を音もなくうろつきまわっている。

「約束を果たしてもらおうか」

モーリスは頷き、上着の胸ポケットから太い葉巻を抜いた。サイドポケットからとりだしたカッターに吸い口をはさみ、慎重に切りおとす。

「ガーナに入れあげていたのは、アカシという男だ。明るい石と書く、明石だ。日本人の遊び人で、薬と女を買いによくこの店にきていた。西側で建設会社を経営している」

「会社の名と場所は？」

モーリスはカッターをしまいこんだポケットから紙片をとりだした。

「ここに書いておいた。年齢は二十七、八で、父親のあとを継いだ。ワルぶるのが好きな男だ」

「あんたから名前がでたことを知られてもいいのか」

「かまわない。大物ぶりたがる客は多いが、あの男には少々、手を焼いている。カラテをやるとかで、酔ってうちのボーイにちょくちょく手をだすのだ。客商売としてはやりかえすわけにもいかず、困っている」

たちの悪い日本人には、そういう客がいる。連中は東側のクラブに出入りすることで、自分をタフだと思いこむのだ。

「どう、とは？」

「ガーナの方は、この明石という男にどうだったんだ？」

「嫌っちゃいなかったのか。それとも惚れていたか？」

「ガーナも歌手ではあるが、ホステスのひとりだ。客を失望させるような真似《まね》はしなかった」

モーリスは肩をすくめた。

「なぜ、この明石という男が手がかりになると？」

「ガーナがいなくなってから、一度もこの店にきていない。いた頃は、週に二回はきていたのに」

「なるほど。興味がわくな」

モーリスは肩をすくめた。

「なぜ、今の話をヨシオの前ではしたがらなかったんだ？」

「ヨシオはガーナを気に入っていた。確かにガーナもヨシオに惚れていた。とはいえ、ガーナはホステスとして他の客にも気に入られねばならなかった。そういう面をヨシオは知らないかもしれない、と思ったのさ」

「たとえガーナが他の客に媚《こび》を売っていたことがわかっても、ヨシオはそれほどがっかりはしないと思うがね」

「確かにヨシオはクールだ。だが私は長いあいだにいろいろな人間を見てきている。ヨシオのクールさは、あらかじめわかっている物事に対してだけだ。ヨシオは、ガーナが他の男と寝ていたと知っても、それほどは驚かんだろう。だが、日本人と親密にしていたと知ったら、どうかな」

「客ならば、日本人だろうとそうでなかろうと、関係ないだろう」

「ヨシオの心の中は、もう少し複雑だと思うがね」

そして、それに対していおうとした俺の言葉を、モーリスはさえぎった。

「この問題については、ここまでだ。ヨシオは、うちの店にとって、明石などよりずっといい客だ。客についてあれこれいうことは、この店の主義に反する」

俺は無言でモーリスを見つめた。

「明石のことに関し、嘘《うそ》はない。ガーナとかかわっているかどうか別だが、明石には調べてみるべきところはある」

「明石のやっていたドラッグは？」

「興奮剤が大好物だった」

西側では紳士の仮面をかぶり、東側で思いきり羽目をはずす日本人は、それこそごまんといる。そういう連中が何かトラブルをおこしても、西側のマスコミは、すべてこの街のせいにする。

動物園にいくことと、そこでライオンの檻《おり》に入り頭をさしだすこととは、別の筈なのだが。

「今夜、ロニーを借りる」

「いいとも。あの子も喜ぶだろう」

モーリスは表情をかえずに微笑んだ。この男には、まだまだ底知れない部分がある。

俺は煙草をくわえた。モーリスは火をつけ、いった。

「うんと可愛《かわい》がってやってくれ」

俺は煙を吐きだし、訊《たず》ねた。

「あんたは店の女とは寝ないのか」

「寝ない」

モーリスは首をふった。

「ホモなのか」

「ホモでもない。ただ私はリアリストなだけだ」

どこかで聞いたセリフだった。

15

「どこまで送ろうか」

最後のステージがはね、店をでてきたロニーを、借り物の車の助手席に乗せた俺は訊ねた。

「前の車はどうしたの？」

ロニーはとまどったようにいった。

「燃えちまった」

「燃えた？」

「この頰《ほ》っぺたに傷をつけた男が、バズーカで吹っとばしたのさ」

ロニーはあっけにとられたように俺を見た。

「本当なの、それ」

「本当だ。保険屋に今、請求をだしているところさ」

「ケン……」

ロニーは首をふった。

「さあ、どこへ送っていってほしい？」

ロニーは深く息を吸い、いった。

「誰にも邪魔されないところ。あなたの家じゃいけない？」

「名案だ」

俺《おれ》はいって借り物の車を走らせた。


ロニーは、とうに俺たちがすませておくべきだったことを、遅れた分の利子もつけて、充分に楽しませてくれた。俺たちは、セキュリティロックを作動させた俺の家で、ハシシを吸い、思いきり転げまわった。ロニーの、マイクを通さない甘い歌声を、俺はたっぷりと聞くことができた。

あっというまに二時間が過ぎ、ハシシが切れてきた俺たちは猛烈に腹をすかせた。俺はアンチョビとニンニクをいためたスパゲティを作り、ベッドルームでロニーと食べた。

「すごくおいしいわ。アンチョビって、今まではあまり好きじゃなかったのに」

「俺と寝た子は皆そういって、食わず嫌いが直るんだ」

俺は缶ビールを飲みながらいった。ロニーはくっくと笑って、浅黒くきめの細かな肌をした肩を俺の肩にぶつけた。ビールがこぼれ、俺はとびあがった。こぼれたところがちょうど、俺のむきだしの一物の上だった。

俺はおかえしにロニーの胸に缶を押しつけた。ロニーは身をよじって笑い、ベッドの上を逃げまわった。

「ちゃんとふいてもらおうじゃないか」

「わかった、わかったからやめて」

首すじに冷たい缶を這《は》わせると、ロニーは悲鳴をあげ、俺の股間《こかん》に顔をよせた。

俺たちはしばらく静かになり、やがてロニーの方から俺にのしかかってきた。

「うまいのは歌ばかりじゃないんだな」

「馬鹿」

ロニーは俺の上で激しく動きながらいった。豊かな乳房が大きく揺れ、谷間で汗が光っている。

やがて俺たちは同時に達し、ロニーは俺の胸の上につっぷした。ロニーの心臓の激しい鼓動が俺の胸に伝わってきた。

「――あなたってすごく幸せな人ね」

ロニーがつぶやいた。

「なぜだい」

「危い目にもあっているけど、この街でしかできない生き方をしているもの。他の皆《み》んなは、少しでもこの街をぬけだそうともがいてる。でもあなたはちがう。この街で生まれて、この街で育ったことを自分の武器にしてるわ」

「それしか俺にはないからな」

「ちがう。たぶんあなたは、どこにいたってやっていける人よ。でもこの街でなければ死ぬほど退屈してしまうでしょう」

「そうかもしれない。だがこんな暮らしを一生はできない。うんと短い一生なら別だが」

「そうね……」

いってロニーは俺の肩を軽く嚙《か》んだ。

「結局、B・D・Tのような街が人間には必要なのよ。危険と刺激がいっぱいあるところ、日本人だろうとホープレスだろうと、もしこの東京がなくなったらまたきっと、別のB・D・Tをこしらえるわ」

「てことは、犯罪もなくならないってことだな」

「だって、恐くもなんともないB・D・Tに日本人が遊びにくると思う？　あいつらは、ホープレスならよちよち歩きの子供ですら平気な場所を歩くのにさえ、胸をどきどきさせるのよ。うちの店にひとりでくる日本人の客は皆んな、自分のことをすごくタフだと思いこんでいるわ。ひとりでB・D・Tをうろつく勇気をすごい、と思っているのよ」

俺は、モーリスから聞いた、明石の話を思いだした。そういう連中は安全地帯である西側に帰ると、決まって東側についての与太《よた》をとばす。十歳の子供が薬《ヤク》ボケして、拳銃《けんじゅう》をふりまわしている、とか、どう見ても七、八歳にしか見えない売春婦から誘惑された、などというのだ。その結果、B・D・Tにはますます伝説が増える、というわけだ。

不思議なものだ。危険地帯だという噂《うわさ》がたてばたつほど、そこをのぞきたがる人間が多くなる。堅苦しい制度や規則、さまざまなコードで縛られた西側の連中は、東側の快楽に憧《あこが》れる。東側には、西側では絶対に知ることのできない娯楽があると信じ、そいつを少しだけでも味わってやろうと、やってくるのだ。

B・D・Tエリアを管轄にする警察《ピー》の統計によると、東側にやってきてトラブルに巻きこまれる西側の人間の数は年々、増えている。西側の連中には、東側もまた人も住む街だ、という認識があまりない。歓楽街としてしか見ていないのだ。だから、勝手に人の軒先で、ドラッグや酒に酔ったあげく売春婦とことに及び、頭にきた住人に撃たれたり殴られたりする奴《やつ》までいる。西側から見ると、そういう阿呆《あほう》でも、B・D・Tの犠牲者なのだ。

「日本人を嫌いか」

「いい人もいる。でも、あの人たちは、わたしたちホープレスを同情することはあっても、理解はできない。わたしたちにはわたしたちのやり方があって、そっちの方がわたしたちにとっては心地いいってことがわからないの。だから押しつけてくる、日本人のやり方を。そのやり方ができなければ、一生、この街にいろっていう感じよ」

「たぶん、あと百年ぐらいかかるだろう」

「百年？」

「日本人は確かに頭がいい。だが理屈でしかものを見なさすぎる。君がいうように、誰にとってどんなことが気持いいかなんてものは、理屈じゃ決してわからない。いちばんいいのは、B・D・Tなんて一回ぶっこわして、この東京をぐちゃぐちゃにかきまぜちまうんだ。隣りにホープレスが住んで、同じスーパーでホープレスと並んで買い物をすりゃ、日本人もホープレスも、基本はたいしてかわらない、ということがわかってくる。そうなれば逆に、相手が本当に大切にしているものに対しては、尊重しようって気持が生まれてくるさ」

「そうなるかしら」

「ならないね。しょせんこの国ではホープレスは少数派だ。数がすべてものをいう国じゃ、俺たちにそんな機会は訪れない」

「だからといって、あなたはがっかりしていない。なぜ？　リアリストだからっていうのは答にならないわ」

ロニーは先回りして、俺のセリフを封じた。俺は考えるために、少しぬるくなったビールを口に運んだ。

「じっとしていない、からだろうな」

「じっとしていない？　あなたが？」

「いや。この街がだ。今度のトラブルもそうだが、この街も、そして外側の街も、結局人間が出入りすることで小刻みに動いて、ときどき小さな爆発をくりかえしている。決してじっとはしていない。たえず変化しているってことさ。だからひょっとしたら、俺はこの街の未来に、それも俺はもう生きちゃいないかもしれない未来に、ちょっとばかり希望を感じてる。小さな変化がおきつづけることで、歴史的に見ると大きな変化になる。その変化は、ホープレスにとっては、悪いものじゃないような気がする」

「リアリストらしくないわ」

「リアリストだって希望はもつ」

俺はいってロニーの額にキスをした。

「今のは何？」

「希望を少し分けたのさ」

ロニーは俺の目を見つめ、不意に身震いした。

「どうしたんだ」

「うまくいえない。でも、嬉《うれ》しくて恐くなったの。あなたみたいな人が、今でも希望をもちつづけてるってことに」

俺はロニーを抱きしめてやった。ロニーは渾身《こんしん》の力で俺を抱きしめかえした。

翌朝、俺はロニーを六本木エリアのアパートまで送っていき、西側を訪ねる仕度をした。

俺の外見は、肌の色、髪の毛、顔だち、すべてホープレスとわかる。ふだんの格好をして西側をうろつけば、たちまち警察《ピー》にマークをされるだろう。

もちろん西側にもホープレスはたくさんいる。単純労働から下級事務、中にはごくわずかだがヨシオの父親のように成功した人間もいる。連中がホープレスであることに誇りをもっていない、とはいわない。だが西側では色眼鏡で見られることは避けられない。差別を露骨にする奴、本当は差別したいくせにそれをかくす奴。とりあえず俺が気をつけなくてはならないのは、そういう連中が胸に抱く、絵に描いたようなホープレスの姿をしないことだ。

俺はそれを西側への妥協だとは思わない。街の人間のほとんどがダークスーツにネクタイをしている場所へ、ジーンズで押しかけ、警備員にうさんくさい目で見られたからといって、差別だと騒ぐのは無意味だと思うからだ。こちらがキチンとした、文句のつけようのない服装《なり》でいれば、本当は黙って放りだしたい相手であっても、差別にならないよう、向こうも慎重にならざるをえなくなる。

ダークブルーのスーツにネクタイをしめた俺は、借り物の車で、旧環七エリアにでかけていった。

明石建設は、例のケイハン・ハウジングの本社と、たいして距離的には離れていない、新オフィス街にある。

俺は西側を向いた高層ビルの地下駐車場に車を止め、エレベータで役員専用の受付にあがっていった。

受付には二人の女性がいた。ひとりは日本人で、ひとりはホープレスとわかる顔だちをしている。建築業界とホープレスは、古くからつきあいがあるため、下請けにもホープレスの業者が多いのだろう。そのための対応にちがいない。

ガーナの客だった明石俊《しゅん》は、この明石建設の専務取締役だった。父親の明石康介《こうすけ》が社長をしている。

明石俊がその時間、会社にいることは前もって電話で確かめてあった。秘書を通して、十五分だけ、アポイントもとってある。内容については話していない。東京弁護士会のAクラス調査員という評価が、西側では役に立つ。

俺はホープレスの受付嬢に歩みよっていった。ひと目でこの子が、西側で育った「這《は》い上がり」の二世だとわかった。きっとB・D・Tには、大学時代にディスコをのぞきにいった以外では足も踏みいれていないだろう。

「ケン・代々木だ。明石専務と約束がある」

俺は受付嬢に微笑みかけ、いった。だが受付嬢は俺の笑みを無視し、いった。

「身分証をおもちですか」

「這い上がり」の二世は、この子のようにB・D・Tのホープレスを、ときには日本人以上に差別する。

俺は身分証を見せた。

「どのようなご用件でしょう」

俺に気づかれないと思ったのか、警備員を呼ぶ非常ボタンを爪先《つまさき》で踏みながら、彼女はいった。

「それは専務個人に話す。失踪人《しっそうにん》調査に関連する情報収集だ」

「専務は会議中です」

「けっこうだ、待たせてもらう。十五分間は時間をもらう約束をした」

「誰とお話しになりました?」

「専務の秘書さ。マツバラさんといった」

「マツバラも外出しております」

奇妙なことになった。電話にでたマツバラという男は、俺が何の調査をしているかも訊《き》かず、アポイントにオーケーした。もちろん、俺に関する身分照会は行なった上だが。

「ちょっと待ってくれ。俺は、きちんと筋を通して、おたくのマツバラさんて人と、専務とのアポイントをとった。なのにここまできたら、知らぬ存ぜぬか」

「わたくしは何も聞いておりませんので」

受付の娘は目配せした。背後に、日本人とホープレスの二人組の、ごつい制服警備員が立っていた。

俺は困って、日本人の受付嬢を見た。素知らぬ顔をしている。

「おひきとり下さい」

俺は首をふった。

「それならマツバラって人に会わせてもらおう」

「マツバラはおりませんが、別の者でよろしければ――」

「かまわないが、俺はおたくの専務が個人的にもっている情報に関する調査できたんだ。

専務以外の誰に会っても、返事はできないと思うがね」

俺の言葉を聞きながし、娘はコンピュータのスクリーンに触れた。

「担当の者が参ります」

いって、俺を黙殺した。俺の背後には警備員が腰に手をあて、立っている。こいつらをぶちのめすのはさして難しいことじゃない。だが、そんなことをすれば連中の思うツボだ。警察《ピー》が呼ばれ、俺はつまみだされる。

担当の者、というのは、ひと目で刑事《デカ》あがりとわかる、でっぷり太った日本人の男だった。そいつがエレベータを降り、せかせかとやってくるのを見て、俺は首をふった。

明石建設は俺を、小遣い稼ぎのタカリか何かとまちがえている。

「総務部　次長」の名刺をだした男に、俺は応接室に案内された。警備員はこれみよがしに、応接室の片隅に陣どった。

「どうもお待たせして申しわけありません。私、総務の小倉《おぐら》と申します」

俺の渡した名刺をためつすがめつして、男はいった。わざとらしい笑いを浮かべている。

「ご用件については私が――」

「わかりました」

俺はきっぱりといった。

「できれば直接、専務にお会いしてお話をうかがいたかったが、しかたありませんね」

「はい」

小倉はにたつきながらいった。俺はため息をつき、いってやった。

「実は専務にお会いしたいと思ったのは、B・D・Tエリアのナイトクラブ『グレイゾーン』にいた、歌手のガーナ・トゥリーさんの失踪に関する調査のためです。おたくの専務は『グレイゾーン』に多いときは週に二度ほど姿を見せられ、興奮剤と女性を楽しんでおられた。専務はカラテの達人だそうですな」

小倉の顔がひきつった。

「あ、はあ……」

「専務はよく、そのナイトクラブでボーイをあいてに暴れられることもあったらしい。で、専務は、『グレイゾーン』の女性の中でも、特に失踪したガーナ・トゥリーさんがお気に入りだった。ガーナさんは十日ほど前にいなくなったが、それ以降、なぜか、おたくの専務は『グレイゾーン』にお越しになっていない。その辺の事情も踏まえて、お訊きしたいのです」

「あの……代々木さん」

「何です？」

「この件に専務は無関係ではないのでしょうか。何か、お聞きちがいがあったとしか思えないのですが——」

小倉はいいながら、上着の内側から金が入っていると覚《おぼ》しい封筒をだした。俺はいった。

「誤解があるようなので申しあげておく。この調査に関連して、B・D・Tエリアでは、三件の殺人事件が発生し、ひとつのハリネズミが壊滅している。捜査担当者は、〝ハリネズミ特捜隊〟の池谷警部だ。もし疑問があるのなら、警部に問いあわせていただいてもかまわない」

小倉の顔は蒼白《そうはく》になった。

「し、失礼して」

あわてて応接室をでていった。警備員二人にも手をふって、自分といっしょに追いだした。

俺は首をふり、脚を組んで煙草に火をつけた。この応接室に隠しビデオカメラがとりつけられていることはまちがいない。専務の〝不行跡〟にまつわる情報は、たちまち社内に広がるだろう。

問題は、明石という男がガーナの失踪に関係しているなら、例の二人の消し屋とも明石はつながっている、という点だ。明石が何かの拍子にガーナに暴行を加え、場合によっては殺してしまった、という可能性は否定できない。が、この社の対応を見ている限り、明石が消し屋を雇っている、とは考えにくかった。雇っているならば、総務担当などと俺を会わさずに、さっさと消す手をとったろう。どこか安全な場所に俺を呼びだして。

バタン！　と大きな音がして、応接室のドアが開かれた。

大柄でがっしりとした日本人の若い男が立っていた。着ているダブルのスーツから筋肉がもりあがっている。男は顔をまっ赤にしていた。

「お前か！　ホープレスのゆすり屋っていうのは」

「誰がゆすりを働きました？」

どうやらこのごついのが、明石らしい。

男はつかつかと俺《おれ》のかけているソファに歩みより、俺の襟首をつかんでもちあげた。

「こぎたないチビが。でて失《う》せろ」

俺に顔を近づけ、押しころした声でいった。

「専務……専務、いけません！」

あわててあとを追ってきた小倉が腰にしがみついた。

「黙ってろ」

明石は小倉の腕をふりはらった。

「今ここで、お前の体じゅうの骨をへし折ってやろうか。え？」

明石は俺にすごんだ。

「ケチなチンピラにおどされて、はい、そうですかってわけにはいかないんだよ」

「あんたが今、俺にしていることは、暴行及び脅迫の現行犯になるぞ」

俺は忠告した。

「ふざけんなよ」

明石は俺をゆさぶった。俺は明石の腕をつかんだ。

「その手を放せ。放さないと、正当なる防衛手段に訴える」

「なにをわけのわかんないことをいってやが――」

明石の言葉が終わらないうちに、俺はその股間《こかん》を蹴《け》りあげた。明石はうっと呻《うめ》いて、前かがみになった。

「専務！　大丈夫ですか!?　専務!?」

「うるさいっ」

駆けよった小倉をつきとばし、明石は目をみひらいた。

「この野郎、もう手加減せんぞ！」

いきなり回し蹴りを放った。俺はそれをステップしてよけ、軸足を蹴った。明石は床に尻《しり》もちをついた。

「貴様ぁ」

俺は小倉を見た。

「俺からは決して手をだしていないと、あんた、証言できるだろ」

「やめろ」

小倉は首をふった。俺と明石の力のちがいがわかったらしい。

が、明石にはわかっていなかった。はねおきると、むちゃくちゃにつきや蹴りを放ってくる。確かにそこいらのチンピラ相手にならも通用するケンカカラテだが、俺にはまるで歯がたたない。

俺はことごとくブロックするかよけて、明石の鳩尾《みぞおち》に拳を叩《たた》きこんだ。顔面に頭つきを見舞い、仕あげに右手の指をへし折ろうとした。

「もういい！　充分だ、やめろ！」

小倉が叫んだ。笑いは消え、拳銃《けんじゅう》をいつのまにかとりだしていた。

「何だ、それは。大会社の総務次長がそんな代物をもっていていいのか」

「それ以上専務に手をだしたら、お前を撃つ」

「なるほど。この小僧のプライドがそんなに大切なのか」

「そうじゃない。私には私の仕事がある」

「のちのちのために、生兵法は使えないようにした方がいいと思うがな」

小倉は首をふった。明石は目を半ば閉じ、呻き声をあげている。

「お前らホープレスの相手にうんざりして、この会社に転職したんだ。そいつを駄目にされてたまるものか」

小倉は歯をくいしばり、いった。

「あんた、もと警官《ピー》だろ」

「そうだ、〝ハリネズミ特捜隊〟にいた。池谷は同期だ」

「なんで警察をやめた？　本当の理由は何だ？　ワイロか」

「それもあるさ。だがいちばんは、お前たちだ。いつもいつも人の向こうずねを蹴たぐることばかり考えてやがる。倒れりゃ倒れたで、よってたかってムシることしか頭にねえ」

「そいつはホープレスの専売特許とは限らないのじゃないか」

「ごたくはよせ。専務の手を放すんだ」

「俺が放したらどうなる？　あんたはピーを呼び、俺を暴行傷害の現行犯でひき渡すか」

「そんなことはしない。黙ってでていってくれりゃいいんだ」

「――いや、その必要はない」

声がした。小倉は驚いたようにふりかえった。

応接室の入口に、スリーピースを着けた、日本人の爺《じい》さんが立っていた。赤ら顔で首が太く、小柄だががっしりしている。

「社長――」

明石が薄目を開け、爺さんを見やった。爺さんは俺にいった。

「あんた、遠慮することはない。その馬鹿の指の骨をへし折ってやれ。もう二度と、たわけた真似《まね》ができんようにな」

「お、親父《おやじ》……」

明石がかすれ声をだした。俺は明石の腕を放した。明石はどすんと尻もちをついた。

「やめとく。人にいわれてやることじゃない」

爺さんは応接室の中に入ってくると、小倉を見やった。

「次長、何かね、手にもっとるそれは」

「いえっ。これは――」

小倉はしどろもどろになって、拳銃を上着の内側にしまいこんだ。それを無言で見とどけ、爺さんは明石に歩みよった。

いきなり平手打ちがとんだ。明石の首がぐらりと揺れた。

「この馬鹿者が。お前など会社の経営に参加する資格はないわ。女狂いのあげくに、会社の中にまでトラブルをもちこみよって！　まったく図体だけでかくなりおって、脳ミソのカケラもないの」

明石はされるままにうなだれた。爺さんは俺に目を移した。

「あんたは探偵だそうだな。名前は何という」

「代々木ケン。あんたはここの社長さんか」

「そうだ。この馬鹿の父親だ。騒ぎは、テレビで拝見させてもらった」

そして俺をじろじろと見つめた。

「見たところホープレスのようだが、正式の資格はもっておるのか」

俺は身分証を手渡した。それをじっと読み、爺さんは返してよこした。

「なるほど、きちんとしておる。迷惑をかけたのは、どうやら当方のようだ。申しわけない」

　爺さんは頭を下げた。

「そんな風にあやまってもらおうとは思っていません。こちらこそやりすぎたかもしれない」

　俺は言葉をかえた。せがれはともかく、父親の方はまともに話ができるようだ。

　頭をあげた爺さんはいった。

「私は常々、ホープレスの人々を見くだすような態度だけはとるな、と社員にいっておる。建設業界は、ホープレスの人々の力なしではなりたたんからな」

「見くだすのはそっちの自由です。われわれの中にも日本人を嫌っているものもいる」

　爺さんは頷《うなず》いた。

「承知しておる。嘆かわしいことだ。ところで、あんたの用向きというのは、何か行方知れずになった女の人についてだったな」

「そうです。息子さんが――」

　俺はいって明石を見やった。すっかり意気消沈している。親父の一喝がかなりきいたらしい。

「ひいきにしていたらしい、ナイトクラブの歌手が失踪《しっそう》しましてね」

「俊、どうなんだ。お前は知っておることがあるのか」

　爺さんは、明石の背中を小づいた。叩きあげを思わせるふしくれだった指だ。

「いえ……。俺は何も知りません」

「かくしごとをしてはならんぞ、俊」

「本当です、社長」

「私から質問してもいいですか」

俺はいった。爺さんは頷いた。

「あんたはこの十日ほど、『グレイゾーン』に足を踏みいれてない。その理由を聞かせてくれないか」

「お前なんかの――」

「俊！」

爺さんの声がとび、明石は首をすくめた。

「答えろ、嘘《うそ》をいっては承知せんぞ」

「はい、社長。あの店には近づかない方がいい、という忠告があったからです」

明石は俺の方は見ずに答えた。

「忠告？ 誰の？」

俺はいった。

「友だちだよ。あの店を紹介してくれた」

「名前は？」

「いいたくない」

「俊、答えよ」

「嫌です、社長。クビならクビでけっこうですから、俺はこの質問には答えたくありません」

「なぜ答えたくないのだ？」

爺さんがたたみかけた。だが明石は口をつぐみ、首をふった。

「じゃあ近づくなという忠告の理由を教えてくれないか」

俺はいった。明石は不承不承、口を開いた。

「あの店はもうすぐ潰される。爆弾を投げこまれるか、営業中に強盗が入って客を撃ちころすかして、人がよりつかなくなる、と」

「忠告した人間がそういったのか」

「そうだ」

「その人間というのは、あんたと同じ日本人か」

明石は横を向いた。答はなかったが答えたのと同じだ。俺はしばらく明石を見つめていたが、いった。

「わかった。ガーナとはずっと会っていない、そうなのだな」

「ああ。会っていない。ホープレスの女なんざ、しょせん慰みものだろうが」

明石は吐きすてた。俺が何かいう前に爺さんがいった。

「俊、お前がそういう口を二度ときかんように、明日から現場にだしてやる。お前のいく倍も会社に貢献してくれるホープレスの人々を見れば、お前の考えもかわるだろう」

「ごめんですよ、父さん。こいつらは、結局、街のダニなんだ。女は体を売るか、男は暴力を売るか、どっちかしかない。もし俺にそうしろというのなら、俺は会社をやめます」

「ここをやめたとしても、お前のような半端者を雇うところなどないぞ」

「そんなことはない!」

急に開きなおった感じで、明石は立ちあがった。爺さんをにらみ、吐きだした。

「父さんみたいな考え方をしてるから、こいつらホープレスがのさばるんだ。この国には変化が必要だ。もっと住みやすい、もっときれいな街を作るための変化が。俺はその変化を作りだす側に回るよ」

「何を世迷《よま》い言《ごと》をいっておる」

明石は今度は俺を見すえた。

「いいか。今日は油断したがな、今度会ったときは、今日のことを死ぬほど後悔させてやるからな。もうすぐお前らホープレスは、船にでも乗って、どこか別の国に難民として漕《こ》ぎだす羽目になるだろうよ!」

そして、あっけにとられている小倉をつきとばし、応接室を大またででていった。廊下にでていってからも、怒鳴り声が聞こえた。

やがて爺さんがいった。

「小倉、あの馬鹿の名前を役員名簿から削りなさい」

「社長」

「それから、私とこちらの代々木さんにお茶をおもちして」

「は、はい」

「早くいかんか！」

「はいっ」

小倉があたふたと応接室をでていき、俺は爺《じい》さんとふたりになった。

「みっともないところをお目にかけた。それと数々の暴言を許していただきたい」

「こういう仕事をしていますと、ボロクソにいわれたからといって、いちいち泣いていたらきりがありません」

爺さんは頷き、ソファを示した。

「まあ、もう一度、おかけ下さい。私からもお話ししたいことがある」

俺は頷き、すわった。息子とちがい、この爺さんには、一本筋の通ったところがある。

「私は今でこそ、こうやって社長の何のといばっておるが、ほんの三十年ほど前までは小さな工務店の親父だった。それこそホープレスだろうが何だろうがいっしょになって汗水流して現場で働いておった。その頃、肌の色や言葉に関係なく、悪い奴《やつ》は悪い奴、いい奴はいい奴だと勉強させてもらった。うちの社が大きくなったのも、ホープレスの下請け業者の皆さんがあってのことだ。あの馬鹿は、早いうちに母親をなくしたものだから、そういう世の中の基本は、本当なら父親の私が叩《たた》きこんでやるべきだった。仕事、仕事でそこいらのことをなおざりにしたツケが今になって回ってきたようです」

「息子さんがB・D・Tで遊んでいることは？」

「知っておった。酒も女も、まあ、いかんとは思わんかったのでね。ひとり者だしこづかいはある。多少は羽目をはずすことがあってもかまわんかと。だが、薬をやったり、そのことで得体の知れん連中とかかわるような馬鹿まではするまいだろうと、タカをくくっておった。おまけに近頃は、妙なグループに入って、わけのわからん理屈まで吹きこまれておる」

「妙なグループ？」

「でていきぎわに、奴が吐いただろう。変化が必要だとかどうとか」

「ええ」

「あれだ。奴に経営の勉強をさせようと思って、いろいろなフォーラムへの参加を許しておったのだが、その中にひとつ、問題なところがあったようだ。つまらん洗脳をされたらしい」

「洗脳というのは何です？」

「あんたたちが今住んでおる街、そして私らが今住んでおる街、この東京ははっきりいえばふたつに分かれておる。それをひとつにしようという方法を考えているのだ。それ自体は悪いことではない。だが、方法に問題がある。あんたたちを東京から追いだしてしまおう、というのだ」

「ホープレスを？」

「そうだ、表向きはちがうと主張しておるが、奴らは差別主義者の集団だ、と私は思う」

「グループの名前は？」

「『二・二・二会』だ。『二さんが会』とも呼ばれておる。二がみっつあるからな。『二世による二十二世紀を考える会』というのが正式な名だと思った」

「主宰者は誰です？」

「よくは知らん。が、もともとは、『ホーワ』の連中が始めたことではなかったかな」

ホーワといえば、ホーワインダストリイだ。かつて『ヤクザ』といわれた日本人暴力団の唯一の生き残りで、今は合法的な企業となり、コンツェルンを作っている。

「ホーワグループの二世らが集まって始めた勉強会だ。そこに奴も誘われて入ったらしい」

あることが頭に浮かび、俺は訊《たず》ねた。

「ケイハン・ハウジングという不動産会社をご存知ですか」

「知っておるよ。そこもホーワグループの一社だ」

俺は深く息を吸いこんだ。今ここで聞いたことがすべて真実だとすると、どでかい陰謀に俺は首をつっこんでしまったとしか思えない。

「どうしたね？」

「いえ……。ホーワの兵頭というリーダーは？」

「一、二度、パーティなどで見かけたことはある。あれは典型的な『ヤクザ』だ。『ヤクザ』といっても、あんたらの年代では知らんだろうが……」

「映画でしか見たことはありません」

「映画にでてくる『ヤクザ』は、末端の小者ばかりだ。頭が単純で、すぐに『殴りこみ』でことを解決する」

「そうです。ホープレスでも若い連中のあいだでは、けっこう人気があります」

「本物の『ヤクザ』にはヒロイズムなどない。あるのは縄張りを広げようという欲と、したたかな計算のみだ。そのために『ヤクザ』は、暴力を使う。昔とちがって、『ヤクザ』が恐れられなくなった今は、おどしがきかんから、とにかく暴力を使う他はないだろう」

「『ヤクザ』は今でも生きのこっていると？」

「ああ。生きのこっておるよ。兵頭がその代表格だ。あの男は表向き、実業家のツラをしておるが、ホーワインダストリイがここまでのしあがってくるのには、裏で相当あくどいことをしたのだろうと私はにらんどる」

爺さんはきっぱりいった。

「――だがそのことと、あんたの調べておる歌手の行方知れずとは関係があるのかな？」

「いや……。それはわかりません」

大ありだ、といいたいのをこらえ、俺《おれ》はいった。

「あの連中とは、あんたもかかわらん方がいい。とにかくあくどすぎるからな。政治家ともつながっておるし、次期の知事選では、自分らの息がかかった候補を当選させるつもりでおる」

どうやればそんな連中のツラの皮をひきはがせるのだ――俺は気分が重くなってくるのを感じた。

16

明石建設をでた俺は、車をそこの駐車場においたまま、すぐ近くに建つ、ケイハン・ハウジングの本社に歩いていった。

ケイハン・ハウジングの本社は、明石建設に比べると、やや小ぶりのビルだった。不動産の管理だけが主な業務なら、確かにそれほど社員の数はいらないにちがいない。

俺は旧環七通りをはさんだ向かい側に立ち、煙草に火をつけた。

ケイハン・ハウジングと背中あわせに、このあたりで最もでかいビルが建っている。ビルのてっぺん近くには、菱型《ひしがた》の中に「豊」という漢字をデザインしたシンボルがはめこまれ、陽の光に煌《きらめ》いていた。ホーワインダストリイの本社屋だ。正確には、「中央管理センター」とかいう筈《はず》だった。ホーワインダストリイは人材派遣の会社からスタートし、土地開発で急成長し、今は輸送や貿易などにも手を広げている。

総帥の名が兵頭敏樹で、前にテレビで見たときには九十近い爺さんだった。

明石俊がホーワグループの二世とつきあっている、と親父《おやじ》の明石康介はいった。あの兵頭敏樹のせがれだとすれば、もう六十くらいの筈で、つきあうにはいささか年がいきすぎているような気がする。

「二・二・二会」のメンバーがいったい、どんな顔ぶれなのか、俺は知りたくなった。だが西側の財界人に関する情報を俺に提供してくれるような人物には、心あたりがない。

いったいどこから情報をたぐりだせばいいのか。

今までの状況から見て、今度の一件が、下っぱからたぐっていくのでは気も遠くなるほどの手間がかかることを俺は感じていた。

たとえば東側のシンジケートなら、末端の消し屋や売人からたぐりはじめても、せいぜいが三段階や四段階でボスにいきつくことは可能だ。

だが表向き大企業の看板を掲げているホーワグループでは、消し屋と、そいつらに本当に命令を与えているボスとのあいだには、えらくこみいった関係があるにちがいなかった。

もちろんことが犯罪である以上、そう何人もの耳を通すわけではないだろう。まっとうな日本人のビジネスマンに、殺しの命令を伝達させるわけにはいかないからだ。が、「二・二・二会」のメンバーが、直接消し屋どもに金を払い、命令を下している筈はない。

どこかに中間のパイプがある。

まともな財界人と消し屋をつなぐパイプだ。そしてそのどちらもが日本人である以上、パイプもまた日本人であるにちがいなかった。

そいつを捜しだすことだ。

俺は考えにふけっていた。そうなれば、ますます西側の情報に明るい人間が必要になる。

そのとき思いついた。ひとりいる。

弁護士の飛田だ。ついこの前、俺に西側の仕事をやらないかともちかけてきた。嫌な野郎だが、西側に関する情報は奴《やつ》ならもっている。

問題は、弁護士という職業もあるが、ホープレス嫌いの奴が、俺にすんなりと情報を提供する筈がない、という点だった。

奴から情報を手に入れるには、その口を開かせるテコがいる。

何かいい方法はないか。抜け目のない奴のことだから、容易につかまれるような弱味はないに等しい。かといってふつうの脅しが通用する相手でもない。

じっくり考えることだ。

俺はホーワインダストリイの巨大ビルを見つめ、そう思った。

自宅に戻った俺は、家のセキュリティロックを作動させ、シャワーを浴びた。考えてみると、ヨシオの仕事をうけて以来、のんびりと家で時間を過ごした覚えがなかった。目下のところ、いちばん警戒しなければならないのはあの消し屋どもだ。が、ベイルート・タイガースが潰滅《かいめつ》したことで当面の危険はないと踏んでいるのだろうか。襲ってくる気配はなかった。

カードスイッチで留守番電話を操作した。

電話はロニーと、そして名乗らずに切られた一本だった。

俺はフリーザーから、冷凍のウインナカツレツとチキンドリアをだしレンジクッカーにつっこんだ。今夜はどこにもでかけるつもりはなかった。たまには体を休めて、頭だけを動かす日があってもいい。

ホワイトラムをダイエットコーラで割った飲み物をすすりながら、料理のできあがりを待っていると、電話が鳴った。

「もしもし」

俺はカードリモコンをつかみ、壁のマイクに話しかけた。

「ケンか」

「そうだ」

池谷の声だった。

「今日の昼、お前について問いあわせがあったぞ」

「知ってる。明石建設の小倉からだろう」

池谷は不満そうな唸《うな》り声をたてた。

「何をやったんだ」

「訊《き》きこみだ。そっちは？」

「いくつかある。が、電話では話したくねえ」

俺はため息をついた。

「今どこだ？」

「本部をでて、そっちの方へ向かってる」

「俺の家はわかるか」

「住所は聞いてある」

「じゃあここまできてくれ。俺とあんたが話すには、たぶんいちばん安全な場所だ」

「わかった」

池谷はそれから二十分ほどで到着した。俺は一階に降りて池谷をでむかえた。

「車を中に入れろ。目ざとい連中は、あんたのこのボロセダンを覆面パトだと見破るぜ」

池谷はむっとしたようだが、俺の言葉にしたがった。

二階にあがった池谷は、刑事特有の遠慮のない目つきでじろじろとあたりを見渡した。

「きれいな家じゃねえか。通いの女でもいるのか」

「いや。俺が自分で掃除をしている」

俺がいうと、信じられんというように目をむいた。この世の中に、自分で住居の掃除をするような男がいるとは、とても思えないといった表情だ。

「稼ぎのある奴はちがうってわけだ」

奴は吐きだした。

「いってろ。晩飯は食ったのか」

「まだだ。そこらでハンバーガーでも買うさ」

「食うか？」

俺はレンジクッカーからカツとドリアをだして見せた。池谷はますます驚いた顔になった。

「食えるのか」

「こいつと同じ代物を、あんたも女房に食わしてもらったことがある筈だ」

「女房はいねえ」

じろっと俺をにらみ、池谷はいった。

「そうか。で、食うのか食わんのか」

「食うさ」

かわいげのない男だ。だが俺は料理を半分ずつに分け、皿に盛った。

「何を飲む？　ビールか」

池谷は今度は不安そうな表情になった。

「心配するな。別にあんたを口説こうと思ってサービスしてるわけじゃない。たとえ俺がバイセクシュアルだとしても、好みってものがある」

「そうなのか？」

ますます不安そうになって池谷は訊《たず》ねた。

「ちがう。俺はストレートだ」

池谷はほっとしたような顔で、俺がさしだした缶ビールをうけとった。上着を脱ぐ。薄手の防弾チョッキと吊《つ》るした銃が露《あら》わになった。

女房がいないというのは、本当のようだ。どう見ても奴のシャツは三日は着ずくめだった。

「食いながら話そうぜ」

俺たちはキッチンテーブルで向かいあった。池谷はがつがつと食い、ビールをたちどころに空けた。

「何がわかったんだ」

俺は奴に訊ねた。

「日本刀だ」

「登録されていたのか？」

俺は奴の顔を見た。

「いや」

奴は首をふった。

「だが刀に詳しい鑑定士に見せたところ、二十世紀の初め頃に作られた高級品だということがわかった。作ったのは、かなり名のある人間だろうという話だ。分解してみたら、銘を酸で焼いた跡があった」

「もったいない話じゃないか」

「骨董品《こっとうひん》として売るつもりならな。だが人殺しの道具として使うにはそうするしかない。解剖の結果、ツキモトの婆さんも、あの刀で殺されたということがわかった」

「だが妙だな」

「何がだ」

俺の言葉に、新たな缶を抜いた池谷は訊ねた。

「もし登録されていない刀なら、なぜ銘を焼いたりしたんだ？　作った奴はとうに死んでいるわけだから、持主がばれる心配はない」

「それもそうだな」

「よほど高級品で、銘を見ただけで持主がわかっちまうような品だったのかもしれん」

「だが無届けの日本刀は違法だ」

「違法を承知で盗品の美術品を買う人間はたくさんいるぞ」

俺はいった。

「盗品ならどのみち、足が割れん」

「そんなことはないさ。高級美術品でしかも盗品となれば、扱う奴も限られてくる。プロの故買屋じゃなきゃさばけないからな。そこから足がつくのを恐れたんだ」

池谷は目を細めた。

「となると買ったのは、まっとうなカタギの収集家ということになる。高い銭をだして故買屋から殺しの道具を買う奴《やつ》などいない」

「そうさ。だから、刀を買ったのと、殺しに使ったのは別の人間なんだ。ただし持主が割れんように気をつかったというのは、その両者のあいだにつながりがある証拠さ」

池谷は俺の意見を反芻《はんすう》するように考えていた。やがて、

「そうだな」

と頷《うなず》いた。

「つまりあの刀は重要な手がかりだ。今どこにある？」

「どこにあると思う？」

「まさか署なんていうなよ」

俺はいった。相手にこれだけの大物がからんでいるとわかった以上、たとえ警察署の中だろうと、安全な保管場所とはいえない。

「見くびるな。車のトランクに入っている」

「そりゃよかった」

池谷は不愉快そうにげっぷをした。

「明石建設はいったい何の騒ぎだったんだ」

俺は話した。「二・二・二会」のことになると、池谷はさっぱりわからない、という表情になった。

「小倉の奴、うまくやりやがったものだ」

「『二・二・二会』はどうだ？」

「聞いたこともねえ。縁のないお偉いさんたちだろう」

「だがまちがいなくホーワインダストリイはかかわっているぞ」

「だとしても手がだせるか。下手につっついてみろ。俺は平巡査に格下げのあげく、B・D・Tの見回りだ。定年になるか、ホープレスのチンピラに頭をふっとばされるまでな」

「そんなに影響力があるのか」

「警視庁の、射撃、逮捕術、柔道、剣道、ありとあらゆる競技会のいちばんのスポンサーは、ホーワだ」

「スポンサー？」

「賞品をだしたり、会場を提供している。総監だって頭があがらねえ」

それを聞き、俺ははっとした。表情がかわったことに気づいた池谷は俺を見つめた。

「何だよ」

「いや……」

「ちゃんと話せ。約束したろうが」

「嫌な予感がする」

「何だってんだ」

「ちょっと待ってくれ」

いらだっている池谷を制し、俺は考えた。

死ぬ少し前のサダムの言葉が頭に浮かんだ。

――「ヤクザ」のことか。奴らは今や腰抜けだ。

――プロってのは俺たちのことだ！

「――サダムは、日本人にそんなに腕のたつ消し屋はいない、と信じこんでいた」

「はずれちゃいない。ナイフや銃を扱わせりゃお前らホープレスの方が上だ」

たいして驚きもせず、池谷はいった。

「だが日本人でも、銃や刃物に慣れている奴はいる」

「そりゃ少しはいるだろう」

「待てよ。もしホーワが今度の件の黒幕だとしたら、一流のビジネスマンがどうやって、そんな腕の立つ日本人を探したんだ？」

「さあ。わからんな」

「頭を働かせろ。ホーワはスポンサーだといったろう」

俺の言葉の意味がわかると、池谷は、

「てめえ——」

といったきり、絶句した。

「そうさ。そうにちがいない」

「馬鹿いってんじゃねえぞ。てめえ、あの消し屋が警察官だっていうのか⁉」

「いくらでもスカウトできる。腕の立つ奴を競技会で」

「与太《よた》をぬかすな！」

「あんたみたいにホープレスを嫌いなお巡りはごまんといる。そいつらのうちの誰かが、金だけじゃなく、B・D・Tからホープレスを叩《たた》きだす計画を鼻先にぶらさげられたらのるだろうとは思わないか」

池谷は俺をにらみつけたまま、言葉に詰まった。俺はつづけた。

「前にもいったが、奴らは本物のプロだ。刀を扱えて、射撃もうまい。しかも動きが早くてなかなか尻尾《しっぽ》をつかませない。そんな日本人がどれだけいると思う。日本人には暴力犯罪のプロがほとんどいないことは、あんたも認めているじゃないか」

「……だがな──」

「調べてみろ。剣道の達人で、最近、病欠している警官がいる筈《はず》だ」

「お前が一発くらわした、という奴か」

「そうだ。もしそんな奴がいれば、ビンゴ！　だ」

「く……」

池谷は歯をくいしばった。が、いった。

「わかった。やってみる」

「それともうひとつある。西側の大物について情報を握っているかもしれない奴のことだ」

「誰だ」

「飛田という弁護士さ」

「新宿の爺《じい》さんか。国選もひきうける」

「そのせがれだ。渋谷に事務所をもっている」

「知らんな」

「だろうな。せがれの方は銭が大好きで、刑事事件なんかには見向きもしない」

「そいつをどうするんだ」

「なんとかひっかけたい」

「ひっかける？」

の飛田という弁護士に、逮捕歴や一一〇番への通報歴があれば、すぐに割りだせる」

だから誰にでもは無理だ。この装置は、警部補以上にならないと支給されない。もしそ
「いや。アクセスするには特殊な変換機能が必要なんだ。パスワードだけじゃなしにな。

「それなら誰でも警察のコンピュータに侵入できるってことか」

もできるが、それだと指令センターを通さなけりゃならん。電話なら一発だ」

「できる。電話回線を使ってアクセスする装置が、俺のパトカーに積んである。無線で
俺は驚いていった。

「できるのか、そんなことが」

「じゃあ、今やってみよう」

「ある」

「ここにコンピュータはあるか」

池谷はしばらく考えていたが、俺を見た。

「ああ。『二・二・二会』についても、きっと何かを知っている」

「本当にそいつは役に立つんだな」

が欲しいんだ」

「警視庁のコンピュータにあたってくれ。奴に関する情報で何でもいい、使えそうなの
「そんなことを俺《おれ》に手伝えってのか」

「弱味を見つけたいのさ」

「よし。やってみてくれ」

池谷は頷き、二階にあげたガレージスペースにいくと、車の中に首をつっこんだ。ダッシュボードを開き、電子ノートのような装置と接続コードをとりだした。それを俺のオフィスのコンピュータにつないだ。

俺はコンピュータを電話モードにした。池谷は画面に現われたナンバー表示に触れた。

「呼びだしている……でた」

警視庁のメインコンピュータにつながると、池谷は接続した装置の端末の上に指を走らせた。

コンピュータの画面表示がかわった。

「そいつのフルネームを」

「飛田京一《きょういち》」

打ちこんだ。検索が始まった。

俺と池谷はじっと画面を見つめていた。飛田をゆさぶる鍵《かぎ》が何かでてくればいいが。

不意に画面に表示が現われた。

「記録があるぞ」

池谷がいった。

現われたのは奴《やつ》を揺さぶるには最高の情報だった。

四年前、飛田は、住んでいたマンションの隣人からの騒音苦情一一〇番で、警官に踏みこまれている。そのとき警官は、明らかに薬《ヤク》ボケしていると思われるホープレスの娘を二人、そこで補導していた。二人の年齢は、当時、十二歳と九歳だ。

だが飛田については逮捕も何もされていない。うまく逃げたようだ。

池谷は俺を見た。

「子供を連れこんでドラッグパーティか。相手がホープレスとはいえ、よく表沙汰《おもてざた》にならなかったものだ」

「裏から手を回したんだろう。奴がロリコンとはな」

「賭《か》けてもいいがこの子供たちは金で買われたのさ。だがなんで東側のホテルに連れこんでやらなかったのかな」

「おっかなかったのだろう。東側のホテルで子供と遊んで、ビデオを隠し撮りされた奴は多いからな」

俺はいい、つづけた。

「よくそういう日本人の大物がビデオを買いもどしてくれと、俺のところにくる」

池谷は首をふった。

「クズが」

と、吐きだす。

「いい調子だ。だんだんあんたも日本人嫌いのホープレスシンパになってきたな」

俺はにやりと笑った。

「馬鹿をいうな。他の記録をあたってみるぞ」

池谷はキィボードを操作した。が、他にでてきたのは、駐車違反が二回、という記録だけだ。

「以上だ」

「充分だ。奴をブルらすには」

俺はいった。池谷はスイッチを切り、装置をとりはずした。

俺はコンピュータを通常モードに切りかえた。とたんに家のセキュリティアラームが点滅した。

「何だ？」

池谷が驚いたようにいった。俺は無言でキィを叩いた。

アラームは、家の一階入口部分からだった。何物かがドアロックをいじりまわしているのだ。

「お客さんだ」

俺はいって、非常用の武器を入れておいたバッグをとりあげた。

「一階のドアを誰かがこじ開けようとしている」

池谷の顔がさっと緊張した。吊《つ》るしたホルスターから銃を抜いた。

「ここにいてくれ」

俺はバッグから超小型サブマシンガンをとりだした。池谷があっけにとられたようにいった。

「てめえ、いつからそんなものを……」

「生まれたときからさ」

俺は答え、階段に歩みよった。今、ガレージスペースがエレベータで二階にあがっているので、一階は物置きの他はがらんとしている。まん中を、ガレージスペースを押しあげる油圧式の太いパイプが二本通っているきりだ。

「合図をしたら、このボタンを押してくれ」

俺は昇降ボタンを池谷に示し、階段を忍び足で降りた。

玄関のドアは、電子ロックにちょいと手を加えた代物で、かなりのプロでも手こずる。だがそのぶん、突破してしまえば中に入るのはたやすいだろう、と侵入者は考える。ところが、針金一本つっこんだ時点でアラームが作動し、しかも中に入った野郎は補強錠で外にでることもできなくなる。

俺は階段の途中にうずくまり、手すりごしに玄関のドアに狙《ねら》いを定めた。のこのこ入ってくればハチの巣だ。

不意に家が揺れた。ドアが内側に吹っとんだ。爆発音が襲いかかってきて、俺は階段の反対側の壁に体を叩きつけられた。

火災警報が鳴りだした。もうもうと玄関に煙がたちこめている。

衝撃にもうろうとした目で、俺は壊された玄関から人影がひとつとびこんでくるのを認めた。

爆薬を使いやがったのだ。

俺はサブマシンガンの引き金をひいた。ピストルサイズの超小型サブマシンガンはドリルのような銃声をたてて小口径高速弾を吐きだした。

だが銃弾はすべてそれ、とびこんできた野郎は俺のいる階段のま下にいた。

いきなり、俺のいる段のふたつ下の段が弾《はじ》けとんだ。俺はあわをくった。奴は下から貫通力のあるショットガンをぶっぱなしてきたのだ。ただのショットシェルじゃない。

次に俺のすぐわきを銃弾が射抜いた。俺は階段を転げおちた。

下からはねあがるように、俺を追って階段がふきとぶ。

俺はサブマシンガンで階段の下を狙った。が、それより素早く、野郎は階段の下をとびだし、並んでいる物置きの棚の裏側に逃げこんだ。あとを追った俺の銃弾が、工具やカーワックスの缶をなぎたおす。

「ケン――」

ベレッタを握った池谷が踊り場から顔をのぞかせた。奴のま下に消し屋はいた。

「くるな！」

俺は叫んだ。消し屋のショットガンが火を噴き、池谷の立っていたあたりの壁に大穴をあけた。火薬量もあり、貫通力の高いショットシェルだ。

池谷は危うく部屋の内側に倒れこみ、難を逃れた。

カラン、という音がして、俺はふりかえった。物置き棚の向こうから、黒く細長い筒が投げだされたのだ。それを見たとたん、俺は上半身からさっと血がひくのを感じた。破砕手榴弾《しゅりゅうだん》だ。

俺は叫び声をあげ、穴だらけになった階段を駆けあがった。

階段を半分のぼったところで手榴弾が爆発した。背中を襲った爆風に、俺はささくれだった階段に体を叩きつけられた。息が止まり、目の前が暗くなる。サブマシンガンが手を離れ、あいた穴から下に落ちた。

俺は体を丸め、あおむけになろうともがいた。背中がひどく痛く、素早い動きがとれない。

ようやく向きなおったとき、消し屋が階段の下に立っているのが見えた。

さんざん俺とやりあった二人組の片われだ。スーツを着け、覆面をしている。今日は奴だった。

ごていねいにその上にコートまで着こんでいた。両手でごついショットガンをかまえていた。

野郎は俺にその銃口を向けた。

殺《や》られる——俺がその覚悟をしたとき、池谷が二階から奴を撃った。

三発が奴の胸に命中し、コートをずたずたにした。奴はよろめき、うしろの壁に背中を打ちつけた。だが倒れなかった。

ショットガンを上に向け、撃った。

池谷が銃弾を浴び、後方へぶっとんだ。

くそ。俺は這《は》うようにして階段を駆けあがった。銃弾が手すりを吹きとばした。

二階に転げこむと、階段との境いのドアを蹴《け》り閉めた。補強錠ががしゃりと締まった。

俺は池谷に這いよった。

池谷は銃を握りしめたまま、あおむけに倒れていた。消し屋の弾は大半が池谷の防弾チョッキに命中していた。さすがに警察用の防弾チョッキは頑丈で、中までは貫通していない。だが被弾の衝撃で肋骨《ろっこつ》を何本か折られたようだ。

「池谷！　おい、池谷！」

俺が呼びかけると、池谷は苦しげに瞬《まばた》きをして咳《せき》こんだ。

「く、くそ……あばらをやられた」

「動くなよ。折れてたらあばらが肺に刺さる」

「わ、わかってる。野郎は？」

「もうすぐおでましさ」

俺はいいながらバッグをひきよせた。中にはベレッタとS&Wの四四マグナムリボルバーが入っている。

マグナムを手にした。装塡《そうてん》してあるのは、コンクリートも撃ち抜くKTW装甲弾だ。

それを横目で見て、池谷がいった。

「てめえ……熊狩りでもやる、気か」

二階の扉が轟音《ごうおん》とともにまっぷたつに裂けた。コートにスーツのあの野郎が踊り場に立った。ドアの裂け目からショットガンの銃口をつきだしてくる。

「くたばれ！」

俺はどなってマグナムの銃口をそちらに向け、弾丸を叩《たた》きこんだ。

残ったドアの破片をふきとばしながら、四四マグナムのＫＴＷは、野郎の腹にくいこんだ。ショットガンが天井に向けて火を噴き、野郎はうしろ向きに階段を転げおちた。途中から折れた手すりを越えて、ガレージスペースの下にぶち落ちる。

俺は野郎がまだ生きているかどうかを確かめず、昇降ボタンを押した。油圧機構が作動し、俺の借り物の車と池谷の覆面パトを乗せたガレージスペースが降下をはじめた。

それからようやく下をのぞいた。

野郎はまだ生きていた。血だまりの中でもがき、ショットガンを俺の方に向けようとしている。が、降りてくる天井に気づき、恐怖のこもった目をそちらに向けた。

「あの世でアリフによろしくな」

俺はわき腹をおさえながらいった。野郎は天井に向け、ショットガンをぶっぱなした。が、そんなものは何の役にも立たない。

ガレージスペースはゆっくりと、しかし容赦なく下降して野郎を押しつぶした。めりめり、という音とくぐもった悲鳴が聞こえ、静かになった。

俺はガレージスペースが動かなくなったのを見届け、池谷のもとに戻った。

池谷は防弾チョッキを脱ごうともがいている最中だった。

「大丈夫か」

「ああ……。何、とか、な」

俺は池谷を手伝ってやった。

「野郎はどうした？」

「ぺしゃんこだ。鑑識が喜ぶだろうぜ」

俺は答え、池谷が脱いだ防弾チョッキを手にとった。

「新製品で、先週、支給されたばかり、なんだ。イスラエル製でな」

池谷はいった。消し屋の使っていたショットシェルは、大粒の弾丸で、案の定、貫通力を高めてある。

「たぶん下で潰《つぶ》れている野郎も同じブランドを愛用していたんじゃないかな」

池谷は胸をおさえながら立ちあがった。

「見てみようぜ」

「平気なのか」

俺はいった。タフなお巡りだ。池谷は頷《うなず》いた。

「ゆっくり動けばな」

俺はガレージスペースを上昇させた。あまり見たくないざまの死体があった。

「よかったな。こいつの裏側に貼《は》りついていなくて」

階段の途中でそれを見ながら、池谷はいった。なんて神経だ。

俺と池谷は死体に歩みより、覆面をずらした。

「見たことのある顔か」

俺の問いに池谷は面白くもなさそうに首をふった。

「だとしてもわかるツラか」

確かにそうだった。頭蓋骨《ずがいこつ》が砕けていることは一目瞭然《りょうぜん》だった。

俺は野郎のコートをはだけた。上着もめくる。

「決まりだな」

池谷は唸《うな》り声をあげた。

ぺしゃんこの死体は、池谷のと同じ防弾チョッキを着けていた。

17

警察の現場検証が一段落したのは、夜明けだった。

池谷が事後情報の確認のために俺を訪ねたところ、消し屋が襲ってきたのだ、という話で俺たちは口裏をあわせた。

死んだ消し屋は、身許の確認ができるような代物は何ひとつ身につけていなかった。

むきだしの現金と車のキィだけだ。その車——黒のラピッドは、俺の家から二百メートルばかり離れたところで見つかった。身分証の類いがなくとも、この消し屋が警官ならば、指紋からすぐに判明する筈《はず》だ。

俺《おれ》の側に違法行為がなかったという池谷の証言で、俺は比較的簡単に解放された。地元所轄署での取調べが終わると、俺は胸にギプスを巻きつけた池谷とコーヒーを飲んだ。

「消し屋のラピッドに見覚えはないか」

俺はいった。

「なぜだ」

ギプスが窮屈なのか、顔をしかめながら池谷は訊《き》きかえした。

「あの消し屋が狙《ねら》ったのは、俺じゃなくあんただからさ」

「馬鹿いえ」

「そうさ。もし俺なら、今までにも襲うチャンスはあった。百歩ゆずって、俺とあんたのふたりさ」

「なぜ俺を狙う」

「刀だ、例の。奴《やつ》は相棒の刀をとりかえしにきたんだ。あんたがもっていることがわかってな。つまりそれだけ奴らにとっちゃ、ヤバい代物なんだ」

池谷はぎゅっと唇をすぼめた。

俺たちがいたのは、所轄署の刑事部屋が並ぶ階の、廊下の端だった。

そこへひとりの制服巡査がやってきた。手に書類をもっている。

「池谷警部ですか」

巡査がいった。

「そうだ」

紙コップを手にした池谷はじろりと巡査をにらんだ。

「指紋照合の結果がでました。鑑識係長がおもちしろと」

池谷はひったくった。つったっている巡査に、

「わかった」

といった。巡査は途方に暮れたように歩きさった。

池谷は書類を広げ、目を走らせた。そして、

「くそが……」

と呻《うめ》いた。

俺はそれを受けとった。

死んだ男の名は、東山一輝《ひがしやまかずてる》、年齢は三十二歳。所属は警視庁第四機動隊、階級は巡査部長。また、射撃の腕を買われて、特別狙撃《そげき》小隊にも所属していた。警視庁カップ射撃大会で昨年優勝、今年準優勝の成績をおさめている。

俺の読みは適中したのだ。だが今度ばかりは俺も、池谷にザマを見ろという気分にはなれなかった。

「刑事が刑事殺しを請けおうとはな」

池谷は歯をくいしばっていい、紙コップをくしゃくしゃにした。

「相棒の割りだしもこれで時間の問題だな。どうする？　この件を上にもっていくのか」

俺は訊《たず》ねた。

「上は握りつぶすさ、絶対にな。下手をすりゃ俺がどこかに吹きとばされる」

「じゃあ死んだふりか」

「いや」

池谷は暗い目になって首をふった。

「俺は動く。あくまでも知らん顔でな。東山の相棒をつきとめて、ふたりを雇った奴らの首根っこを押さえてやる」

「わかった。そっちはあんたに任せる。俺は飛田に会って『二・二・二会』のことを吐きださせてやる」

俺はいった。

池谷は頷き、俺を見すえた。

「気をつけろ。このふたりの他にも殺しを請けおっている警官がいるかもしれん」

「わかってるさ。だが忘れてないか。俺たちホープレスにとっちゃお巡りはもともと敵なんだ。気をつけなきゃならんとしたら、それはあんたの方だ。あんたは今や、敵のまっただ中にいるのも同じなのだぜ」

俺がいうと、池谷は苦い表情になった。

「署内で俺をぶち殺そうって奴がでてくるってのか」

「そいつはわからん。だがきのうの友は今日の敵ってことになるかもな」

「油断はせん。銃も防弾チョッキも離さない」

「ついでに車に乗るときは、下をのぞいてからにすることだ」

俺の言葉に池谷はぎょっとしたように目をむいた。

「爆弾か」

「東山は手榴弾《しゅりゅうだん》を使ってた。どんな派手《はで》な騒ぎをおこしても刀をとりもどしたかった証拠さ」

「くそ」

池谷は吐きだし、敵意のこもった目を廊下の彼方《かなた》に向けた。そこでは奴の同僚がおおぜい立ち働いている。

俺は、つかのまわずかだが、奴に同情を感じた。

所轄署をでた俺は自宅に帰ると、かくしておいたサブマシンガンとベレッタをとり、洋服を着がえて西側に向かった。

途中、自動車電話で飛田の事務所に連絡をとり、午前中は奴がいることを確認した。電話にでた飛田は、俺からだとわかると、迷惑そうな声をだした。

「朝っぱらからなんだってんだ、ケン。今さらお前に用事はない」

「この前の件はどうした？　あれほど俺をひっぱりたがったじゃないか」

「ものにはな、タイミングって奴があるのさ。お前はチャンスをつかみそこなった。泣きを入れてもどうにもならないぞ」

「なるほどな。だがちょいと会ったからって、あんたも損をすることはない筈だ。東側の最新情報を聞きたくないか。あんたが顧問をやっている大企業の重役会で、爺《じじ》いどもを椅子《いす》から乗りだささせようってネタだ」

「なんだ、金に困って下らんゴシップでも売りこむ気か」

「そいつは会ってからだ。十五分、どうだ？」

飛田は軽蔑《けいべつ》をこめた口調でいった。

「十分。今すぐこい。ただし金はでない」

「充分だ」

飛田のオフィスは渋谷の、東側と西側のほぼ境い目《ボーダー》にある。このあたりは、同じボーダーでも、新宿や六本木に比べれば、わりに治安がいい。もともとがティーンエイジャーの盛り場だった街だ。多いのは有機溶剤の売人くらいで、そいつらも明るいあいだはほとんど姿を現わさない。

俺は車を奴のオフィスの窓から見える位置に路上駐車し、ビルのエレベータに乗りこんだ。

道路整備のためにかつて東京を走っていた地上鉄道はすべて地下に移っている。が、唯一、この渋谷の街だけは、連絡地上駅が残されていた。鉄道の駅とステーションビルの利害関係が複雑で、さらに土地の所有権の所在がややこしすぎるため、直下型地震のあとの再都市計画からも見はなされたのだ。そのため今では、東京でもっとも古い街並みを残している、といわれている。

二十世紀まで、下町と呼ばれ、古い街並みを残していた東京の、台東《たいとう》、荒川、墨田《すみだ》、江東《こうとう》、などのエリアは、逆に直下型以降は、まったく新しい街並みにかわっている。そこいらは今や、日本人のための高級マンション街だ。

飛田はオフィスの一番奥にかまえた、自分の執務室でふんぞりかえっていた。濃紺のスリーピースを着け、キザったらしい口ヒゲをのばしている。壁には、いろいろな免状やら会員証、感謝状の類いだ。

「さてと、ケン。いったように時間がない。この前の話のむしかえしと金の無心なら無駄足だぞ」

奴はカフスからのぞく金ぴかの腕時計をわざとらしくのぞき、いった。

「俺があんたに小遣いをせびったことがあるか」

「最新情報とやらはどうなんだ？　見返りが欲しいのだろう」

「見返りは金じゃない。情報だ。『二・二・二会』という財界人のグループのことを聞いたことがあるだろう」

飛田は眉《まゆ》の毛一本動かさず、

「知らんな」

と答えた。

「そうか？　ホーワグループとは仕事をしていなかったっけな」

「グループのうちの何社かは、私が顧問をやっている。もちろん、どこであるとかは教えられないがな」

「ホーワとつきあいがあれば、『二・二・二会』のことは聞いているだろう」

「知らんといった筈《はず》だ」

奴《やつ》はいって、腕時計をまた見た。

「あと五分だ」

「じゃ、こういうのはどうだ。ある優秀な日本人弁護士の話だ。そいつは腕も立つし、頭も切れる。だから弱味を握られるようなドジは踏まない。あっちの方の趣味がちょいと特殊で、九歳とか十二歳の子供相手が大好きなのだが、金で買うときも、決して東側の安ホテルなんぞでは遊ばない。安全な自分の隠れ家を使う。で、ただ困るのは、ヤクをやりすぎてぶっとんだ女の子が大騒ぎするものだから、お上品な西側じゃ苦情がときおり近所からでる」

飛田の顔がこわばった。蒼白《そうはく》になり、ついで能面のような無表情になる。

「なんの話だ？」

「何の話かな。一一〇番でとんできたピーどもは、うまく片づけたらしい。だが手を回すなら、コンピュータの記載にも細工すべきだったな。子供相手の薬《ヤク》ボケセックスが趣味の弁護士じゃ、西側の大企業も、顧問契約の更新にはちょいと二の足を踏むのじゃないか」

「ゆする気か、ケン」

俺は両手を広げた。

「ちょっと待ってくれよ。たった五分でそこまで商談をもっていこうというのには無理がある」

「時間は延長だ」

「ありがたいね」

俺はにやりと笑い、いった。

「どこでその話を仕入れた」

「警察さ。他にどこがある？　ただし安心していいが、この話についちゃ、俺以外にあんたの懐ろをほじくろうって奴はいない。その俺にしても、金なんか欲しくない」

飛田は動揺をおさえこもうとするように、深呼吸をした。両手は椅子の肘《ひじ》かけを強くつかんでいる。

「何が望みだ」

「『二・二・二会』。知らんはなしだ」

「――わかった。ホーワグループの若手役員を中心に作られている新都市開発構想研究集団だ」

「新都市、何だって？」

「あたらしい東京を考えようって会だ」

いらだったように飛田はいった。

「あたらしい東京。どんな代物だ」

「もう一度、日本をかつてのように単一民族国家に戻す」

「おいおい、日本が単一民族国家だったっていうのは、百年も前に崩れている幻想だぜ」

奴は息を吸い、いった。

「少なくとも今のように、外国人がそこいらをわがもの顔で歩きまわっている状況を改善する。混血もな」

「ホープレスも邪魔か」

「お前らホープレスがこの街を腐敗させた元凶だ。定職にもつかず、水商売や売春、ドラッグの売買、違法行為で食っている」

「それで？」

「かつて、二十世紀の終わり、日本政府は、非合法営利団体を締めつけるため、徹底的に資金源となる違法行為を取締った。そのため、多くの団体が潰滅《かいめつ》した」

「その団体っていうのは、『ヤクザ』のことか」

「そうだ。が、結果的に、管理する者がいなくなった非合法営利行為は、その後日本に増えてきた外国人の手に移った。それが今の東側の出現の大きな理由になっている」

「なるほど」

「そうした歴史的背景を踏まえると、二十世紀終わりの日本政府のとった手段はあやまっていたとしかいいようがない」

「『ヤクザ』を潰《つぶ》したのがまちがいだったというのか」

「かつての『ヤクザ』には、いろいろと問題点もあった。しかし、エイリアンマフィアのような、無秩序で規律のない組織とはちがっていた。人間が都市生活を営む限り、売春や賭博《とばく》などの非合法営利行為とは無縁ではいられない、というのは常識だ。ならば、より完全で安心のできる管理者にそれらの行為を委《ゆだ》ねるべきだ」

「『ヤクザ』を復活させようというのか」

「『ヤクザ』という呼称じたいには、今やノスタルジイ以外、何の意味もない。要は、管理者を、外国人やホープレスから、日本人に変化させる、という点だ」

「おもしろいな。誰の発案だ」

「…………」

飛田は口をつぐんだ。

「いえよ。あんたも仲間なのだろう」

「私は『二・二・二会』のメンバーじゃない。ただ法律的な諸問題のアドバイザーとして参加しているだけだ」

「じゃあ喋《しゃべ》れよ」

飛田は苦しげに咳《せき》ばらいした。

「この構想はもともと、ホーワグループの総帥、兵頭敏樹翁が考えたものだ。だが兵頭翁は高齢でもあり、構想の実現は、より若く実行力のある者が推進すべきだと考えた。兵頭家の二代目、ホーワグループ現社長の安樹《やすき》氏は、温厚で実業家としてはまずまずの人物だが、そこまでの実行力はない。安樹氏の長男の英樹《ひでき》氏は、三十代に入りたてだが、若い頃の敏樹翁にそっくりだといわれている。行動力もあり、肝も太い。『二・二・二会』を率いているのは、この英樹氏だ。もちろん、その知恵袋として敏樹氏がいる」

「爺《じい》さまと孫か」

俺は息を吐いた。

飛田はあいかわらず無表情のままつづけた。

「その思想に共鳴し、構想を実現しようと考えている財界人は多い。〈新外法〉はまれに見る悪法だったと提唱する法律学者も少なからずいる。変化を官僚任せにしていては、悪くなるばかりだ。民間の力こそが大切なのだ」

「早い話が、東側のアガリが欲しくて、乗っとろうということだろうが」

「それが結果的には、東側の浄化につながるのだ」

飛田は横目で俺をにらみ、いった。

「で、具体的には何をやっているんだ？」

「私はそこまでは関知しない。弁護士としては、明らかに違法行為とわかる活動に、事前に加担することはできないからな」

「連中はベイルート・タイガースとつきあいがあった。それは知ってるな？　女をめぐっての取引だ」

飛田は目を閉じた。

「それについてはわずかだが聞いている。お前が調査を始め、そのお前についてどう対処すべきかの協議もなされたもようだ」

それを聞いたとたん、俺にはわかった。

「ついこの前の、西側企業の顧問の件はそれだな」

飛田は青ざめたまま答えなかった。

「俺を抱きこんで、調査から手をひかそうとした。ついでをいえば、どこか適当なところでクビにして、チャンスがあれば消す――そう考えていたのじゃないか」

「そこまでは私は知らない」

飛田は激しく首をふった。

「ずいぶんペテンのいいやり方だな。え、弁護士さんよ」

俺は怒りを押しころし、いった。ハナから俺をはめる計画に、奴は加わっていたのだ。

「誰が考えだしたんだ？」

「……………」

「知ってるんだろ。『二・二・二会』は、現職の警官を使った消し屋グループも雇っている。そのうちのひとりは、きのう俺の家に押しいろうとして、ガレージの下敷きになって死んだぜ」

「私は……そこまでは知らない」

「だろうな。で、俺の抱きこみは、誰のアイデアだ？」

「――敏樹翁だ」

「爺さんか」

飛田は頷《うなず》いた。滝のような汗が奴《やつ》の額から流れおちていた。

「結局、あんたはあと戻りできないくらい深入りしちまっているんだ。俺を抱きこもうって策に一枚嚙《か》んだのがその証拠だ。いえよ、ただのアドバイザーなんかじゃないんだろ」

俺は飛田のデスクに両手をつき、奴の顔をのぞきこんだ。

飛田は顎《あご》をひき、顔をのけぞらせた。

「あんたは爺さんからアイデアを授けられたわけだ。ということは、いつでも爺さんとは話ができる立場にいるのだろ」

「と、敏樹翁は、考えたことをすぐ実行に移すので知られている……」

「そいつはいいや。俺も見習いたいね」

俺は上着のボタンをはずし、ベレッタをよく見えるようにしていってやった。奴の目がベレッタのグリップで止まり、恐怖で丸くなった。

「よせ、ケン、馬鹿な考えはおこすな……」

「お前さんは確かに大物だよ。大物の日本人さまから見れば、俺たちホープレスはゴミ溜《た》めをとびまわるハエか。消毒薬を撒《ま》いて駆除しようってわけだ。気に入らねえな。駆除される前に一発くらわしてやりたいぜ」

「わ、私の考えじゃないんだ。わかってくれ、ケン」

俺は奴のネクタイをつかみ、顔をひきよせた。

「うまくいったあかつきの、お前のとりぶんは何だ？　幼児売春の元締めか」

「ち、ちがう。収益を管理する会社の顧問だ」

「なるほど。ドラッグや売春の管理会社か」

「大人のための都市リゾート構想なのだ」

「寝ぼけてるのか。ヤクをやったり、女を買ったりするののどこがリゾートなんだ」

飛田は蒼白《そうはく》になり、震えはじめた。

「わ、私にそんなことをいわれても——」

「だからお前を通して爺いにいいたいのさ。それには頭に一発ぶちこんだお前をここにおいていくのがいちばんかもしれないってな」

「こ、後悔するぞ、ケン。殺人では何も解決しない……」

「おいおい、同じセリフを爺いにいってやったことがあるのか。人殺しじゃ何も解決しないって」

「………」

俺はネクタイを拳《こぶし》に巻きつけ、いちだんと奴の首を締めつけた。

「『二・二・二会』と消し屋グループをつないでいる人間の名前を教えてもらおうか」

「だからそれは知らないと——」

「そうかい。さっきもそう聞いたっけな」

俺はベレッタをひきぬいた。

「わかった！　いう、いうから銃をしまってくれ」

「誰だ？」

「ホーワ建設の宮本《みやもと》社長だ。敏樹翁にかわいがられ、英樹氏の教育係をつとめた人だ」

「宮本がピーを消し屋にしたてたというわけか」

「そ、そうだ」

「じゃベイルート・タイガースのアリフやマッサージ屋の婆さんを殺したわけは？」

「そこまでは知らない、本当だ！　本当に知らないんだ！」

俺は手を離した。飛田はぐったりと椅子《いす》にもたれかかり喘《あえ》いだ。

「ガーナという歌手の行方についちゃどうだ」

「何？　何のことだ」

飛田は虚《うつ》ろな目でつぶやいた。本当に知らないようだ。俺はベレッタをしまい、体を起こした。

「大企業がバックについてるからっていい気になるなよ。ホープレスだろうが日本人だろうが、サシでやりゃ、かわりがないんだぜ。覚えとけ。俺たちの血が流れるときは、お前ら日本人も血を流すときだ」

飛田は信じられないようにいった。

「ケン、お前、ホーワグループに戦争をしかけようってのか」

「先に始めたのはそっちだ。踏みつぶしても平気だと思いあがってるお前らは、必ず後悔する」

飛田は首をふった。

「お前ひとりで何ができるんだ」

「見てるがいい。いずれわかる」

俺はいい、奴のオフィスをでていった。

18

車に乗りこみ、東側に向かって走りはじめたところで、自動車電話が鳴った。池谷だった。

「東山の相棒の名がわかった。小出《こいで》という巡査だ。東山の部下で、四機の剣道代表だ。三日前から病欠している」

「住居は？」

「江東エリアの独身者用マンションだ。寮じゃない。ホーワの高級マンションだ」

「住所を教えてくれ。そこでおちあおう」

一瞬ためらい、池谷は住所を口にした。

「これから向かう」

俺はいって、電話を切った。

池谷は途中まで覆面パトのサイレンを鳴らしてきたにちがいない。俺が小出のマンションの前に車を乗りつけたときには、もういらいらした面で玄関のところに立っていた。

独身者用マンションは、直下型地震のあと、復興にかけた旧下町エリアで、やたらに増えた高層アパートだった。管理人がいないかわりに、一階部分にデリカテッセンとコンビニエンスストアが入っていて、住人は二十四時間営業の店から品物を配達させることができる。そこでの買い物は家賃といっしょにひきおとされるシステムになっていた。

池谷が立っていたのは、コンビニエンスストアの前だった。アパートの二、三、四階部分は、住人のための駐車場だ。家賃は駐車場代も含めればかなりの額になる筈《はず》で、警官はおろか、日本人でも並みのサラリーマンではとても住むことはできない。

「立派なマンションじゃないか」

俺はいいながら池谷とエレベータに乗りこんだ。池谷は面白くもなさそうにツバを吐いた。

「警官が殺しを請けおって高級マンション暮らしとはな。反吐《へど》がでるぜ」

「そうかっかするな。奴はいるのか」

「午前中、上司が電話をかけたときにはいたそうだ」

「三十八口径を背中にくらわせたんだ。当分、でてはこれないだろう。どうやる?」

エレベータは四階のロビーで止まった。集合インターホンがあり、自動ロックの扉がある。

「任せろ」

池谷はいって、集合インターホンの、小出の部屋番号を押した。俺はロビーにあるテレビカメラの死角に移動した。

「はい」

「〃ハリネズミ特捜班〃の池谷だ。あんたの上司の東山さんの件で聞きたいことがある」

池谷はマイクに向かっていい、カメラに身分証を呈示した。

「今ちょっと体の具合いが悪いんですが、警部」

小出の声は思ったより若かった。二十五、六だろう。

「知ってる。分隊長の許可も得てある。すぐすむから開けてくれ」

「おひとりですか」

「ひとりだ。秘密捜査なんだ」

「わかりました」

扉が開いた。俺《おれ》は池谷がテレビカメラの前に立っているすきにすりぬけた。

「奥のエレベータで十八階まであがって下さい」

自動扉の奥にあるエレベータに、俺と池谷は乗りこんだ。独身者用のマンションなので、昼間はほとんど人けがない。

エレベータを降り、廊下にでると、俺と池谷は銃を手にした。

小出の部屋の扉を池谷がノックした。

「どうぞ、開いてます」

池谷はノブを回した。いっきに扉をひき、とびのいた。叫び声があがった。

胸に包帯を巻きつけた上半身裸の若い男が刀を手につんのめった。扉の陰からつきさそうととびだしてきたのだ。

廊下にとびだした男は、確かにあの日本刀の野郎だった。切れ長の目に見覚えがある。一撃で池谷をしとめそこねた小出は怒りに燃えた目で、扉の両側に立つ、俺と池谷を見くらべた。

「よお、久しぶりだな」

俺はいってやった。小出はわめき声をあげ、日本刀をふりかぶった。俺に斬《き》りかかろうとする。

池谷がうしろから右膝《みぎひざ》を撃ちぬいた。小出はばったり倒れ、悲鳴を洩《も》らした。

「やかましい！　このくそったれが！」

池谷はその口にベレッタの銃身を叩《たた》きこんだ。歯が折れ、血がとぶ。俺は小出の落とした日本刀を拾いあげた。アリフのマンションにおいていったものとはちがい、白木の柄がついた安物だった。

池谷はふらふらになった小出をひきずりおこすと、部屋の中へつきとばした。自分では歩くことのできない小出は呻《うめ》き声をあげ、のたうちまわった。

池谷がそのかたわらに立つ。俺は同じ階の住人が誰ひとり廊下に首をださないのを確認して、扉を内側から閉めた。

小出の部屋は散らかっていた。ソファベッドが居間の中央にひきだされ、かたわらに点滴が吊《つ》るされている。どうやらここでモグリの医師の往診をうけていたらしい。部屋の隅には、血まみれのスーツが丸められていた。

池谷は容赦なく小出を責めたてていた。

「お前の相棒の東山はくたばったぞ。知っていたか、え、おい」

「な、何のことだよ」

「とぼけるな。お前らがツキモトの婆さんとアリフの口を封じたことはわかってるんだ。警官のくせに銭で殺しを請けおいやがって」

「た、たかがホープレスじゃねえか」

「ツキモトの婆さんは日本人だったぜ」

俺はいった。小出は苦痛と憎しみに目をギラつかせ、ぷっとツバを吐いた。池谷がその頰《ほお》を張った。

「どこから銭がでてるんだ？」

「知るもんか」

「ホーワ建設の宮本だろ」

俺はいって、小出のかたわらに池谷と並んでかがみこんだ。

小出は無言でそっぽを向いた。

「貸せ」

池谷が俺にいった。俺が手にしている日本刀だった。俺が渡すと、池谷は刃先を小出の口の中にさしこんだ。

「喋《しゃべ》りたくなかったら喋らなくていい。口を裂いてやる。医者がどう縫ってもおいつかないくらいにな」

小出の目に恐怖が浮かんだ。言葉にならない呻き声をたてた。

「喋っちまえよ。どうやらこの旦那《だんな》は、ホープレスより悪徳警官の方がもっと嫌いらしいぜ」

俺はいった。小出の目が俺と池谷のあいだをせわしなくいきかった。ずっと体を洗っていないのだろう。小出の体からは悪臭が漂ってくる。

「喋るか」

池谷が訊《たず》ねた。小出は瞬《まばた》きした。池谷は刀を抜いた。

「く、詳しいことは知らない。俺は東山さんに頼まれて手伝ってただけだ」

「与太《よた》をふかすなよ。このマンション、お前の給料でどうやったら住める」

池谷はぴしりといった。

「宮本とお前らのそもそものきっかけは何だ」

「宮本社長は、ホーワグループの武道クラブ顧問で、俺たちに部員指導を頼みにきたんだ」

「いつから殺しを請けおってる」

「に、二年前からだ」

池谷の問いに小出は答えた。

「ツキモトの婆さんとアリフを殺した理由を訊《き》こう」

「昔の話だ。『ニューｰ・トウキョウマッサージ』にアリフのところがテコ入れしたとき、女たちをよそからひきぬく資金を宮本社長のところが用意した。宮本社長はその頃、ホープレスの連中の商売のやり方について、いろいろ調査していて、アリフが協力していたんだ」

「それなら仲間だろう。なぜ始末した？」

「奴《やつ》はのぼせあがっていた。ホープレスの分際で、日本人と組んで東側の帝王にでもなるつもりでいやがったんだ。バックにホーワグループがついてるってんで、いい気になっていた」

「ツキモトの婆さんを消した理由は」

「『ニュー・トウキョウ』にアリフが女を世話したときの記録の中にホーワ建設が嚙《か》んでるという証拠が残っていた。アリフの馬鹿が喋ったんだ。ツキモトの亭主はそれをネタに口止め料を宮本社長からとっていた。死んだんでカタがついたと思っていたら、お前が動きまわり、婆さんがそのネタを日誌の中からまた見つけたんだ。夫婦そろって考えることがいっしょで、また強請《ゆす》ろうとしやがった」

「ガーナはどこだ？」

「ガーナ？　誰だ、それは」

「昔、『ニュー・トウキョウ』にいて、『グレイゾーン』てクラブで歌手をやっていた女だ」

「知らん」

「とぼけるな。ガーナのアパートをふっとばしたろうが」

「あれはお前が嗅《か》ぎまわっていたからだ。その女は、『ニュー・トウキョウ』の頃、ツキモトの亭主とできていた。ひょっとしたら、またホーワの名がでるようなネタをアパートにかくしているかもしれないと思ったのさ。婆あがそう喋った」

「じゃあガーナはさらっていないのか」

「売春婦をさらってどうするんだ。さらうくらいなら殺してやる」

妙な展開になってきた。飛田もそうだったが、ホーワの東側乗っとり計画とガーナの失踪《しっそう》が、どうしてもつながらない。

池谷が口を開いた。

「お前らだけじゃないんだろう、ホーワに飼われている警官は」

「びっくりするさ、その数を聞いたらな。ホープレスを叩きだすためならってんで、おぜいの同志が俺たちにはいるんだ」

小出は池谷をにらんだ。

「あんたこそ、ホープレスの味方なんかしやがって、警官の風上におけないクズ野郎だな」

止める暇もなかった。池谷はもっていた日本刀を小出の喉《のど》につきたてた。噴水のように血がほとばしった。

小出は目をむいた。喉の奥で妙な音をたて、みるみる顔面が白くなる。

「殺しちまったら何にもならないじゃねえか⁉」

俺は驚いていった。池谷はむっつりと首をふった。

「生かしておいたって、どうにもならんさ。こいつが刑事責任を問われることは絶対になかったろうからな」

「警察はそこまで腐ってるってのか」

「それだけじゃない。心情的な問題だ。こいつのいったとおり、お前らホープレスを好きな警官はひとりもいない。こいつじゃなくたって、ホープレスをこの街から叩きだして銭がもらえるなら協力しようって警官はいくらでもいるだろう」

俺は息を吐き、小出の死体を見おろした。

「もっと恐い連中がいるかもしれん」

「何だ？」

「金もいらないって奴らさ。理想主義者だよ。警察の上層部にそういう人間がいたら、もうどうすることもできないぞ」

池谷はじっと俺を見つめた。その目を見ただけで、俺はこの男のいいたいことがわかった。

既にいるのだ。そういう人間が。

池谷はとうにそれに気づいていたのだった。

小出の死体を処分するという池谷と別れ、俺はB・D・Tに車を走らせた。どうしようもない気分だった。

望んでこの世に生まれてくる人間などひとりもいない。ホープレスだろうと日本人だろうと、自分がどんな形で生を受けるかは、当の本人の意志とは何ら関係はない。

だが生まれおちた以上は、生きる権利がある。同じ人間として、飲んだり、食ったり、眠ったり、笑ったり、怒ったり、踊ったり、歌ったり、愛しあったりする権利がある。そこには何のちがいもない。

だがホーワグループ、「二十・二十・二十会」の連中は、一方的に俺たちホープレスからそれを奪おうとしている。

奴らの理想やお題目の中には、同じ人間としてのホープレスのことが何ひとつ入っちゃいない。

日本人が東側に進出したい、というのならそれは勝手だ。ホープレスのギャング連中と縄張り争いをして、どんぱちやろうが、俺の知ったことじゃない。俺が我慢できないのは、奴らがそうした正攻法をとらず、アリフやピーを抱きこんで、内側や権力の立場から、自分たちの欲しいものを、自分たちの手をよごさずに、ものにしようとしていることだった。

日本人とホープレスが嫌いあうのは、あるていどしかたがないかもしれない。だが、まともな人間なら、嫌いあっていても、どちらかを根絶やしにしたり、追いだしたりはしない筈《はず》だ。双方のあいだにある溝を埋めるべく、理解しあう努力をするのが大人のやり方というものだ。

日本人だけではなく、ホープレスにも過激な考え方をしている者がいる。そういう連中は、ギャングとは別に、武装集団を結成し、日本人を相手にした、暗殺や破壊活動を行なっている。

俺はそいつらの考え方も嫌いだった。ホープレスである自分にこだわって日本人への憎しみをつのらせることは、結局、日本人である自分にこだわってホープレスを差別する連中と、考え方にちがいがない、と思えるからだ。

気がつくと、俺は六本木エリアの中を走っていた。この街が、俺にとっては故郷なのだ。何かあれば俺はここに帰ってくる。そいつは、たとえ誰かにどれほど圧力をかけられようと、俺の心の中では決して死なない事実なのだ。

車を「グレイゾーン」の前に止めた。顔馴染《かおなじ》みになったドアボーイに頷《うなず》き、俺は地下へと降りる階段を降りていった。

クロークのところに、グッドガイ・モーリスがいて、キャッシャーの女と何ごとかを話していた。

モーリスはさっと俺をふりかえった。白い歯がこぼれた。

「やあ、ケン。今日はひとりか、それとも待ちあわせかね」

「ひとりだ」

俺はむっつりといった。

「その後、何か新しい情報は手に入ったかな」

「あんたから教えてもらった野郎は、二度とここへはこないだろう」

「ほう。そりゃなぜだ？　君がひどく痛めつけたとか。だとしてもいっこうにかまわないが……」

俺は首をふった。

「いや。この店はもうすぐ潰《つぶ》される、とあの男に教えた奴がいた。営業中に強盗が入って客を撃ちころされるか、爆弾を投げこまれるか、だとさ」

モーリスの顔がいつもにも増して無表情になった。

「なるほど。いったいどんな人間がそんなことをいったのか興味があるな」

「日本人の理想主義者さ。ホープレスをこの国から叩《たた》きだして、住みよい街を作ろうと考えている」

モーリスは静かに息を吸いこんだ。

「ケン、一杯つきあってくれるか」

「酒は売るほどあるだろう。かまわないぜ」

「私のオフィスにいこう」

モーリスは首を傾けた。

モーリスのオフィスは、ステージの横にある通路を、楽屋の先まで進んだ位置にあった。品のよい調度で埋められ、クラブのマネージャールームというよりは、書斎のような雰囲気だ。

「すわりたまえ」

モーリスは革ばりの年代物のソファを指さし、サイドボードに飾られたデカンタを手にした。色からすると、中味はブランデーのようだ。ストレートをふたつのグラスに注ぎ、ひとつを俺に手渡した。

「その理想主義者の話のことを聞かせてくれないか」

「知ればあんたの身にも災いが及ぶぞ」

「君の話では、すでに及びかけているようだが？」

モーリスはデスクによりかかり、じっと俺を見つめた。

俺は煙草をくわえ、火をつけた。ブランデーをひと口する。

「『二・二・二会』という、財界人の集まりさ。明石の馬鹿息子はそこに出入りしていた」

「『二・二・二会』」

モーリスは軽く目をつぶった。

「確か、ホーワインダストリイが中核になっている、新都市開発構想研究集団だな」

俺は驚いた。

「よく知ってるな」

「こういう商売をしていれば、嫌でもそういうことに詳しくなる」

モーリスはにこりともせずにいった。

「それならあんたに最初から訊《き》きにくればよかった」

「そうはいかない」

モーリスは首をふった。

「子供たちの好きなコンピュータゲームのようなものさ。あるアイテムをもっているのともっていないのでは、同じ相手であっても、ひきだせる情報の量にちがいがある」

「俺はアイテムをもっている、というわけか」

「そのとおり。だからここにいる。ところで、なぜこの店が狙《ねら》われるのか、その理由は聞いたかね」

「いいや。繁盛しているのが気にくわないからじゃないのか」

「それはちがうと思うね、多分」

モーリスはいい、タキシードの胸ポケットから葉巻をとりだした。

「俺にはそれ以外の理由は思いつかない」

「つまり、君はまだアイテムを必要としているのだ」

モーリスはよこたえた葉巻を鼻に押しつけ、香りを吸いこみながらいった。

「よしてくれ。こいつはゲームじゃない。うまくいかないからと、スタートからやりなおすわけにはいかないんだ。一度始めたら、やりとおすかゲームオーバーになるかだ。ゲームオーバーは、くたばるってことだ」

「確かに。君のいうとおりだ」

「じゃあもったいぶらないで教えてくれ。この店が狙われる本当の理由を」

モーリスは葉巻に火をつけた。念入りに、火先をためつすがめつする。完璧《かんぺき》だと納得するまで、時間をかけた。

「残念だが今はいえない」

「また俺に何かをしろっていうのか。タイガースを潰させたみたいに、アイテムをとってこい、というのか」

「いいや。そんな問題ではない。互いに真の敵を見極めているかどうか、という問題だ」

「真の敵？　何のことだ、いったい」

「すまないが、これ以上はいえない」

モーリスは首をふった。

「君を巻きこみたくないのでね」

「よしてくれ。俺《おれ》は充分、巻きこまれている」

「それについては――」

モーリスは意味深な目で俺をじっと見つめた。

「いずれわかるときがくる……」

飛田とはちがい、モーリスは、喋《しゃべ》らないといったら銃口を口につっこんでも喋らない男だろう。俺はあきらめて「グレイゾーン」の客席に戻った。

金のおあずけや食い物のおあずけなら、いくらでも我慢ができる。だが情報のおあずけだけは我慢がならない。

グッドガイ・モーリスには、「二・二・二会」の東側乗っとり計画について何か知っている事実があるのだ。それもただ知っているだけではなく、モーリス自身がかかわっていることがあって、「二・二・二会」から敵とみなされている。

俺はやりきれない気分をなんとか押さえこもうとカウンターにすわり、テキーラのオン・ザ・ロックをすすりながらステージに目を向けた。

ロニーが甘いボサノバを歌っている。俺に気づいたのか、軽くウィンクをした。

ロニーは髪をおろし、胸のふくらみを半ばまで露わにした、クラシックなロングドレスを着けていた。スパンコールを散りばめているせいで、人魚のように見える。

歌が終わると楽屋には戻らずに、まっすぐ客席へと降りて、俺の方に歩いてきた。こぼれるような笑みを浮かべ、俺の隣りに腰をおろした。

「ハイ、ケン」

「やあ」

俺はバーテンダーを呼び、彼女のために何か飲み物を作るように合図した。

「元気ないわね」

黙っている俺にロニーはいった。

「少々な。あっちもこっちも壁だらけって感じになってきた」

カクテルグラスを手にしたロニーはひょいと肩をすくめた。その背中ごしに、モーリスがオフィスへの通路からでてくる姿が見えた。

「あなたらしくないわ。壁が邪魔なら、片っぱしからぶち壊していくってのが、あなたのやり方なのじゃない」

「まあね。だが、今度の壁はちょっとばかり分厚い」

「だったら薄くなっている場所を見つけてみたら。遠くから眺めていないで、近づいていって」

「名案だ」

俺は肩をすくめた。ロニーは俺の耳に唇をよせた。

「次のステージが終わったら早あがりするわ。わたしを連れだしてくれる？」

「それも名案だ」

ロニーは俺の頰《ほお》に唇をずらした。

「大好きよ」

ロニーを連れて店をでた俺は、車を走らせ、もぐりのステーキハウスに向かった。貿易不均衡解消のため、十年ほど前、アメリカとオーストラリアは、日本の食用牛生産中止を迫った。日本政府はその圧力に屈し、「和牛」は肉屋の店先から姿を消した。が、秘密裡《り》に生産をつづける牧場があり、そこのステーキハウスでは、和牛のステーキを食わせるのだ。

俺はロニーと、店の売り物である脂肪分たっぷりのサーロインを食べた。この店では、サラダもパンもデザートもつかない。ただひたすらに肉と酒を、食いかつ飲むだけだ。ワインを一本ずつ空け、二十オンスのステーキを平らげた。

「おいしかったわ」

食いおわるとロニーは目をうるませていった。ステーキハウスの中には、古い「ニンジャ」の衣裳《いしよう》や手裏剣などの武器がいたるところに陳列されている。オーナー兼シェフが、「ニンジャ」で有名な伊賀《いが》という地方の出身で、そこはかつて最大の和牛生産地だったのだ。

店をでた俺たちふたりは車に乗りこんだ。俺の家に向かって車を走らせる。

「モーリスについて話してくれないか」

俺はいった。

「ボスの？」

「そうだ。彼は『グレイゾーン』のオーナーなのだろう」

俺はゲップをこらえた。

「そう。でもわたしたちにとっても謎《なぞ》の多い人よ」

「店の女には手をださない、といっていた。ホモでもない、ともな」

「そうね。何ていうのかしら、忙しすぎるって感じ。ナイトクラブのオーナーとしてだけじゃなしに何か他のこともたくさんしていて、それで女にかまってる暇はないみたい。もちろんあのとおりだから、決してこせこせはしていないけど、いつも頭の中では、同時にいろいろなことを考え、計算しているようよ」

「クラッシュ・ギルドの幹部なのだろ」

「その一面もあるわ。でもB・D・Tでクラブをやっている人間で、シンジケートに属していない人なんていないのじゃない」

「その他にも何かある？」

「たぶん。それが何なのかはわからない」

「奴《やつ》はどこに住んでいる？」

ロニーは首をふった。

「知らないわ。いつも最後まで店に残っているの。一度見たことがあるけど、ボディガードと運転手が、朝になると彼を迎えにくるのよ」

「ボディガードはクラッシュ・ギルドのメンバーか」

「ちがうと思う。ギャングには見えなかった」

「ギャングに見えないのに、なぜボディガードとわかった？」

「そんなこと」

ロニーは笑って、空いている俺の左手をもてあそんだ。

「ケン、あなただってギャングに見えないけど、タフだってことは誰にでもわかる。それと同じじょ」

「そいつはタフそうだったってわけだ」

「目配りや体つきでね。片ときも油断はしないぞっていう雰囲気。ギャングだったら、居残ってる女の子たちに色目をつかったり、下品なことといってからかったりするじゃない。でもモーリスと同じで、目もくれないって感じなの」

「モーリスとクラッシュ・ギルドの関係はどうなんだ？」

「どうって？」

「やはりギルドには頭があがらないのか？　奴も」

「そんなことはないわ。ギルドの大幹部がお店にきたって、いつもどおりよ。むしろギルドの方がモーリスに遠慮しているって雰囲気」

俺は首をふった。クラッシュ・ギルドについて、「シンジケート・タイムス」の亀岡にもう少し訊《き》いてみるべきかもしれない。

やがて俺たちは家に到着した。車のヘッドライトが、爆弾でふっとばされた玄関部分を照らしだすと、ロニーは息を呑《の》んだ。

「どうしちゃったの⁉　これ」

「ノックのやり方を知らないお客がきのうきたんだ」

　俺はガレージスペースに車を進入させた。一階はめちゃくちゃだが、二階部分の扉は補強させたので、保安上はそう問題がない。

「で、そのお客ってのはどうしたの？」

「知りたいかい？」

　俺は昇降装置を車に積んだリモコンで操作しながら訊《たず》ねた。ロニーは息を吐き、首をふった。

「やめとく。せっかくおいしいもの食べたばかりだから」

「俺もその方が賢明だと思うぜ」

　二階にあがると、俺はすぐにコンピュータでセキュリティシステムをチェックした。留守のあいだにこの家に何かをしかけようとした奴はいない。サダムにふっとばされたメルセデスになら、ここのコンピュータと連動するメカが積んであり、車に乗っていても家で何かあればすぐにわかる仕組になっていた。

　ロニーをソファにすわらせ、俺は訊ねた。

「何か飲むかい？　それともアイスクリームとかは？」

　ロニーは首をふった。

「今はお腹いっぱいよ。何も入らないわ」

俺はロニーの隣りに腰をおろした。上着を脱いだ。ロニーの指先が俺のシャツのボタンをはずした。

「毎日、殺されかけているのね。あなたっていう人は」

「経験じゃ、周期がある。やたら命を狙《ねら》われるときと、平和なときの。危いのは、平和なときがつづいて、そろそろ危険期に入りかけって頃だ。なまっているからな。出合い頭の一発で大怪《おおけ》我《が》をしたり、場合によっちゃあの世いきだ。今みたいにしょっちゅう狙われているときは、意外に殺られないものさ」

ロニーの手が俺の胸板をさすった。指先は冷んやりとしている。

「まるでひとごとみたいにいうのね」

「自分のことだと思っていたら夜も眠れない」

いいながら俺は、昨夜は一睡もしていなかったことを思いだした。いつまでもこんなことがつづくわけはない。狙われることも、生きのびることも。どちらにもそれはあてはまる。

電話が鳴った。俺はロニーの唇に人指し指を押しつけ、リモコンを手にした。

「はい」

「ヨヨギ・ケンだな」

年のいった男の声だった。

「そうだ。あんたは？」

「使いの者だ。君に会いたいという方から、君を迎えにいくようことづかった。今、君の家の前にいる」

俺はさっとリモコンを動かし、テレビのスイッチを入れた。屋外カメラの絵を映す。こういわれて窓に近づき、ライフルで頭をぶち抜かれた人間も多いのだ。

画面には巨大なリムジンが映っていた。

「そのお方の名前は？」

「ここではいえない。私の名なら教えられる」

「聞こうか」

「宮本だ。宮本隆介《りゅうすけ》」

俺はゆっくり息を吸いこんだ。

「ホーワ建設の社長さんが、お使いとはな」

「そのとおり。君に会いたがっているのがどなたか、これでわかった筈《はず》だ」

じわじわと緊張がこみあげた。

「俺に会ってどうしたいんだ」

「それはその方に直接訊いてくれたまえ」

「殺されにでていく奴はいないぞ」

「確かに。だが君はそこにいても、助かるという保証はない。私たちの車が見えるなら、トランクも見てみたまえ」

俺はカメラをリモコンでパンさせた。人が降りてこないまま、リムジンのトランクが蓋《ふた》をはねあげた。

「何なの？」

ロニーが小声で訊ねた。コンパクトサイズの対戦車ロケット砲を俺は見つめた。

「もう一台が、君の家の反対側にも止まっている。私の指示で、両方からこれを君の家に撃ちこむことができる」

宮本はいった。

建築屋なら壊すのもお手のものというわけだ。おおかた、警視庁の押収武器庫からでももちだしてきたのだろう。俺は自分に残されているチャンスを考えた。俺ひとりなら何とか逃げられるかもしれないが、ロニーを連れてとなると難しかった。

「ケン……」

ロニーが不安そうに目をみひらき、いった。俺は黙っているようにと首をふり、喋《しゃべ》った。

「わかった。でていくから、これ以上近所の人間を不安がらせるのはやめてくれ。周りには家族もちも住んでいるんだ」

「隣人は選べない。それが人生の難しさだ」

宮本は、グッドガイ・モーリスのようなことをいった。

「仕度に一分だけ待つ」

「わかった」

俺はリモコンで電話のスイッチを切り、ロニーを抱きよせた。

「いっちゃ駄目よ、ケン」

「何とかなる。君もいったじゃないか。壁の薄いところを捜してみろ、と。いいか、俺がでていったらすぐにモーリスに電話をして、迎えの者をよこしてもらえ」

「ここで待ってる」

「いけない。連中に弱みを握られたくない」

「わたしのことを弱みと思ってくれるの」

「もちろんだ」

ロニーは俺の頭をつかみ、唇に唇を強く押しつけた。俺はそっと押しのけ、立ちあがった。シャツのボタンを留め、ふくらはぎのナイフとベレッタをチェックした。

二階の扉を開くとロニーに手をふって、うしろ手で閉めた。補強錠が作動する、カチリという音を背中で聞いた。

穴だらけのままの階段を踏みはずさないよう、注意しながら降りた。

家の前に止まっているリムジンは、トリプルサイズはあろうかという巨大な代物だった。防弾装甲を施し、窓はまっ黒にシールドされている。

片側に三枚あるうちの、まん中のドアが俺が近づくと開いた。

俺は中に乗りこんだ。向かいあう形の後部シートには、ふたりの男がいた。うしろを向く格好ですわった俺は、そいつらと向かいあった。

ドアが自動で閉まり、リムジンはするすると走りだした。

俺と向かいあっているのは、五十ぐらいの白いもみあげと口ヒゲをのばした男と、三十そこその都会的な顔だちをした洒落《しゃれ》た二枚目だった。二枚目は膝《ひざ》に三五七マグナムのリボルバーをのせている。

「銃を渡してもらおうか」

二枚目がいった。同時に、俺のすわっているシートの肘《ひじ》かけが沈みこみ、運転席のある前部席との仕切りに小さな窓が開いた。

「そこから前にいる人間に渡すんだ」

マグナムは俺の腹を狙っていた。もうひとりの男は落ちつきはらい、じっと俺を観察している。

俺はいわれたとおりベレッタを仕切りの窓から、助手席に乗っている男に渡した。肘かけがせりあがって窓を塞《ふさ》いだ。

ヒゲの男が煙草をとりだし火をつけた。

「若いな。いくつだ」

俺に訊《たず》ねた。

「三十五」

男は興味深げに目を細めた。どっしりとした体つきをしていて、年はくっているが、素手でやりあってもかなり手ごわそうだ。

「西側のビジネスマンなら、まだ卵のカラもとれないヒヨコといった年だ」

「あいにくとビジネスマンでもないし、西側で育ったわけでもない」

俺はいった。

「おもしろい人材だな。環境が人をかえるのか、君らにもともとそういう血が流れているのか」

「知りたかったら、あんたのせがれか孫を東側にほうりだし、十年ばかりほっておくことだ、宮本さん」

男は無表情に俺を見つめていた。

「君は会長に気にいられるかもしれん。残念だな」

「人気がでるのが残念なのか」

「会長が気にいるということは、それだけの力をもっている、ということだ。そういう人間が我々の邪魔をするなら、それはもっとも望ましくない事態といえるからな」

「だから？」

俺はいいながら右手をそっとたらした。ナイフは右足のふくらはぎに留めてある。この場で二枚目が俺に向かってぶっぱなすかもしれない。汗が背中を伝っていた。

「もちろん、君を殺す。今ではないがね」

「大胆だな。いうことが」

「会長の方針で東側について調査を進めてきた。その結果、われわれは思考方法の転換を余儀なくされた」

「難しい言葉を使うじゃないか」

「ではこういえばわかるか。郷に入れば郷に従え。君らホープレスを相手にするには、力ずくでなければ、目的を果たせない、というわけだ」

「もともと力ずくできたのはそっちだぜ」

「社会的立場のちがいだ。われわれはまだ力ずくではことを行なっていない。君がそう感じているこれまでのできごとなど、力ずくのうちにも入らん」

「じゃあどういうのが力ずくなんだ？」

「簡単なことだ。兵隊を動員して君らを街から叩《たた》きだし、今ある建物や施設はすべてとり壊す。都市計画のやりなおしだ」

「で、俺たちにはどうしろと？」

「君はその時点で生きてはいないだろうが、ホープレスの諸君には好きにしていただく。――ただし、少なくともこの街に居住することは許さない。できればこの国をでて、アメリカだろうがどこだろうが、多民族の暮らす国にいってもらう」

「日本だって今は多民族国家だ」

「あやまちだ。そして幻想でもある。日本人は、外国人と暮らしていける人種ではない。

愛情の醒《さ》めた夫婦が無理に共同生活をつづければ、結局は傷つけあい、互いを疲弊させる。今の日本はまさにそれだ。こんなことを長つづきさせてはならない。でていくべきだ。君らは」

俺は怒りが湧《わ》きあがるのを感じた。

「じゃあ、あんたらがでていったらどうだ。俺たちといるのがそんなに嫌なら、自分たちがでていけよ」

「この国の優秀な競争力や技術力はすべて日本人のものだ」

「あんたたちが参加させないだけだ。就職を制限し、参政権も与えずにな」

「だからいっている。そんな思いまでして、なぜ君らはこの国にしがみつく？　なぜ屈辱に耐えているのだ」

「――あんたにはわからないんだな」

「何が、かね」

「あんたらは俺たちを外国人だと思っている。だからでていけとか、勝手なことをほざくんだ。だが、ホープレスの大半は、この国で生まれた人間だ。この国の習慣になじんで、この国の言葉を喋《しゃべ》り、この国以外の国を自分の目で見たことがない。わかるか？　ホープレスは日本人なんだよ。日本国民なんだ。なぜそれを認めないんだ⁉」

宮本はゆっくり首をふった。

「君らは日本人じゃない。肌の色もちがえば、髪の色も、目の色もちがう。日本人とは私たちのことだ」

「そういうのを人種差別というのじゃないかい」

宮本はまったく表情をかえなかった。

「ちがうものはちがうのだ。私は君らを蔑《さげす》んでもいないし、奴隷にしようとも考えていない。これは差別ではない」

俺は歯をくいしばった。

「――じゃあ嫌っている。憎んでいる」

「それは認める。君らの存在が、街の一部を犯罪の温床にしている」

「お前らは犯罪をおかさないというのか」

「おかすとも。だが暴力はそれほど用いない。暴力は暴力を行使する者のみに向ける」

「ツキモトの婆さんはどうなんだ。あの婆さんがあんたの尻《しり》をひっぱたいたとでもいうのか」

「きっかけを作ったのが自分だというのを忘れんようにな……」

リムジンが止まった。垂直に上昇し、停止した。

前部席に乗っていた男たちが車を降り、後部席の四枚のドアを開いた。

俺はリムジンを降りたった。

そこはドーム状の巨大な立体駐車場だった。俺は宮本と二人のボディガードにつきそわれて、照明の落ちる長い通路を歩いていった。エレベータホールにいきあたった。

宮本がIDカードを上着からだした。四基並んでいるエレベータの一基に、「役員専用」と記された扉があった。かたわらの識別機の溝にIDカードをすべらせた。

ボタンが点灯し、ヒューンという音が響いた。

やがて扉が開き、俺たち四人は降りてきた箱に乗りこんだ。

「何階デショウカ」

箱に備えられた機械が喋った。

「五十階、会長のフロアまで」

宮本が答えた。

「オ待チクダサイ」

エレベータは動かなかった。やがて機械がいった。

「ミヤモト社長、識別シマシタ。アトノ三名ノ識別ガデキマセン」

「会長のリクエストだ。チェックしろ」

「確認シマス」

そして、

「確認シマシタ。五十階マデ、オ連レシマス」

エレベータが高速で上昇を開始した。十階を過ぎると、エレベータは透明なチューブに入り、東京の夜景を見おろしながら昇っていく。それで俺は、自分がホーワインダストリイの本社に連れてこられたことを知った。

あたりには窓に明りを点《とも》した高層オフィスビルが林立している。やがて三十階を越すと、それらのオフィスビルを眼下にして、東側のエリアまでもが見えてきた。

東京ははっきりと分かれていた。手前側は、点滅する赤と、オフィスの四角い白い明りしかない。それが数キロ彼方《かなた》になると、まっ暗に近い境界をはさんで、極彩色のネオンが乱立し輝く、B・D・Tがよこたわっている。

まるで遊園地と隣りあっているかのようだ。

俺も含めてエレベータに乗っている人間全員が、その塗りわけられた夜景に目を奪われた。

「君らの街はけばけばしい」

宮本はいった。

「あそこを全部地ならしして、まっ暗にしちまいたいんだろ」

俺は夜景に重なって窓に映る宮本にいった。

「それはどうかな。娯楽施設はやはり作られるだろう」

「さぞ楽しいだろうさ」

俺は吐きだした。

「よく目に焼きつけておけ。こんな東京の姿を、君はもう目にする機会はない」

エレベータが速度を落とし、やがて停止した。

「五十階、到着イタシマシタ」

機械が喋り、扉を開いた。

分厚いカーペットをしきつめたまっすぐな廊下がつづいていた。左右にガラスのショウケースが、ぽつりぽつりと並べられていて、照明は、すべてそのガラスケースに備えつけられたスポットライトだ。

まるで美術館の展示室に迷いこんだようだった。

飾られているのは、刀や鎧甲《よろいかぶと》などの武具、二世紀近く前に作られた銃などだ。

ひとつに俺は目を留めた。そのケースの中にあったのは、刀や銃ではなく、人間の皮膚だった。透明な合成樹脂にぴったりと張りつけられ、人体の形にカーブしている。樹脂の内側に照明が埋めこまれ、ステンドグラスのような色を放っていた。

それは、刺青《いれずみ》だった。赤や青、黒などの墨で描かれた龍の絵だ。両肩から、肘《ひじ》のすぐ上、そして腰の位置までの背中一面に、雷雲を背にした龍が描かれている。

趣味のよしあしを別にすれば、みごとな絵柄だった。

俺《おれ》は思わず足を止め、見いった。

「みごとなものだろう」

宮本がいった。

「会長の大叔父《おおおじ》にあたる方が入れていた刺青だ」

「刺青ってのは、えらく痛かったらしいじゃないか」

俺は宮本を見やった。

「痛みに耐えて、美を身にまとう。そのことで先人は、精神力を鍛え、人間としてのグレードを誇示したのだ」

「今なら鼻の頭にピアスをするようなものだな。新宿の東側にいってみろ。体じゅうにピアスをつけてグレードを誇示しているガキがごまんといるぞ」

宮本は露骨に嫌な顔をした。

「そんな下らん代物といっしょにするな。先人を侮辱すると、いちばんつらい死に方をさせてやるぞ」

俺は答えずにガラスケースの前を離れた。

廊下を進んでいった。ガラスケースの中味は、刺青を境いに、武具から、写真や巻紙の手紙といった、古い「ヤクザ」にちなんだ資料にかわっていった。中には金色のバッジや、ホルマリンに漬けられた小指の先っぽまである。まさしく「ヤクザ」博物館だった。

廊下をつきあたった。青銅で作られた、背の高い観音開きの扉がある。左側の扉には、ホーワインダストリイのシンボルマークが、右側の扉には、「和」の字をかたどった、見たことのないマークが、浮き彫りにされている。

扉の上にはテレビカメラがあり、俺たちをにらんでいた。

扉がすっと開いた。

広大な部屋が正面に広がった。カーペットをしきつめた空間の中央に、一段高くなった形で、タタミの部屋がある。そのタタミの中心部に、漆塗《うるしぬ》りの机を前にして兵頭敏樹がすわっていた。日本式の背もたれのついた椅子《いす》に背中を預け、肘おきに左腕をのせている。

兵頭は俺たちには目もくれず、壁いちめんに広がる、東京の夜景を見ていた。兵頭の部屋は、三方の壁すべてがガラス張りで、すばらしい見はらしだった。

「連れてきました」

宮本がいい、俺たちは入口のところでひとかたまりになって立った。

兵頭は、テレビで見る姿よりも、もっと年よりで小さかった。髪の毛はほとんど残っていないし、横顔には無数の染みが浮きでている。本物の絹で作られた、パジャマのような室内着のような、上着の丈がやたらに長い奇妙な服を着けていた。

ゆっくりと兵頭は立ちあがった。そろそろとタタミの上を降りた。とたんにどうなっているのか、タタミの部分が床にひっこみ、革と木で作られた巨大なデスクがせりあがった。

兵頭は俺を見た。眉毛《まゆげ》だけが異常に長く、その下の小さな目は、まるでガラス玉のように色が薄くて表情がなかった。口もとにナイフで抉《えぐ》ったような深い皺《しわ》がある。

「すわらせよ」

兵頭がいった。金属と金属がこすれあうような耳ざわりな声だった。肉声ではない。どうやら兵頭は声帯を切除して、発声器を喉《のど》に埋めこんでいるようだ。

二枚目が俺の肩に手をかけた。

「すわれ」

俺はカーペットの上にひざまずいた。

踵《かかと》の上に尻《しり》をのせる、日本人式のすわり方をさせられた。

兵頭はゆっくりと歩みよってきて、俺を見おろした。

「ヨヨギ・ケンだな。ヨヨギで生まれたのか」

「そうだ」

代々木公園のテントの中で生まれ、俺と同じ姓をつけられた兄弟は何人もいる。

「なぜ、儂《わし》らの邪魔をした？」

「なぜ俺たちを追いだそうとする？」

「生意気な口をきくな」

宮本がいった。

兵頭は窓の方を向きなおった。

「この街は腐りきっておる。誰かが清掃せねばならん」

「腐ったのは全部、ホープレスのせいなのか」

「そうだ。儂らにも落ち度はあった。お前たちの親を受けいれるべきではなかったのだ。あの頃の日本は豊かで、その富に目のくらんだ者が、次々とこの国にやってきた。この国でひと月働けば、母国で一年は暮らせる、といってな」

「あんたたち日本人は、自分の手をよごす仕事をやりたくなくて、俺たちの親がやってくるのを見て見ぬふりをした」

「お前たちの親は、アフリカの奴隷のように連れてこられたわけではない。自分の意志でこの国にきた。そして厚かましく住みついたのだ。儂らの先祖が懸命に働いて豊かにしたこの国に、寄生虫のようにな」

「人には生きていく権利がある」

「権利は自分の国で主張すればよいことだ」

「あんたたちは、俺たちの親を呼びよせ、都合のいい場所に押しこめたんだ。安い金でこき使い、自分たちと同じ生活を許さなかった。俺たちの親がこの国で結婚したり子供を産んでも、長いあいだ認めようとしなかった。人間としての権利を。税金はふんだくるくせに、政治に参加する機会を与えなかった」

「当然だ。この国はお前たちの存在など一度たりとも必要としたことがなかった」

「もうかえられないんだ！　いったい何人の、俺のようなホープレスがこの街で暮らしていると思う。それをひとり残らず追いだすなんてことはできっこない！」

「お前たちはお前たちの親と同じことをする。この街で暮らしていく術《すべ》を失えば、な」

「ホープレス全員が犯罪者だと思っているのか」

「厳密にいえばそうだ。お前たちが東側でやっておる商売のすべてを、儂らが握れば、嫌でもでていかざるをえなくなる」

「じゃ、こうしちゃどうだ？　俺たちホープレスが西側で暮らすからあんたら日本人全員が東側にひっこせよ」

俺は吐きだした。兵頭は無視をした。

「儂には夢があった。お前らのために失われた、伝統ある日本の任侠道《にんきょうどう》を復活させることだ。今から百年前も、戦争に負けたこの国は同じ危機におちいっておった。この国の伝統が、外国からきた者に踏みにじられ、正しいこの国の国民が生きていく場を奪われようとしておった。その頃、政府は外国人の傀儡《かいらい》で、誰も国民のことなど考えてはおらんかった。侠客《きょうかく》が立ちあがり、日本人のために戦った。無法な外国人をしりぞけ、この国を守ったのだ」

「それが『ヤクザ』だってのか」

「そうだ」

兵頭はいって、俺を再びふりかえった。

「答えよ。なぜ儂らの邪魔をした」

「俺は、行方不明になった娘を捜していただけだ」

「娘？」

「ガーナ・トゥリー。東側のナイトクラブで歌っていた」

「その娘のことは、飛田から聞いておる。『グレイゾーン』におったのだろうが」

「そうだ。その前は、あんたがアリフを通して資金を回したマッサージハウスにいた」

兵頭は首をふった。

「それについては知らんな。『グレイゾーン』におったのなら、別の理由で姿を消したのだろう」

「別の理由っていうのは何だ？」

「とぼけるのはやめよ。儂にはわかっておる」

「何がだ」

「『グレイゾーン』は、お前らの巣だ。破壊主義者の隠れミノだろうが」

「何をいっているんだ？」

俺はわからずに訊《き》きかえした。

「まだとぼけようというのか。愚か者めが」

兵頭は吐きだし、鋭い目で俺をにらみすえた。

「俺はまともな私立探偵だ。あんたのいう破壊主義者とは、何の関係もない」

「ではなぜ、儂らのことを嗅《か》ぎまわった」

「あんたの命令をうけた日本人の警官が俺を殺しにきたからさ」

俺は訊いた。

「小出に刀をやったのはあんただな。あのコレクションの中から」

「忠誠を誓ったので報酬として与えた。見どころのある若者だ」

「死んだよ」

俺はいってやった。

「殺《や》ったのは俺じゃないがな」

兵頭はゆっくりと息を吸いこんだ。

「儂らはその死を無駄にせん」

そして俺の背後に立つ三枚目に合図をした。俺は覚悟をきめた。どうしても俺を殺ろうというなら、ナイフでこの爺《じじ》いを道連れにしてやる。

そのとき電話の呼びだし音が壁のスピーカーから流れでた。

兵頭は片手を動かして三枚目を止めた。そして壁に向かって、

「何だ？」

と訊《たず》ねた。

「会長あてに外からお電話がかかっております。緊急を要する件だと」

声が答えた。

「何者だ？」

「それが……『東京解放戦線』の者だと」

兵頭は俺を見た。

「お前の仲間だ」

俺は驚いていた。「東京解放戦線」は、ホープレスのメンバーによって構成された、過激な地下組織だった。ホープレスに対する差別撤廃をめざして武力闘争を行なってい

る。

「何だというのだ」

「会長と話させなければ、このビルに爆弾テロをしかけるといっております」

「つなげ」

動揺したようすもなく、兵頭は命じた。

「承知しました」

やがて壁から声が流れでた。

「兵頭会長ですな」

その声を聞き、ますます俺は驚いた。グッドガイ・モーリスだった。

「そうだ。お前は？」

「すでに私のことはご存じの筈《はず》だ。あなた方がモーリスという名で知っている人間です」

モーリスが地下組織のメンバーだったとは。「真の敵」という奴《やつ》の言葉は、それを意味していたのだ。

「何の用だ」

「そこに私の友人がいる筈だ。ただちに解放していただきたい」

「儂はお前らのようなテロリストとは取引せん」

「私の部下が現在、西側のある家の近くに集まっている。その家の主《あるじ》は外出中だが、奥さんと小さな子供が帰宅を待っている。おわかりか。あなたのひ孫とその母親だ」

「貴様！」

兵頭はかっと目をみひらいた。

「私の友人を解放しなければ、その家には火が放たれる」

「儂を脅迫する気か」

「取引に応じないというのなら、そうなる」

「そんな真似《まね》をして只ですむと思っているのか!?」

宮本が怒鳴った。

「我々は戦闘中の身だ」

「ヨヨギはここにいる！」

「宮本、よけいな口をだすでない！」

兵頭が厳しい声でいった。

「しかし会長――」

「黙れ」

兵頭はぴしりといった。

「兵頭会長、あなたはあやまちをおかそうとしている。そこにいるヨヨギは、われわれのメンバーではない」

「仲間をかばいたいのはわかる」

「本当のことだ」

俺はいった。とたんに後頭部に銃身を叩《たた》きつけられ、目がくらんだ。

「お前は黙っていろ」

二枚目がかがみ、ささやいた。

「兵頭会長」

モーリスはいった。

「あなたの憎んでいるテロリストでもない男の命と、かわいいひ孫さんの命を、ひきかえにする気か」

「──痛みわけか」

兵頭は低い声でつぶやいた。

「会長──」

宮本がいった。

「この男をほうりだしましょう。こんなホープレスの命と坊っちゃんをひきかえにすべきじゃありません」

兵頭は無言で立ちつくしていた。肩を上下させ、荒い呼吸をくりかえす。発声器がふいごのような音をたてた。

「──わかった」

兵頭はやがていった。

「この男を解放してやる」

「けっこうだ。そのビルもわれわれの監視下にあるからそのつもりで……」

モーリスはいって電話を切った。

兵頭は俺をじっとにらみつけた。

「運のいい男だ」

その言葉が終わるまもなく、俺は再び頭を殴られ、床に転がった。

「何もかもが……あんたの思いどおりに……いくと思ったら、おお、まちがい、だぜ……」

俺はいってやった。二枚目が俺のわき腹を蹴《け》りあげ、俺はのたうちまわった。さらに爪先《つまさき》が襲いかかり、俺は気を失った。

19

俺が解放されたのは、それから三十分後のことだった。奴らは俺を徹底的に痛めつけた。

最後の仕上げに奴らは、俺の左手の小指を切断した。手を下したのは、兵頭自らだった。俺は押さえつけられ、爺《じじ》いが刀で俺の小指を切りとるようすを、しっかりと見せつけられた。

きたときと同じように、俺はリムジンに乗せられた。リムジンが西側と東側の境界にさしかかると、俺は車から蹴りだされた。

路上に転がった俺は一歩も動けなかった。これほど痛めつけられたのは久しぶりだ。十一のときに前歯を全部へし折られて以来だった。

俺は血を流し、呻《うめ》きながらよこたわっていた。

俺のかたわらを、バイクや車がクラクションを浴びせかけながら走りすぎていった。もちろん、俺を助けようとするものはいない。

俺は血を流している左手を握りしめ、よろよろと立ちあがった。気分がひどく悪く、何度も吐いた。家までは、まだ三キロ以上ある。

そこは渋谷と六本木のちょうど中間あたりだった。五百メートルほど歩いたところで、俺はまた動けなくなった。

道ばたにうずくまっていると、ぎらぎらとイルミネーションを輝かせた車が通りかかった。俺は膝《ひざ》に顔を伏せ、浮浪者のふりをした。車はボロのピックアップトラックで、どぎついデコレーションが施され、荷台に何人ものガキが乗っている。真夜中過ぎだというのに、アフロビートを荷台につけたスピーカーからとてつもない音量で流していた。

薬《ヤク》ボケしたガキどもだった。浮浪者だと思われればやりすごせるが、酔っぱらいとまちがえられると面倒なことになる。身ぐるみのこらずはがされ、へたをすれば殺される可能性があった。

痛めつけられてさえいなければどうにかなる。今の俺《おれ》では、十歳のガキにも勝てない。荷台にとりつけられたスポットライトが俺に浴びせられた。

「へーイ！」

ピックアップが止まった。荷台からばらばらとガキが降りたつ。俺は目を細め、逆光になっているガキどもを見た。ホープレスのチンピラだ。染めわけたトサカが、赤青黄に光っていた。

「どうしたい、おじさん」

「飲みすぎちゃったか、え？」

「ほっといてくれ」

俺はそろそろとふくらはぎのナイフに手をのばしながら呻いた。兵頭のところではとうとう使えなかった。

「冷たいこというなって。おいらたちが家まで送っていってやるよ」

「天国だったりして？」

誰かがいい、どっと笑いやがった。奴《やつ》らが近づくと、有機溶剤の匂《にお》いがぷんぷんした。三色髪がかがみこみ、ナックルをはめた拳《こぶし》で俺の顔をつっきまわした。

「だいぶやられちゃってるじゃないの。財布はもう空っぽかな」

「俺にさわるな……」

「カッコつけんなっておじさん」

俺はそいつと目をあわせた。どこかで見た面だった。白人系の混血だ。奴も俺に見覚えがあったようだ。首を九十度倒し、しげしげと俺を見た。

「会ったことあるね、おじさん。俺たち」

俺は思いだした。ついこのあいだの誘拐犯の片割れだ。身代金の受け渡しをしたのだった。こいつの仲間のでぶを、俺は個室カラオケで撃ちころした。

思いだすなよ、この野郎——俺は腹の中で祈った。

「探偵だろ、お前」

三色髪が不意にいって立ちあがった。その言葉を聞きつけたように音楽がぴたりと止んだ。

「こいつだよ、こいつ！　ブーを殺した奴だ！」

静かになった。どうやら、何としても今日が俺の命日になるようだ。

五人ほどのガキが俺をとりかこんだ。俺は顔をあげ、ゆっくりと見まわした。三色髪の仲間のピアス野郎もいた。まったく運がない。よりによって、こんな体のときに、こいつらとでくわすとは。

鼻輪のピアス野郎が歯をむきだした。尖《とが》らせ、金属をかぶせた犬歯だ。

「嚙《か》んでやるって約束したよな。金持の犬野郎」

「やってみやがれ」

俺は低い声でいった。

鼻輪はゆっくりと俺の顔に顔を近づけてきた。くさい息が俺の鼻を襲った。本気で噛もうとしている。

俺はナイフをひきぬき、野郎の顎《あご》の下にあてがった。鼻輪の動きが止まった。

「てめえの顎、縫いつけてやろうか」

「ふざけんじゃねえぞ、オヤジ」

鼻輪が顎をそらしたままつぶやいた。

「ぶっ殺してやらあ」

鉛管ショットガンをコートの下からぬきだし、三色髪は俺に狙《ねら》いをつけた。

絶体絶命だった。結局、俺は、自分と同じホープレスのガキと相討ちで死んでいくことになるのか。

サブマシンガンの乾いた連続銃声が聞こえ、三色髪の体から血がしぶいた。三色髪はよろめき、あっけにとられたように自分の体に開いた穴を見おろした。

ガラン、と音をたてて鉛管ショットガンが路上に転がった。

「なんだよ……」

三色髪は膝を落としつぶやいた。そして前のめりに倒れた。

全員があっけにとられ、黙りこんだ。

「消えろ」

ピックアップトラックのスポットライトの裏側から声が聞こえた。

「皆殺しにされたいか」

次の瞬間、燻蒸《くんじょう》ガスをたかれたネズミのように、ガキどもは散った。四方八方に、うしろもふりかえらず走りさっていく。

俺はナイフをもった手でライトの光をさえぎり、近づいてくる人影に目をこらした。ピックアップを回りこんでやってきたのは、見たことのないホープレスの男たちだった。がっちりとした体つきで、スーツを着け、ヘッケラー&コッホのサブマシンガンをかまえている。ふたりの男は無表情に俺を見おろした。アフロアメリカン系とアラブ系の顔だちをしたホープレスで、どっちが三色髪を撃ちころしたのかは知らないが、目の前にある死体には、毛先ほどの興味も感じていないようだ。

「誰だか知らないが、命の恩人、てことになる。もっとも、自分の手で俺を殺《ばら》したくて、こいつを始末したのなら別だがな……」

俺はそいつらを見あげ、いった。アフロアメリカン系が口を開いた。

「あんたを殺す気はない。保護がわれわれの任務だ」

「保護？　だとすると少し遅かったようだな、くるのが」

「監視に気づかれてはならない、という命令も下っていた」

ふたりの男は両わきから俺をかかえあげた。俺はふたりにひきずられるようにして、ピックアップの向こう側に止められたセダンに連れていかれた。

アラブ系がハンドルを握り、アフロアメリカン系が助手席に乗った。後部席でよこになった俺は今にも失神しそうだった。

「これからあんたを医者に連れていく。血液型を訊《き》いておこう」

俺のようすを見とったアフロアメリカン系が素早く訊《たず》ねた。

「俺の輸血は難しいぞ。O型のRHマイナスだからな……」

俺はいい、車が動きはじめると同時に気を失った。


気づいたとき、俺はベッドの上だった。隣りに誰かがいる気配があったが、首を回すのもおっくうだった。腕に注射針のついたチューブが固定され、かたわらの点滴パックとつながっている。それを見て俺は、池谷が殺した、小出という警官《ピー》のことを思いだし、ぼんやりと自分は助かったのだな、と考えた。が、それ以上は、何も思わず、また意識を失った。


次に目がさめたとき、グッドガイ・モーリスが俺を見おろしていた。喉《のど》が無性にかわいていた。

「気分はどうかね」

目と目があうと、モーリスはいった。

「あんたの店のダイキリがなつかしいぜ」

俺はかすれた声でいった。

「水ならここにある」

「もらいたいな」

モーリスはストローのついたミネラルウォーターパックをさしだした。俺はありがたく飲ませてもらった。

礼をいい、モーリスにパックを返して、俺はいった。

「あのふたり組は、あんたの部下か」

「そうだ。T《東京》・L《解放》・F《戦線》のメンバーだ」

「会ったら彼らにも礼をいっておいてくれ」

俺は左腕をもちあげた。左手の小指にはまあたらしい包帯が巻きつけられていた。

「傷がふさがったらカラーリングの調整をしてもらえ」

「あたらしい指がついてるのか」

「日本人用の義指しかまにあわなかった。永久着色はいつでもやってくれる」

「何から何まで、だな」

モーリスは微笑《ほほえ》んだ。

「われわれの仲間に加わらないか」

「T・L・Fのメンバーになれってのか」

「君は私の正体を知った。兵頭敏樹にも名乗った以上、『グレイゾーン』は閉店せざるをえなくなった」

モーリスの言葉に俺はショックを受けた。

「閉店。本当か」

「ああ。きのうの晩が最後の夜だ。こられなくて残念だったな」

「何てことだ……。女の子たちはどうなった？」

「心配はいらん。『グレイゾーン』はB・D・Tでも指折りのクラブだ。ひきとり手はいくらでもいる。私が責任をもって紹介した」

俺はつかのま言葉を失った。その意味を誤解したのか、モーリスはいった。

「ロニーのことなら心配はいらない。彼女は新しいステージに立つことが決まっている」

俺は首を倒した。

「あんたにえらい迷惑をかけた」

「いや。私は私で、君に借りがあり、それを返したいと思っていた」

「アリフのことか」

「そうだ。兵頭は、日本人組織の東側進出に最も脅威になるのが、われわれT・L・Fだと考えていた。アリフを抱きこんだ本当の狙《ねら》いは、ベイルート・タイガースを使って『グレイゾーン』を潰させることだった」

「とするとアリフを殺《や》ったのは、奴《やっ》らの失敗だったというわけだ」

「連中は、アリフ殺しをクラッシュ・ギルドにかぶせ、タイガースとギルドとの抗争にもっていく気だったのだ。狙いはT・L・Fだが、それを東側の人間に気づかれるのを恐れたのだ。日本人の組織がホープレスの過激派に攻撃をかければ、ホープレス全体の反発を招くのは必至だからな」

「それがうまくいかなくなった今、奴らはどうでてくる?」

俺はモーリスの頭のよさに内心舌を巻いた。まったく底の知れない男だ。

「私にもそれはわからない。が、兵頭のもくろみに対し、警戒心を抱いている日本人もいないわけではない」

「日本人が?」

「そうだ。兵頭に関してわれわれは秘《ひそ》かに調査を行なってきた。その資料をある取引に使うことにした」

「取引?」

「今はまだそれを君には伝えられない。が、もし君にその気があるのなら、力を借りたい」

「奴らを潰すためならつきあうぜ」

モーリスはちらりと笑みを見せた。

「そのことと、さっきいった、あんたの仲間に加わらないか、というのはつながっているのか?」

「いや。協力を頼みたいのは、私立探偵のヨヨギ・ケンとしてであって、T・L・Fのメンバーになってもらうこととは別だ」

「T・L・Fの件についてだが、考えさせてくれないか」

「かまわない。命を助けたからといって、メンバー入りを強制するつもりは、こちらにはないからな」

俺は息を吐き、白い天井を見あげた。

「ここはどこなんだ?」

「知れば驚くだろう。西側だ」

「西側!?」

「そうだ。われわれの組織には日本人のシンパもたくさんいる。そのうちのひとりが経営する個人病院だ。幸いにして君は輸血を受けずにすんだ。たいした体力だとドクターも驚いていた」

俺は笑った。

「ホープレスは医者には嫌われ者さ。めったに厄介にならないからな」

「そのドクターも、対外的にはホープレス嫌いで知られている。ホープレスの患者をうけいれると、日本人の患者が減るそうだ」

俺は目を閉じた。世の中にはいろいろな奴がいる。口ではホープレス嫌いといっておいて、ホープレスの過激派と裏で手を結んでいる医者がいるわけだ。

「何か私にしてもらいたいことはあるか?ロニーをここによこすのは勘弁してもらい

たいが……」

　モーリスは笑みを消さず、いった。

「日本人のお巡りに連絡をとってほしい。〝ハリネズミ特捜隊〟の池谷という警部だ。奴は、連絡をとれなくなって、俺が消されたと思っているかもしれない。いったい、俺はどれくらいここで寝ていたんだ？」

「私の部下が君を保護してから、今日でふた晩めだ」

　モーリスと話しているうちに麻酔が切れたのか、俺の左手が猛烈に痛んできた。

「あといち日、ふつかで、君はここをでられるだろうと、ドクターはいっている」

「夜のうちにこっそりでていくさ、治療してもらっておいて、営業妨害をするわけにはいかないからな」

　モーリスは頷《うなず》き、懐ろから名刺をだした。

「退院したら、ここにきてくれ」

　名刺の住所は、広尾だった。ツキモトの婆さんがいたゴーストマンションの近くだ。

「われわれが行なう取引についての打ちあわせをしたい」

「わかった」

　俺は名刺を枕《まくら》の下にしまった。

「池谷警部には君のことを伝えておく。もちろん当人に直接だ」

「そうしてくれ」

「では、私はこれで失礼する」

モーリスは優雅に頭を下げ、病室の出口に向かった。奴がドアを開けると、廊下にボディガードらしい男が立っているのが見えた。

「モーリス」

「何かね」

「礼をいうよ。あんたは渾名《あだな》どおりの男だ」

「私はリアリストなだけだ。腕のいい友人を失いたくはなかった」

モーリスはいってでていった。俺は息を吐き、再び天井を見あげた。リアリストに地下組織の幹部がつとまるのだろうか、と思いながら。

20

モーリスがどういう連絡のしかたをしたのかは知らないが、池谷は、俺が退院する晩に現われた。

「お前がこんな病院に入っていたとはな」

病室にやってきた池谷はいった。

「ここは金持の日本人しか相手にしないので知られているんだぞ」

「俺は金持なんだ」

「ホープレスだろうが」

「それがどうした？」

俺はモーリスが用意して病室に運んでおいてくれた新しい衣服に着がえながらいった。

「別に。別にどうもしねえ」

池谷はいって、目をそらした。

「そっちはその後どうだ？」

「何もない。小出の件についちゃ、どこからも何もいってこない。まるで東山も小出も最初から警視庁にはいなかったような扱いだ」

「警察はどこまで腐ってるんだ？」

「わからねえ。だが、今のところ面と向かって、俺をゴキブリの仲間呼ばわりする奴はいない」

「それはよかったな。車はどこに止めた？」

「病院の裏手だ」

俺は時計を見た。九時を回ったところだった。病室の外はひっそりしている。

「どこまで俺を連れていってくれる？」

俺は池谷をふりかえっていった。

「どこまでだってかまわねえが、家じゃないのか」

「その前にいきたいところがあるんだ」

「東新宿だ。『シンジケート・タイムス』にいる、俺の友人に会って、話を聞きたいんだ」

「女のところか」

「あの赤新聞か」

池谷は唸《うな》った。

「あんたはこなくていい。もしそのあともつきあってくれるというなら、車の中で待っていてくれ」

池谷は答えなかった。その日は木曜で、タイムスの原稿締切日にあたるため、亀岡は必ず社に居残っている筈《はず》だ。

病院の裏口からこっそりぬけだした俺たちは、池谷の覆面パトカーで新宿に向かった。

指の痛みはだいぶひいていた。俺は車中で、兵頭敏樹と会ったことを池谷に話した。

ただし、モーリスが兵頭を脅迫して俺の命を救ったことは話さずにおいた。

「……野郎ら、何さまだと思っていやがる」

俺の話を聞くと、池谷は唸り声をあげた。

「恐いものはないってのか、くそっ」

「いや、恐いものはあるさ」

俺はいった。

「何だ？」

「世の中の評判だ。カタギの実業家を気どっているあいだは、自分たちがきたない手を使っていることを絶対に知られたくはないだろうからな」

「なるほど」

「奴《やつ》らは『ヤクザ』を復活させたがっているが、本物の『ヤクザ』じゃない。本物の『ヤクザ』なら、他の日本人がどう思おうが、どんどん荒っぽい手段を使って東側に進出してくるだろうからな」

「そうはしないってのか」

「やりたくてうずうずしているのもいるだろう。さしずめ、宮本なんかはその口だ。だが『二・二・二会』には、それこそまっとうなビジネスマンも加わっている。奴らの考えている〝新都市開発〟と『ヤクザ』の復活が、全員の一致した意見かどうか、俺は疑問だと思うね」

「つまり、宮本や兵頭は、グループの他のメンバーの反応が気になるから、極端な攻め方をとれずにいるってことか」

「多分、そうだろう。アリフのベイルート・タイガースを使ったり、消し屋にタイガースと兵頭とのつながりを処分させたりしたのも、ことが表沙汰《おもてざた》になるのを警戒していたからだと俺は思う。ピーまで抱きこんでいる奴らが、まわりくどい手を使うからには、何か、ストレートにやれない理由があるのさ」

「――それが狙《ねら》い目か。奴らのグループを空中分解させるのが」

俺はハンドルを握っている池谷を見た。真剣そのものの表情だった。

『『ヤクザ』のことをどれくらい知ってる？』

俺は訊《たず》ねた。

「古い映画で見たくらいだ。昔の侍と似たようなものだろう。格好ばかりつけてやがったのだろ。仁義だの何だのって」

「俺に兵頭のことを教えてくれた爺《じい》さんがいっていた。本物の『ヤクザ』には、ヒロイズムなんかないってな。欲と計算だけだ、と」

「そんな連中が、じゃあなんで滅びたんだ」

「そいつをこれから訊《き》きにいくのさ」

俺は答えた。

池谷は俺にくっついてきた。仕事を邪魔された亀岡はぶつくさ文句をたれながらも、「シンジケート・タイムス」社の散らかった廊下の隅で俺たちと向かいあった。自販機で買った紙コップのコーヒーを手に、俺の質問に眉根《まゆね》をよせた。

「なんで『ヤクザ』が滅びたかだって？　そんなことを知りたくて、お前、俺の仕事を邪魔しにきたのか、ケン」

「他にも質問はある。まずこれに答えてくれ」

「そんなこと、今さら訊くまでもないだろうが。組織がでかくなりすぎたのさ」

「金儲《かねもう》けばかりに走って、ホープレスのギャングとの切った張ったをやる奴がいなくなったってのならわかってる。俺が知りたいのはそういうことじゃない。ホープレスがいたって、根性のある日本人の組織はその気になれば残ることはできた筈だ。それがなぜいなくなった？」

「そんなこといわれてもな……」

俺は指先をコーヒーにつけ、すわっていた合成皮革のソファに絵を描いた。

「このマーク、知ってるか」

それは、兵頭敏樹のオフィスの扉にあった、ホーワインダストリイのシンボルマークではないほうの、「和」の字をかたどったマークだった。

亀岡の表情が変化した。

「どこで見た、そいつを」

「ホーワインダストリイの会長の部屋さ。手前には、刺青《いれずみ》の生皮や、小指の先っぽといった、『ヤクザ』コレクションがごっそりあった。このマークを知ってるのか」

「それは、二十世紀の半ばから終わりまでのあいだ、最大の規模を誇った『ヤクザ』組織、『山和連合』のシンボルだ」

「『山和連合』は壊滅した筈だ。当時の警察と検察が法改正を含む、徹底的な攻撃を加えて」

池谷がいった。亀岡は池谷を見て頷《うなず》いた。

「そうさ。主だった幹部は、片っ端から刑務所にぶちこまれるか、廃業届けをださざるをえなくなった。特に二十世紀の終わりには、『山和連合』のメンバーだというだけで、逮捕される理由になったからな」

俺は訊ねた。

「壊滅したのは、その攻撃のせいか」

「いや、攻撃は確かに息の根を止めたが、その前に、『山和連合』そのものを弱めるできごとがおきていた」

亀岡はいった。

「詳しいんだな、あんた。警官の俺でもそんな話は知らない」

池谷がいうと、亀岡は顔を赤くした。

「趣味なんだ。そういうことを調べるのが」

「いいから先をつづけろよ」

俺はせっついた。亀岡は話しはじめた。

「『山和連合』がでかくなったのは、今からちょうど百年前、二十世紀の中頃だ。もともとは関西の中規模クラスの組織だったのが、徹底した武力行使で他の組織の縄張りを食い、併合しのしあがる、という方法で、二十年足らずで日本最大の『ヤクザ』組織に急成長した。そのとき『山和連合』を率いていたのは、ドンといわれた、平河兼介《ひらかわけんすけ》という『ヤクザ』だった。が、平河が死んでから『山和連合』はおかしくなった」

「なぜだ」

「平河が偉大すぎたのさ。次々と新組織を合併吸収してでかくなった『山和連合』がひとつにまとまっていられたのは、ドン、平河がいたからだ。その平河が死ぬと、次のボスをめぐる争いがおきた。そのとき、うまく動いたのが、当時の警察だった」

「警察が何をしたんだ？」

「あの頃、日本全国の警察署には、どこへいっても、『ヤクザ』担当の刑事たちがいた。刑事は、ただ容疑者を逮捕するのが仕事だというのじゃなく、自分の署の管轄下にある『ヤクザ』組織の動向を知る、情報収集も行なっていた。だから管内の『ヤクザ』とは知りあいでもあった」

「考えられねえな。俺がハリネズミの奴らとつきあうなんてのは……」

池谷はつぶやいた。

「あの頃はそうだったのさ。平河が死んだとき、何とか日本最大の『ヤクザ』組織を潰《つぶ》したかった警察のトップは一計を案じた。それは、これまでの『ヤクザ』担当刑事と『ヤクザ』のつきあいを利用した逆情報作戦だった」

「逆情報？」

俺は訊きかえした。

「組織というのは、でかくなれば、左手のやってることを右手が知らないなんて話がおこる。ましてドンが死に、次のボスが誰になるかなかなか決まらない状態だった『山和連合』では、かなり中枢部に近い組織ですら、寄りあい所帯の悲しさで、疑心暗鬼になっていたんだ。警察はそこにつけこみ、わざと内部分裂をあおるようなデタラメの情報を、刑事から知りあいの『ヤクザ』に流した。その結果、数年ほどで『山和連合』は内部分裂をおこし、組織がふたつに割れた」

「割れたって、でかい組織だったのだろう」

「でかかったさ。メンバーは、一万人とも、一万五千人ともいわれていた」

「一万人、だと⁉」

池谷が信じられない、というように目をむいた。

「そうだ。その一万人が一ヵ所にかたまっていたわけじゃないぞ。日本全国に各営業所や支店として散らばっていたんだ。そこへ、上がふたつに割れたという話が降りてきてみろ、どうなると思う？」

「大混乱だろうな」

「そうさ。結局、『山和連合』は、三分の二の勢力と、三分の一の勢力の、ふたつに分かれた。分かれた以上は、内部抗争は必至だ。抗争は、国どうしの戦争といっしょで、莫大《ばくだい》な金を食うし、もちろん人間も消耗する。そこへ手ぐすねひいていた警察が襲いかかった、というわけだ」

「すると、内部分裂が、日本最大の『ヤクザ』を滅亡させた、ということか」

「引き金はそこにあった。警察やホープレスギャングの出現は、拍車をかけたにすぎない」

　俺《おれ》は池谷を見た。

「兵頭敏樹が『山和連合』の流れをうけて、その復活をめざしているとなると、いちばん嫌がることが何であるか、これでわかったな」

「内部分裂か……」

　俺は亀岡に訊《たず》ねた。

「『山和連合』がふたつに割れた、そのふた組のボスの考え方のちがいは何だったんだ？」

「決まっている。タカ派とハト派だ。あくまでも武闘派路線を維持していこうというのと、企業化穏健派をめざそうというのの対立だ」

「今の『二・二・二会』にも、きっと同じことがおきているんだ」

　俺はつぶやいた。兵頭は内部分裂を恐れ、秘《ひそ》かにことを進めようとしていたのだ。

「何をいってるんだ、お前さんたちは？」

「いいから。もう少ししたら、あっと驚いて目玉がひっくりかえるような大スクープをプレゼントしてやる。タイトルは『ヤクザの復活』だ」

「冗談だろう」

「本当さ。もうひとつ聞かせてほしいことがある」

「何だってんだ、今度は」

「T・L・Fだ」

亀岡は首をふった。

「まったく面倒くさいのとかかわってるな、ケン」

「どんな組織だ」

「もとは武装闘争をめざしていた、過激派地下組織だ。スローガンはお前も知ってるとおり、ホープレスへの差別排除。このところ、路線が少しずつ修正され、無差別テロなどの攻撃性が薄れ、そのぶん日本人にもシンパを増やしてきている。ホープレスギャングの組織との、銃器の取引などで得た収入をあてているのだろうといわれている。T・L・Fは、海外のゲリラ組織などとも交流があり、そこから流れてくる銃器をホープレスギャングに売って稼いでいるんだ。闘争の路線が変更されたぶん、情報工作に力をいれるようになった。情報工作とはつまり、ホープレスの売春婦や薬《ヤク》の売人を使って、日本人の情報を集め、ホープレスの地位向上へとつながるような法改正や新規事業への投資を行なわせようってものだ」

「売春婦や売人を使って？」

「いまだに日本人の大物連中で、東側でこっそり火遊びをしている奴《やつ》は多い。そいつらの弱みを握って、シンパに仕立て、コントロールするのさ。T・L・Fの、この路線変更には、表にはでてこないが、ひどく頭のいい作戦家が加わっている、と俺は思っている」

「クラッシュ・ギルドとT・L・Fの関係について何か知らないか」

「いったとおり、クラッシュ・ギルドに限らず、ホープレスギャングはどこも、地下でのT・L・Fとのつながりは噂《うわさ》されているのさ」

「『グレイゾーン』が閉められたのは知ってるな」

「ああ。経営状態がそんなに悪かったとも聞いていなかったから、ギルドの中で何かあったんだと思っていた」

「モーリスについて何か知らないか」

「グッドガイ・モーリスか？　奴は謎《なぞ》さ。ギルドのメンバーらしい、というのはわかっているが、どうやって今の地位についたかは俺も知らん。モーリスがT・L・Fのメンバーかもしれんと疑ってるのか」

「まあな」

「ありうるだろう。どっちにしてもT・L・Fは地下組織だ。ホープレスギャングのメンバーが何人いたとしても驚くにはあたらないさ」

「T・L・Fと日本人シンパのことについて話してくれ」

「詳しいことは俺も知らん。シンパだとふれてまわる奴はいないからな。が、T・L・Fが穏健路線をとりだしてからは、脅迫されたりじゃなくて、進んで協力するシンパも多くなったと聞くぜ。こいつはかなり眉《まゆ》ツバだが――」

いって亀岡は池谷を見た。

「警察にはいないだろうが、検察や、国会議員のメンバーの中にも、T・L・Fのシンパはいると聞いている。T・L・Fは新外国人法をもう一歩進めた、新しい法、たとえば雇用機会均等法や参政権の獲得なども狙《ねら》っているからな」

俺には、モーリスのいった取引が、何を意味しているのか、少しずつわかってきた。

わからないことがあるとすれば、ひとつだけ、ガーナの行方だ。

が、それもモーリスに会って、あることを確認すれば手がかりが得られるかもしれなかった。

21

「次はどこへいくんだ？」

亀岡と別れ、「シンジケート・タイムス」社を出た俺と池谷は覆面パトカーに乗りこんだ。

「T・L・Fのアジトさ」

俺はいった。

「あんたがピーをやめたくないのなら、ここから先は俺につきあわない方が賢明かもしれんな」

池谷は眉を吊《つ》りあげた。

「なんだと⁉　ここまできて俺に降りろっていうのか」

「そうじゃない。ひょっとしたら俺は、T・L・Fのメンバーになるかもしれん」

「貴様、兵頭にいたぶられた腹いせに、テロリストになって日本人相手の戦争をしかけるつもりか」

「ちがう、俺は何の関係もない人間を爆弾で殺しまわる気はない。ただ兵頭を相手にした喧嘩《けんか》は、このままじゃ勝ち目がない。奴らには、どうしても俺をこんな目にあわせた報いを受けさせてやりたいんだ」

池谷は強く口の端を噛《か》んだ。

「ケン、俺はお前を野良犬だと思っていた。それがなんで今さらT・L・Fなんかの飼い犬になる」

「いったろう。俺はやられたままでひっこんでいられる人間じゃない。あのくそ爺《じじ》いを何としても叩《たた》きのめしてやりたいんだ」

「くそ」

池谷は吐きだした。

「俺はお前を気にいっていたんだぞ。根性のある野郎だってな。ちっとはホープレスを見なおす気になっていたんだ。なのにお前は結局……」

くやしそうな表情だった。

「ホープレスは皆《み》んなリアリストなんだ。俺にとって今いちばん大切なのは、爺いに勝ってことだ」

「野良犬には野良犬の誇りってもんがあるだろうが！」

池谷はどなった。俺は驚いた。池谷は、俺が組織に加わるかもしれないのが、どうしても気にいらないのだ。

「何をそうカリカリしてやがるんだ。T・L・Fに何か個人的な恨みがあるのか」

池谷は大きく息を吸いこんだ。

「じゃあ教えてやる。さっきの赤新聞の記者は、T・L・Fが穏健路線をとっている、といったな。だがそれは、この一、二年の、ほんの最近のことだ。その前までは、奴らがどんな戦術をとってきたか、知らねえわけじゃないだろう」

「ああ」

池谷は目を閉じた。

「四年前、T・L・Fの送りつけた小包爆弾が、西新宿の警察官舎で爆発した事件を知っているか」

「詳しくは知らない。四、五人の死者がでたって聞いた」

「ああ」

池谷は目を開いた。暗い目だった。

「俺の女房とせがれもその中にいた」

「だからあんたは〝ハリネズミ特捜隊〟に入ったのか」

「そうだ。俺は志願した」

俺は息を吐き、煙草に火をつけた。やりきれない気分だった。池谷は嫌な野郎だが、骨のある男だった。同じことを、池谷が俺に対して感じていることはわかっていた。つまり、これは友情という代物だ。

窓をおろし、吸い殻を外に投げた。

「骨の髄までホープレスが嫌いだって理由がわかった。ましてT・L・Fと手を組むことなんかできやしない、とな」

「そういうことだ」

俺は池谷に向きなおった。

「で、どうする？　俺をパクるか。それとも仲間を呼んで、これからいくアジトにガサいれをかけるか」

「てめえ――」

池谷の顔が青白くなった。

「しかたがないだろう。あんたの過去は過去だ。俺がそいつに義理だてするわけにはいかない」

「この雑種野郎が――」

池谷は呻《うめ》くようにいった。

「アジトだか何だか知らねえが、お前を送っていったら縁切りだ。次に会うときは、ワッパを叩きこんでやるからな」

「それでいい。あんたもくそったれの日本人ピーに戻ったってわけだ」

俺はいった。瞬間、何だかいいようのない痛みが胸の中を走った。

池谷は何も答えなかった。唇を強くひきむすび、アクセルをぐいと踏みこんだ。覆面パトカーは荒っぽいスタートを切った。

池谷は広尾のゴーストマンションのそばで俺を降ろすまで、ひと言も口をきかなかった。

覆面パトカーが遠ざかるのを、俺はその場に立って見おくった。池谷を本気で怒らせた以上、奴《やつ》に、モーリスの居場所を知るチャンスを与えたくなかったからだ。そこをT・L・Fのアジトと知れば、池谷は本当の警官隊を連れて乗りこんでくるかもしれない。

そうなったとき、俺は奴と撃ちあう羽目になるかもしれず、それだけは避けたかったのだ。

モーリスが俺に渡した名刺のマンションは、かつての高級住宅地に建っていた当時のままのセキュリティシステムを残していた。つまり、防犯カメラに集中ロック機構、そして常駐管理人だ。

外装もきれいで、建物周辺の清掃もいきとどいている。ゴーストマンションのように荒れはてたところはどこにもない。

ただひとつちがっていたのは、管理人が日本人ではなく、ホープレスだ、という点だった。

管理人室には、ふたりの管理人がいた。どちらも若く、戦闘服を着た男で、安物ではない銃で武装していた。そのうちのひとりに俺は見覚えがあった。三色髪をかたづけて俺を助けた、スーツの男だった。

建物はずんぐりとした五階建てで、中央に建物によって完全に囲まれた中庭があった。植えこみと噴水があり、周囲にベンチが配されている。建物全体がT・L・Fの管理下にあり、要塞《ようさい》と化しているようだ。

俺はそのベンチのひとつに案内された。

夜が明けかけていた。四方を壁に刻まれた四角い空が、濃い群青色をしている。頭上をカラスの群れが音高く鳴きながらとびさっていった。

建物の窓はひとつをのぞいてすべてまっ暗だった。明りは噴水にしこまれたイルミネーションだけだ。かつてここに住んでいた日本人の金持たちは、自分らだけのこの小公園で、安全に子供を遊ばせたり、バーベキューをやって楽しんだのだろう。

俺はベンチの背もたれに体を預け、じょじょに青みを増していく空を見あげていた。

雲の流れが早い。ここでは強い風もさえぎられている。

足音がして、背後に人が立つ気配があった。

「具合いはどうかな」

モーリスの声だった。

「ちょっと寒いな」

俺はいって煙草をくわえた。モーリスが俺のすわるベンチを回りこみ、向かいのベンチに腰をおろした。スーツにコートを着こんでいて、夜明けだというのにベッドにいた印象ではなかった。

「なかなかいいところだろう」

モーリスは俺といっしょになって夜空を見あげた。

「T・L・Fは資金が豊富なんだな」

「われわれにはさまざまな収入源がある」

「薬《ヤク》にハジキの密売、女の元締め。ときにはユスリ」

「そういうやり方もある」

俺は空からモーリスに目を移した。モーリスは膝《ひざ》の前で手を組んでいた。

「役目が終わったらどうなる？」

「役目？」

「T・L・Fの役目だ。ホープレスの解放、だろ」

「そう、いつかは、この国でホープレスは、他の何人《なにじん》ともかわらない権利を獲得する日がくる。そうなればホープレスという呼び方もなくなる」

　モーリスはおだやかにいった。

「そうなったら、T・L・Fはどうなるんだ」

「わからない。たぶん存在意義を失い、解散する」

「しなかったら？」

　俺はモーリスを見つめた。

「稼ぎはたっぷりとある。闘争さえつづければ、金はいくらでも入ってくる」

「それは順序が逆だ。われわれは闘争のための資金を獲得している」

「だが身についた暮らしはかえられない」

「ケン、君はT・L・Fが犯罪組織化すると？」

「今だってそうだ。ただ今は、やっていることを正当化するお題目がある」

　モーリスは肩をすくめた。

「犯罪はなくならない。いずれにせよ」

「B・D・Tもなくならない。ホープレスへの差別がなくなってもな」

「そのとおりだ。街に立つ娼婦《しょうふ》が、ホープレスと日本人の半々になることはあるだろうが、B・D・Tそのものはなくならない。人間が都市生活を営む限り、ナイトクラブもドラッグも、姿を消さない」

「考えてみると、こいつはギャングどうしの縄張り争いと何ひとつかわらない」

「そういう見方もできる。人種の問題を抜きにすれば」

「あんたたちには将来、B・D・Tの権利を半分、日本人に渡す覚悟はあるのか」

モーリスはすぐには答えなかった。シガリロをとりだしくわえた。

やがて火をつけた。

「君は核心を突いた」

低い声でいった。

「シンパってのは、そうなのだろう」

俺はいった。病院でずっと考えていたことだった。グッドガイ・モーリスが本当にリアリストなら、そのリアリストが率いる地下組織と手を組む日本人たちもまた、ロマンチストである筈はない。単にホープレス差別への怒りだけで、検察組織や国会議員が手を貸すわけはないのだ。

「半分か？」

俺はなおも訊《たず》ねた。モーリスはヒゲをなでていた。まるで女の肌を愛撫《あいぶ》するかのような、やさしい仕草だった。

「とりあえずは十五パーセント」

「期限は？」

「ホーワインダストリイと『二・二・二会』の解体が決定してから一年以内」

「その地区に住んで商売をしているホープレスはどうなる」

「われわれが責任をもって代替地を捜す。資金援助も行なわれる」

「ホープレスはひとりもいなくなる？」

「再開発終了後、抽選によって、事業開業者が選ばれる。事業者数は、ホープレス、日本人、ともに同数だ」

「それが取引か」

「そうだ。この計画を推進する国会議員とわれわれとのあいだで結ばれたものだ。同時に、T・L・Fは政治結社として公認される」

「あんたたちは土地をさしだし、奴らは『ヤクザ』を潰《つぶ》す。あんたたちの取り分は他に何だ」

「その十五パーセントの土地に該当する選挙区からの候補者擁立」

「奴らは参政権もさしだすと？」

「十年以内に、東京都内における、選挙権取得年齢層に占めるホープレスの割りあいは、それを実数に含めた場合、三十五パーセントに及ぶ」

「そいつは国会議員何人ぶんだ」

「現在の東京特別区にあてはめても八名ぶんだ。国民総数に対するホープレス混入の比率は今後、さらに増大する」

「なるほど。その八議席が欲しくて、涎《よだれ》をたらしてやがるというわけか。日本人の先生は」

「というわけだ。だが、いずれわれわれは、われわれの党を結成する。今回の取引では、日本人を利用するにすぎない」

「当然向こうもそれを知っているさ」

「もちろんだ。国会に場を移しての長い戦いになるだろう」

「今は手を組むということか」

「『二・二・二会』は、国粋主義の圧力団体として、一部の議員たちには脅威になりつつある」

俺は煙草を足もとに落とし、踏みけした。

「取引は実際はどういう形で行なう？」

「双方の代表が出席し、合意書に調印する。そこでわれわれはこれまでに手に入れた『二・二・二会』とホーワインダストリイに関する、刑事責任の追及が可能な情報を提供する」

「俺の役目は？」

「裁判における証言。特に、君とその左手に対し兵頭敏樹が行なった行為について」

「裁判で勝てると思っているのか」

「勝つ勝たないは別だ。二者の社会的信用がこれで失われる」

「それだけか」

「もうひとつある。この取引のことを、われわれは事前に『二・二・二会』に流す」

「ぶっ潰してくれと頼むようなものだ」

「これは勝負だ。『二・二・二会』の内部での動揺を招き、内部分裂を狙《ねら》う。潰したがる強硬派と穏健派がこれで完全に分離する」

「分離したらどうなる」

「強硬派はテロ行為にでる。もちろんそのことを、われわれの取引相手は知らない。日本人側に被害者がでて、社会批判が生じるのが狙いだ」

「なるほど。確かにあんたはリアリストだ」

俺は吐きだした。

「協力してもらえるかね」

モーリスは静かに訊ねた。

「訊《き》きたいことがいくつかある」

「訊きたまえ」

空はすっかり明るくなっていた。俺はひどく疲れた気分だった。ずっとベッドに縛りつけられていたというのに、まるで何日も眠っていないかのように体が重い。

「まず、ガーナのことだ」

「ガーナの行方は、われわれも知らない」

「そいつはいい。ガーナは以前、兵頭のところが資金援助をしていたマッサージハウスにいた。それからあんたの店に移っている。そしてあんたは、『二・二・二会』とベイルート・タイガースとの関係について知っていた」

俺はモーリスの無表情な顔を見つめ、喋《しゃべ》った。

「T・L・Fは、かつてのテロ路線から情報工作を中心にした穏健路線に方針を変更したと聞いた。情報工作には、売春婦やドラッグの売人が使われているって話だ。ガーナもそうだったのか」

モーリスは瞬《まばた》きひとつしなかった。

「そうだ」

「つまり、日本人の情報を集めたり、弱みを握るためのエージェントだった？」

「そうだ。彼女は進んでわれわれの運動に身を投じた。十二のときから、T・L・Fのメンバーだ」

「それが原因で失踪《しっそう》したとは思わないのか」

「失踪当時、彼女が接触していた対象はふたりだ。ひとりは、ヨシオ・石丸。もうひとりが明石建設の専務だ。明石については無関係であることはわかっている」

「やはりな」

俺は頷《うなず》いた。

「ヨシオについてもっと調べるべきだった」

モーリスはわずかに眉《まゆ》をひそめた。

「ヨシオ自身がガーナの失踪に関係していると？」

「ヨシオの父親は『這《は》い上がり』だ。息子がホープレスの地下組織のエージェントとつきあっていると知ったらどう思うかな」

モーリスは俺を見つめた。

「這い上がり」は、日本人社会での評判をおそろしく気にするものだ。ようやく日本人に肩を並べられたと思う気持が、ある種の卑屈さを生むこともある。

「調べさせよう」

俺は頷いた。モーリスは俺の疑問を感じとったのだ。

「それともうひとつある」

「何かな」

「四年前、T・L・Fが行なった爆弾テロだ。警察官舎で、警官の家族が死んだ」

「あの当時が、T・L・Fの過激闘争路線の頂点だった。あの頃の活動に対する内部批判をきっかけに、路線の見なおしが行なわれるようになった」

「犯人はどうなった？」

モーリスはすぐには答えなかった。足もとを見つめていた。

「君は池谷と親しいようだ」

「じゃ、わかっているな」

「池谷の妻と子供はそのときに死んだ。実行グループは、T・L・Fの闘争集団のひとつだったが、その後解体された」

「犯人はどうなったんだ」

「現在もわれわれのメンバーとしている」

「つかまっていないのか」

「いない」

俺は空を見あげた。小鳥の鳴き声が聞こえた。

「くそったれが」

「路線の変更と粛清は別の問題だ。あの当時、実行犯の粛清を主張すれば、T・L・Fはふたつに分かれてしまうところだった」

「その池谷がタイガースを潰《つぶ》したんだ」

「だとしても、恩義とは感じない」

「わかってるさ」

俺《おれ》は立ちあがった。そしてモーリスを見つめ、いった。

「寝るところを世話してくれ。あんたたちの取引には協力する。だが、T・L・Fのメンバーにはならない」

モーリスは上目づかいで俺を見つめた。

「了解した」

それがモーリスの返事だった。

22

広尾のアジトを一歩もでることなく、三日間が過ぎた。マンションの一部屋をあてがわれ、中庭でぼんやりと時間を潰す他には、やることが何もない三日間だった。部屋には電話もテレビもあったが、かけたいと思う相手もおらず、テレビも見たいという気持がおこらない。

ロニーと会いたいという欲望はあった。

が、T・L・Fと手を組んだ以上、今後俺には常に死の危険がついてまわる。それにロニーを巻きこむわけにはいかない。

モーリスのいう〝取引〟がどこまで進んでいるのか、俺にはまったくわからなかった。が、モーリスが情報を流ししだい、俺も含めT・L・Fを、「二・二・二会」の強硬派の奴《やつ》が潰しにかかるであろうことは想像がついた。特に、兵頭敏樹自身の犯罪の証人となる俺を、奴らは何としても殺したいにちがいない。

ホープレスに対する日本人の犯罪は、これまで裁判にもちこまれたとしても、よほど情状酌量の余地のないものでない限り、重い罪を科されることはなく、話題にもならなかった。だが今回は、こちら側に日本人の司法関係者がついている以上、爺《じじ》いは裁判所にひきずりだされる運命を逃れられそうにない。奴らが躍起になって当然だった。

四日め、俺はいいかげん、この独房のような暮らしにうんざりしはじめていた。

早い時間から目を覚まし、朝食のルームサービスに現われる組織の男にモーリスとの連絡を要求しようと思っていると、モーリス自身が朝食の盆をもってやってきた。

「あんたに連絡をとってもらおうと考えていたところさ」

「ようやく手配がついたのだ。食事を終えたら、私といっしょにきてもらえるかな」

「どこへいくんだ?」

モーリスは食事の他に、俺の着がえも用意していた。安物だが、スーツだ。

「ちょっとしたドライブだ。つきあってもらおう。ガーナの居場所がわかりそうなのだ」

食事をそこそこにすませ、俺はモーリスとともにマンションをでた。マンションの前にはリムジンが横づけにされ、前後を、ボディガードらしい連中の乗った車がはさんでいる。

俺はモーリスとともにリムジンの後部席に乗りこんだ。三台は隊列を組んで走りだした。人けのない早朝のB・D・Tを抜けていく。

「ムーラとメンデスというふたり組を知っているかね」

モーリスが口を開いた。

「ヒスパニック《メキシコ系》か」

「そうだ。メンデスは、君と同じくらいの背丈で、ナイフをいつももちあるいている」

俺は思いだした。

「フリーの消し屋だろう。ケチな仕事専門の。確かいつもペアでいる」

モーリスは頷き、シガリロをスーツの胸ポケットからだした。

「恋人どうしだ。連中はつい最近、金まわりがよくなったらしい。どうやら払いのいい仕事を請けおったようだ」

モーリスはまったくの無表情だった。

「会いにいくのか」

俺は訊《たず》ねた。

「夜明けに私の部下がふたりの寝ぐらに奇襲をかけた。少しばかり痛めつけたところ、いろいろと喋《しゃべ》った」

俺は黙ってモーリスを見つめた。モーリスはライターでシガリロに火をつけた。

「モノレール跡の調整池だ」

俺はゆっくりと息を吸いこんだ。

「わかった」

モノレール跡の調整池とは、直下型地震のあと、地盤がゆるんでしまった運河周辺の埋めたて地からでる湧《わ》き水《みず》をためこんだところだった。消し屋どもにとっては、ごくありふれた「死体の始末場」といえた。

俺たちが調整池につくと、そこにはモーリスの部下三人が待っていた。そしてズブ濡《ぬ》れになった下着姿のメキシコ系ホープレスがふたり、震えながら立たされている。そいつらの足もとには、青いプラスティックシートの筒がころがっていた。

俺とモーリスがリムジンを降りると、銃をかまえたボディガードたちが周囲をかためた。俺たちは、池のほとりでひとかたまりになっている五人に歩みよっていった。

メキシコ系はふたりとも手ひどく痛めつけられていた。口ヒゲをはやしたメンデスが、モーリスに気づくと泥の中にひざまずいた。

「モーリスさん、お願いです、見のがしてください……」

モーリスは無視して、かたわらに立つ部下を見やった。

「クライアントの名は吐いたのか」

十八、九にしか見えない、ウジサブマシンガンを手にした部下は頷《うなず》いた。

「はい。リーダーのおっしゃったとおりでした」

もうひとりのメキシコ系、ムーラは、やせた、ぎらぎらした目の男で、俺とモーリスを立ったままにらみつけている。濡れた体に、あばらが浮きでていた。

「いくらもらった？」

モーリスは訊ねた。ムーラはぺっとツバを吐いた。メンデスがおろおろしたようにいった。

「やめろって。一千万です、モーリスさん」

「早く殺せ」

ムーラが吐きだした。抵抗したのだろう。メンデス以上に痛めつけられている。片目が潰れ、前歯のほとんどを叩《たた》きおられていた。

モーリスは足もとによこたわった、プラスティックの筒を見おろした。コンクリートを流しこむのに使われる建築資材で、底のほうに固定するためのオモリが入っている。消し屋の〝定番〟だ。

「開け」

モーリスはメンデスにいった。メンデスはためらったように相棒を仰ぎみた。

「どうせ殺されるんだ、いうことなんか聞く必要はねえ」

ムーラがいった。モーリスがかすかに顎《あご》を動かした。ムーラの背後にいた若者がさっとウジの銃口をあげ、後頭部に押しあて引き金をひいた。くぐもった銃声とともに、血と脳の切れはしがメンデスの体にふりかかった。

メンデスは悲鳴をあげた。プラスティックの筒ににじりよると、震える指で蓋《ふた》をひきはがした。

強烈な悪臭が襲いかかった。筒の中味をモーリスは表情もかえずに見おろした。

しばらくしていった。

「ピアスに見覚えがある」

俺を見やった。

「何かこいつに訊《き》きたいことは？」

「雇い主はわかっているのか」

「わかっている」

俺は息を吐いた。

「じゃ何もない」

モーリスは頷いた。メンデスがその膝《ひざ》にしがみついた。

「お願いです、モーリスさん、かんべんして下さい。何も知らなかったんですよ。ユスリをやってるタチの悪い女だっていわれたんです」

血と涙と泥でまだらになった顔を、モーリスの靴にこすりつけた。

「いこう、ケン」

モーリスはいった。

「モーリスさん！」

モーリスは部下を見やった。

「こいつらをガーナのいた場所に沈めろ。ガーナの遺体はもってかえって葬う」

「お願いです、モーリスさん！」

モーリスはメンデスを一顧だにせず、歩きだした。俺はそのあとをゆっくりと追った。背中を向けたとき、銃声が鳴って、メンデスの悲鳴がとぎれた。

リムジンに乗りこむと、俺は訊ねた。

「雇い主は誰だ？」

モーリスはいった。俺は目を閉じた。

「ヨシオの父親だ」

「やはりな」

「ヨシオの父親にこれから会う」

俺はモーリスを見た。

「あんたが直接、アポイントをとったのか」

「いや。ヨシオの父親は別の人間と会うつもりでそこにやってくる。彼が〝這《は》い上がる〟過程で世話になった人物だ」

「罠《わな》にかけたのか」

モーリスは否定も肯定もせず、いった。

「われわれの調べで、石丸は、ガーナのいなくなる一週間ほど前にムーラとメンデスに接触していた」

俺はモーリスを見つめた。

「どうするんだ？　民族の裏切り者として処刑するのか」

モーリスは答えなかった。

三台は今、隊列を組んで、西側をめざしていた。

「〝取引〟はどこまでいった?」

俺は走るリムジンの中でモーリスに訊ねた。モーリスは窓の外に目を向けている。

「調印まであとひと息というところだ。向こうの司法関係者は君に会いたがるだろう」

「それはいつだ」

「早ければ明日の夜」

「向こうに情報を流したのか」

モーリスは俺を見た。

「テレビを見ていないのか」

俺は首をふった。

「まるで」

「きのうの早朝、与党の副幹事長の家に賊が押しいった。警護の警官二名とお手伝いを射殺し、駆けつけた警官隊と銃撃戦を行なって立てこもった。昨夜遅くに、突入した攻撃部隊に射殺された。副幹事長は左手の指を二本切断されていたが命は無事だった。犯人は四人組で、全員が日本人だった。正体はまだ判明していない」

「奴《やつ》らか」

「まちがいない。副幹事長は、実はわれわれの取引相手ではないが、われわれの流した情報では、こちら側ということになっていた」

「奴らもホープレスの消し屋を使いたかったろうな」

俺はつぶやいた。リムジンはB・D・Tを抜け、西側へ入っていた。

「金しだいで雇われるホープレスの消し屋もいる。が、そんなていどの連中では、西側の日本人要人は襲えまい」

「爺《じじ》いは育てているのさ。使える日本人をな」

「それも暴露されれば、犯罪者がすべてホープレスだという常識がくつがえされる」

「だが腕がいいのは結局、ホープレスだ」

俺はいった。モーリスはちらりと俺を見やり、皮肉げな笑みを浮かべた。

「われわれが勝てば、そうなる」

リムジンは、駒場の大学跡に作られた巨大ショッピングセンターに進入していた。立体の多層構造をもった付属駐車場をのぼっていく。

駐車場の最上階、七階で停止した。二台のボディガードの車が駐車スペースに入り、乗っていた男たちは降りた。指示を待つまでもなく、散開し、止まっている車の陰にかくれる。リムジンだけが、中央の通路でエンジンをかけたまま停止していた。下の階にもまだ空きスペースがたくさんあるので、ここまでのぼってくる利用客はいない。

リムジンの、運転席と後部席とのあいだの仕切り窓が降りた。助手席にすわっている男は、無線機のイヤフォンをつけていた。

「石丸が家をでました」

モーリスが頷《うなず》いた。

「十五分もあれば到着するだろう。奴がこの階まできたら、下の階との昇降路を封鎖しろ」

「了解」

やがて石丸の車がショッピングセンターに入ったという連絡がもたらされた。

数分後、一台の白いメルセデスが通路をのぼって現われた。浅黒い肌をした初老の男がひとり、運転席にすわっている。

メルセデスは、リムジンと向かいあう形で停止した。

運転席の男がドアを開け、降りたった。値のはりそうなスーツを着け、ダイヤのネクタイピンをしている。ヨシオとはあまり似ていない。

モーリスと俺はリムジンを降りた。男はわずかに眉《まゆ》をひそめ、俺たちを見つめた。

「石丸さんですな」

モーリスはやわらかな口調でいった。

「そうだが……カセムさんは？　こられなくなったのかな」

「カセム氏は急用ができました」

「失礼だが――？」

「私はモーリス、こちらにいるのは代々木ケンです。代々木は、B・D・Tで私立探偵を開業しています」

「どういう御用件だろう。私にはおふたりとも、お会いする理由が思い浮かばないが」

石丸は警戒した表情を浮かべ、いった。俺は一歩進みでた。

「見かけは傷だらけですが、ギャングとはいっさい関係のない、まっとうな調査員です」

モーリスがいった。俺は口を開いた。

「実は俺は、おたくの息子さんと契約をしています。ヨシオ・石丸さんです。ヨシオさんの友人だったある女性の行方を捜すよう依頼されました」

石丸は表情をかえなかった。

「何という女性かね」

「ガーナ・トゥリー。東側のクラブ『グレイゾーン』で、歌手をしていました」

石丸は首をふった。

「残念だが、聞き覚えのない名だ。そういうことなら私は役に立てそうもない。あとは直接息子に訊《き》いてもらいたい。十時からオフィスで重要なアポイントがあるので失礼させていただく」

踵《きびす》をかえし、メルセデスに歩みよった。

「ムーラとメンデスという、二人組のホープレスについてはいかがですか」

モーリスが声をかけた。石丸は足を止めなかった。ドアに手をかけ、

「まったく知らない」

といった。

「メンデスは、今朝あなたの名を喋《しゃべ》りましたよ。一千万で雇われたといった」

石丸の動きが止まった。ゆっくりと顔をあげた。

「身に覚えのない話だ。私をあまり舐《な》めない方がいい。君らと同じ出身だが、有力な友人はたくさんいる。こちら側にも、そちら側にも」

重々しく告げた。モーリスはまるで聞こえなかったようにいった。

「われわれはメンデスの言葉にしたがって、ガーナを見つけました。モノレール跡の調整池に沈められていた。今は同じ場所にムーラとメンデスがいます」

石丸は無言だった。じっとモーリスを見つめていた。やがて言葉を押しだすようにいった。

「君は……あのふたりを……殺したというのかね」

「われわれは訊問《じんもん》を行ないました。やや厳しい手段をとったので、ふたりの体がそれに耐えられなかったようです」

石丸の顔に初めて恐怖が浮かんだ。と同時に、エネルギッシュな初老のビジネスマンという風貌《ふうぼう》から、怯えたただの年よりに雰囲気が変化していった。

「何者だ」

かすれた声で石丸はいった。

「お察しでしょう」

モーリスは冷ややかに告げた。石丸は一瞬パニックに見舞われた。自分がきた道をさっとふりかえった。

凍りついた。

俺もその方角に目を向け、驚きに襲われた。ヨシオがいた。

ふたりの、モーリスの部下にはさまれ、凝然と立ちつくしていた。

「ヨシオ！」

「父さん」

ヨシオはかたい表情でいった。

石丸の唇が震えた。言葉は何もでてこなかった。

「父さん、本当なの？」

ヨシオは悲しげな目で父親を見つめていた。

「……心配だったのだ、お前のことが」

石丸はふりしぼるような声でいった。

「せっかくお前が手にしたもの、私が築きあげてきたものが、政治的な道具にされはしないか、と。それは私がもっとも恐れたことだ。お前にもっともかかわりあってほしくなかったことだ……。けんめいに私が、一生をかけて得てきた信用が、この連中との関係が噂《うわさ》になっただけで、すべて失われてしまうのだ。絶対に、絶対に、それだけは、避けたかった……」

「日本人に好かれることが、そんなに大切なんですか」

ヨシオはいった。

「お前にはわからんのだ。わかる筈《はず》がない。父さんがどれほど苦労して今の地位をつかんだのか。ホープレスと蔑《さげす》まれ、嘲笑《あざわら》われながら、それに必死になって耐えたんだぞ。お前の今の暮らしはすべて、父さんがその思いをして手にしたものだ！」

「そんなことは理由にならない。父さん、僕はガーナが好きだったんだ」

「この世には、愛とか恋よりも大切なことがあるんだ！」

石丸は叫んだ。

「だから人殺しをしていいんですか」

「この連中だって人殺しだ。今までに何十人という人を殺している。あの女もその人殺しの仲間だったんだ。お前は利用されていたんだ！　スパイされていたんだぞ！」

「接触は命じました。しかし愛することは命令できない」

モーリスがいった。

「黙れ！　お前たちのおかげで、私たちのようなまっとうな人間が、どれほど不当な差別に苦しんだと思う⁉」

「われわれもそれをなくすために戦っているのです。手段は、あなたとはちがうが」

「だがお前たちは私を処刑する。そうだろう？　この場で殺すのだろう。お前たちからすれば私は裏切り者だ。日本人社会に入りこみ、金を儲《もう》けている。日本人の仲間だ、お前たちの敵、お前たちの大嫌いな」

「処刑はしません」

　モーリスはいった。

「だまされんぞ」

「本当です。じきに、われわれのこうした手段のちがいも必要なくなるときがきます」

　石丸は信じられないように目をみひらいた。

「何をいっておるんだ。世の中がかわると、真剣に思っているのか」

　石丸は激しく首をふった。口もとに笑みすらこみあげていた。

「愚かだ！　だから愚かだというのだ。ホープレスへの差別がなくなると、お前たちは本気で思っているのか。私が断言してやろう。この〝這《は》い上がり〟として、日本人社会でもっとも成功しているホープレスの私が。差別は絶対になくならん。奴らは、日本人は、私らに対する差別を、絶対にやめない！」

「今すぐにとはいわない。が、権利を勝ちとるチャンスをわれわれは得つつある」

「どんな権利だ」

「今はいえません。しかし遠からず、あなたにもわかるときがきます」

「世迷《よま》い言《ごと》だ。夢だよ」

　石丸は首をふり、捨てばちな笑みを浮かべていった。俺は石丸の視線をとらえ、訊《たず》ねた。

「なぜガーナが彼らのメンバーだとわかったのです」

「簡単なことだ」

石丸は喉《のど》を鳴らし、天井を見あげた。

「私のところにいた運転手のひとりが、あの娘を覚えておった。その運転手は、以前、東側で警察の密告屋をしていたのだ。警察幹部の紹介で私の会社に就職してきた。私は、お前たちの組織の人間が会社に入りこまんよう、その男にチェックさせておった。ある晩、私が自宅に戻ると、あの女をヨシオが車に乗せて送っていくところとすれちがった。そのとき私の運転手をその男がつとめておった」

「なるほど」

モーリスは低い声でつぶやいた。

「ムーラとメンデスもその男の紹介ですな」

「そうだ」

石丸は疲れきったようにメルセデスのドアにもたれかかった。

モーリスは俺を見た。

「調査は完了か？」

「俺がいうまでもない。ヨシオが決めることさ」

ヨシオを見た。ヨシオはつらそうに微笑《ほほえ》んだ。

「父を……許してくれますか」

「お父さんには、まだまだわれわれのためにしていただきたいことがたくさんある」

モーリスがいった。ヨシオは頷き、目をそらして俺を見た。

「ケン。こんなひどい結果になってしまいましたが、僕はあなたに頼んだことを後悔していません」

俺は黙って頷《うなず》いた。

「父を連れて帰っていいですか、モーリス」

ヨシオはモーリスを見た。

「けっこうだ。ヨシオ、お父さんと同じように、君にも活躍してほしいとわれわれは願っている」

ヨシオは微笑んだまま首をふった。

「モーリス、あなたは本当に不思議な人だ。あなただけじゃない、この国も、この街も、本当に不思議なところです」

モーリスは笑みをかえした。グッドガイ・モーリスに戻った声でいった。

「それが小説家のテーマでしょう」

「ええ。しかし僕は、このことは物語にできそうにない。あなたやケンほどは……強くないから……」

ヨシオは俺を見つめ、不意に明るい声でいった。

「リアリスト、でしょう?」

「俺もモーリスほどではないよ」

俺は息を吐いた。ヨシオはそっと父親に歩みより、その肩を抱いた。

「親子の問題は、親子で解決したまえ」

モーリスがいった。

「ガーナのことは――」

ヨシオがいいかけた。俺がさえぎった。

「忘れろ。今は、忘れておけ」

「ケン……」

「じきに思いだせるときがくる。それまでは、あんたとガーナは、まだ別の世界の住人だったってことだ」

ヨシオは小さく頷いた。

「その日がくるのが、ちょっと恐いけど。その日がきたら、僕はこの国を好きになれるかもしれない」

「皆がそう思ってるさ」

「あなたも？　ケン」

俺《おれ》は目を閉じ、頷いた。

「ああ」

ヨシオはそっとメルセデスのドアを開き、父親を助手席にすわらせた。

「僕が父さんを送っていきます」

　モーリスを見つめ、いった。

「気をつけて帰りたまえ。お父さんが早まった考えをおこさないよう、よく見てあげることだ」

　モーリスはいった。リムジンで待つ部下に合図を送った。昇降路の封鎖を解けと命じたのだろう。

　メルセデスはゆっくりとバックし、ターンをした。

　メルセデスの姿が見えなくなると、モーリスは俺を見た。

「何かいいたいことがあるかね、ケン」

　俺はしばらく黙っていた。やがて告げた。

「リアリストらしい解決だ」

23

　その夜、俺の部屋を訪れた人物がいた。

　ロニーだった。ノックに応《こた》えてドアを開けた俺の目の前に、ステージ用の衣裳《いしょう》らしい、体の線がすけて見えるドレスをまとったロニーが立っていた。

　ロニーはいきなり俺にむしゃぶりつき、キスの雨を降らせた。俺はロニーに押したおされるようにベッドに倒れこんだ。

ドアが閉まっているかどうかも、俺には確認する暇がなかった。ロニーは俺の上に馬のりになって、

「ケン、ケン……」

と呼びつづけた。俺たちは互いの衣服をむしりとり、激しく愛しあいはじめた。

「心配していたのよ、会いたかった……」

切れ切れに、そうつぶやきながら、ロニーは体をぶつけてきた。すぐに言葉が言葉でなくなり、俺たちは獣となった。


「ここへは、モーリスが？」

やがて俺が訊ねた。

「そう。今日の夕方、店にでかけるまぎわに、電話がかかってきたの。あなたに会いたくないかって——」

うつぶせになり、俺の肩をやさしくなでながらロニーは答えた。

「どうやってきたんだ？」

「店の裏口に車が待っていたわ。リムジンで、窓の色がまっ黒だった。モーリスからの電話でなければ、乗ろうとは思わなかったでしょうね」

「あたらしい店はどうだい」

「悪くはないわ。『グレイゾーン』がなくなった今は、六本木でナンバーワンのナイト

クラブよ」

「何という名だ？」

「『パラダイス・バード』」

「知ってる。ジャマイカンの店だな」

「ええ。女よりドラッグが売り物なの。でも『グレイゾーン』にいた子たちが流れてきたんで、女の子目あてのお客も増えているわ」

「『グレイゾーン』と比べて、仕事はどう？」

「何もかも同じ、というわけにはいかない。でも、それなりに女の子は大事にされてる」

「そうか」

俺はいって寝がえりをうち、天井を見あげた。ロニーは、俺の体のあちこちにまだ残るアザのひとつひとつに唇を押しつけている。

「ガーナを見つけたよ」

俺はぽつりといった。ロニーの動きが止まった。

「どこで？」

髪をかきあげ、俺の目をのぞきこんだ。

「モノレール跡の埋めたて地にある調整池さ」

ロニーは目を閉じた。

「じゃあ……」

「苦しまなかったと思う。最期は」

「やったのは誰なの」

「チンピラの消し屋だ。同じ池に沈んでいる」

ロニーは俺の胸に横顔を押しつけた。しばらく身じろぎをしなかった。俺は胸に冷たいしずくを感じた。

「――かわいそうなガーナ」

鼻声でロニーはいった。

「誰がやらせたか知りたくないか」

「誰なの？」

ロニーは動かずにいった。

「息子の将来を心配した、憐れな父親だ」

「どういうこと？」

ロニーは身を起こした。今度は俺がロニーの目をのぞきこんだ。漆黒の瞳《ひとみ》に俺が映っている。そしてそこにいる俺はひどく険しい表情を浮かべていた。

「君は知っていたのか、ガーナのことを」

「ガーナの何を？」

「彼女がT・L・Fのメンバーだったってことを」

ロニーはすぐには答えなかった。真剣な表情で俺を見かえしていた。

「ガーナは十二のときからT・L・Fのメンバーで、情報収集を仕事のかたわらやっていた」

「だから？」

「それを知っていたのかい」

ロニーは目を伏せた。

「ええ」

「ガーナが君からヨシオを奪《と》ったのは、T・L・Fの命令だった」

「それは知らなかった」

「ヨシオの父親は、息子がT・L・Fのスパイとつきあっていると知って、消し屋を雇ったんだ」

「………………」

「ガーナがT・L・Fのスパイだというのは、運転手の密告で知ったといっていた。その運転手はピーの密告屋をしていたんだ。だけどそんな昔から、ガーナがスパイであることをそいつが知っていた筈はない。知っていたら、とっくにガーナはピーにつかまるか、アリフに消されていたろうからな」

「どうして」

「ピーの密告屋にそんなに腕がいい奴《やつ》はいない。俺ですらガーナがT・L・Fのスパイだったことを、つい最近知ったんだ」

「それで……？」

ロニーの声はかすれていた。

「誰かが教えたんだ。ガーナがT・L・Fのスパイだと」

「その男に？」

「そうさ。その人物は、ヨシオに教えることはしなかった。自分が教えれば、ヨシオに嫌われると思ったのだろう」

「ケン――」

「もちろん、ヨシオの父親が消し屋を雇うなんてことまでは考えていなかったのかもしれない――」

「ケン！」

ロニーの声は悲鳴のようだった。俺は口を閉じ、ロニーを見つめた。

「ケン、あなたって人は……」

ロニーの唇は震えていた。

「もし俺がまちがってるなら、殺されても文句はいわない」

ロニーの瞳の中の俺は悲しげな目をしていた。そしてその俺がふくれあがった涙の中で揺れた。

ロニーは涙を見られまいと顔をそむけた。

「俺はまちがっているかい」

ロニーは鼻をすすり、

「いいえ」

とだけ答えた。

「そうか」

俺は目を閉じた。もしこの瞬間、ロニーが俺を殺そうとしてもかまわなかった。

だが何もおこらなかった。

「――馬鹿よね。馬鹿でしょう、わたし」

「どうかな。こういう結果になるとは誰も予想できないだろう」

「そうね。わたしが望んだのは、ヨシオがもう一度、ガーナからわたしに目を向けてくれること。でも皮肉よね。ガーナがいなくなったことで、あなたが現われた。初めは、あなたが恐くて、あなたの考えてることや調べていることを知ろうと思って近づいたけど、今はヨシオよりも――」

いいかけ、息を吐いた。

「きたなく見えるわね。こんなこといっちゃ」

ベッドのかたわらから重みが消えた。俺は目を開けた。床に散らばった衣裳《いしょう》をかき集め、身に着けているロニーの姿があった。

ロニーは俺には目を向けようとせず、喋《しゃべ》った。

「ガーナが殺されるかもしれないなんて、思ってもいなかった。それは本当よ。でも、それでわたしの罪が消えるとは思っていない。すべての原因を作りだしたのは、わたしだわ。モーリスがわたしをここに呼んだのも――」

「モーリスは知らない」

俺はいった。ロニーは瞬《まばた》きをした。ドレスを着け、少し髪が乱れたロニーの姿は、たった今愛しあったばかりだというのに、もう一度ベッドにひきずりこみたくなるほど魅力的だった。俺はありったけの自制心を働かせた。もう、俺とロニーは元には戻れない。

「モーリスは知らないんだ。純粋に、奴は、俺と君を会わせようとした。たぶん俺の口からガーナのことを君に知らせたかったのだろう」

ロニーは信じられない、というように首をふった。ほつれた前髪が片方の目の上にかかり、ぞくぞくするほどセクシーだった。

「本当だ。君が密告したことは、誰も知らない。石丸の運転手が喋らない限り、ヨシオも知らないだろう」

「わたしは殺されるのじゃないの。T・L・Fの手で処刑されるのだと――」

俺は首をふり、きっぱりといった。

「君の体には、誰も、指一本触れない。君は自由だ」

「ケン……」

ロニーは目を閉じた。

「じゃあ、なぜ――」

「知りたかった。それだけだ」

「わたしはどうすればいいの」

「君がしたいようにすればいい。ヨシオはひょっとしたら戻ってくるかもしれない」

「あなたは――」

いいかけ、ロニーは言葉を呑《の》みこんだ。かわりに、

「そう」

とだけ、いった。

俺たちは無言で見つめあっていた。俺は待っていたのかもしれない。ロニーが女の武器を使うのを。俺にもう一度抱きついて、許しを乞うのを。愛してくれ、と頼むのを。だがロニーはそうしなかった。それほどずるくない女なのだった。ため息とともにいった。

「本当にリアリストなのね、ケン」

そしてドアをそっと開け、部屋からでていった。俺は息を吸い、歯をくいしばって、追っていこうとする自分を抑えていた。

ロニーがどうやってここをでていったのか、俺には見当もつかなかった。たぶん、管理人室のあのコマンドたちが送っていくのだろう。

アパートに帰るのか。それとも新しいクラブ「パラダイス・バード」に戻ったのか。

髪を直し、化粧をひきなおして、ステージでボサノバを歌い、客の目を惹《ひ》きつける。気にいった客が交渉にきて、そして成立すれば、腕をとりあってでていく。

今夜もう一度、別の男の誰かが、ロニーの体に触れる。そのときのロニーが、天井を見つめ、俺とのやりとりを思いだしているさまを想像した。胸をえぐられるようなこの苦しみは、ロニーのせいじゃない。

俺が、俺に与えたものだ。


翌日の午後十一時、俺はモーリスと部下たちとともに新宿に向かっていた。いく先は、西新宿駅と東新宿駅との境いにある無料地下駐車場だった。B・D・Tでも最悪のエリアだ。寝ぐらをもたない、ピラニアやドブネズミの集団のような、ひとりひとりはチビでも、かたまるとめちゃくちゃに狂暴になるガキどもが巣食っている。

「われわれは取引に際して、もっともわれわれの街らしい場所を指定したのだ」

モーリスはいった。

「日本人のお偉方はぶるってこないのじゃないか」

「そのていどの勇気のもちあわせでは、改革はできない。そう思わないか」

「どうかな」

俺は息を吐き、いった。

「命のやりとりができることだけが勇気じゃない。俺たちホープレスのモノサシと日本人とじゃ、そこらあたりがちがうかもしれん」

モーリスはおかしそうに俺を見た。

「ケン、君はとてもかわった男だ」

「どこがだ」

「君は調査員として、B・D・Tでも最悪のものを見てきた。この社会に対して怒りを抱かずにはいられない生き方をしてきた。なのに、いつもどこかで公平にこだわっている。ホープレスにも日本人にも、公平であろうとしている」

「忘れっぽいのさ。いまいましい日本人の血のなせるわざさ」

モーリスは微笑した。

「実は私は、日本人のその部分だけには期待している。かつてこの国にも、宗教に対する弾圧や領地をめぐっての争いがあったが、それは決して怨念《おんねん》となって長期の内戦を生まなかった。日本人の忘れっぽい体質によるところが大きいと私は思っている。将来この国に真の改革がおきうるとすれば、その体質は過去のあやまった考え方をきれいさっぱり流してくれるかもしれない」

「あんたもけっこう公平な考え方をしているじゃないか」

「私がそう思っていることを彼ら《日本人》には知られたくはないがな」

リムジンはわざと東新宿側からアプローチしていた。西新宿に近い側は、真夜中であってもネオンが輝き、娼婦《しょうふ》やポン引き、酔った客がうろうろしている。だが、東新宿の最奥部となると、人影はまったくない。まるで罠《わな》のようだ、と俺は思った。何匹もの飢えた狼が物陰にひそみ、息を殺し、獲物がやってくるのを待ちかまえているのだ。獲物は日本人であれば最高だが、このあたりに詳しくないホープレスであっても、運命にたいしたちがいはない。

やがて地獄の釜《かま》の蓋《ふた》のような、巨大な地下駐車場の入口が見えてきた。周辺にはかっぱらわれ、エンジンを抜かれ、タイヤをはずされたポンコツの車がずらりと放置されている。

そうした廃車の数は、入口をくぐって地下に降りるとさらに増えた。墓石が並ぶように、何百台という骸骨《がいこつ》になった車が整然と止まっている。そしてその一台一台が、ここに巣食う小さな悪魔どもの住処《すみか》だ。

ボディガードを含む三台は、ゆっくりと通路を抜けていった。不思議なことに、駐車場は区画によって、天井の蛍光灯が割られているところと、点っているところがある。たぶんガキどもは、カモが車を止めやすいよう、わざと明るい区画を残しているのだ。

「約束は午前零時だ」

モーリスがいった。リムジンは、そこだけ明るく、あたりに廃車の姿のない場所で停止した。

さすがにボディガードたちも車から降りようとはしなかった。散開し、物陰にかくれようものなら、永久にそこからでてこられなくなる。

俺はリムジンのドアを開き、降りたった。地下駐車場の青白い光の下に立つと、首すじの毛が逆立つような、ぞくぞくとした寒けがした。俺の本能は、ここを危険だと告げていた。

煙草に火をつけた。全身に敵意のこもった視線を感じていた。

いやがる。何十というガキどもが、息を殺し、俺たちのようすをうかがっている。

モーリスがサイドウインドウをおろした。

「どうかね」

「まずここを潰《つぶ》すべきだな」

俺はあたりを見まわしながらいった。

「私はとっておきたいと思っている。日本人にはない、忘れにくい体質から」

モーリスはいった。

そのとき、タイヤが通路の上をすべる、キュルキュルという音が聞こえた。ヘッドライトが廃車の列のすきまからさしこんでくる。

「きたようだな」

俺は右手を上着の中にさしこみ、頷いた。モーリスから借りたベレッタのグリップは汗でぬらついていた。

二台の黒塗りのセダンが、西側に面した入口の方から走ってきた。

こちら側の三台と向かいあう形で停止した。ドアが開き、まず二台から四人のごつい日本人が降りたった。要人警護のバッジをつけた警察《S・P》だった。そろいのネクタイをしめているのですぐにわかる。全員がヘッケラー&コッホやウジサブマシンガンで武装していた。車をはさむように立ち、俺たちを含めたあらゆる方向に銃口を向けた。

ボディガードのひとりは、アタッシェケースを手にしている。

二台の車の後部席のドアが開かれた。三人の新たな日本人が降りたった。六十代と覚《おぼ》しい爺《じい》さんがひとり、あとは四十代がふたりだ。爺さんは議員バッジをつけている。

「ご苦労さまでした」

モーリスがいった。

「時間を無駄にしたくない。そちらの人が、あなたのいっていた証人かな」

爺さんの横に立つ、グレイのスーツを着けた男が早口でいった。眼鏡をかけ、その奥でせわしなく瞬《まばた》きをしている。

「そうです。あなたは?」

「東京地検の久保田《くぼた》だ。検事正をしている」

モーリスは俺をふりかえった。

「調査員の代々木ケン氏です。彼が、兵頭敏樹の暴力の犠牲者です」

久保田と爺さんが俺を見た。

「具体的にはどのような暴行を受けたのかね」

久保田が訊ねた。俺は答えた。

「体じゅうがばらばらになるほど殴られ、左手の小指を切りとられた。切りとったのは、兵頭本人だ」

「『ヤクザ』のやり方だ」

モーリスがいった。久保田はわかっている、というように頷《うなず》いた。

「裁判で証言できるかね」

爺さんが訊《たず》ねた。

「お安い御用だ」

俺はいった。

「兵頭が君にその暴行を加えた動機は？」

久保田が訊ねた。

「俺は奴《やつ》らが飼っていた、現役警官の消し屋を殺した。そいつらが俺を殺そうとしたからだ。『二・二・二会』がB・D・Tを再開発するためにイスラム系のハリネズミと手を組んでいたことをつきとめたんでな」

「それを裁判で立証するのは難しい。君のいっているのは、ベイルート・タイガースのことだろうが、アリフ・コンドは死亡している」

久保田はいった。

「奴らが消したんだ。〝ハリネズミ特捜隊〟の池谷という警部が知っている」

「警察の協力は期待できない。われわれは既に、第四機動隊の東山巡査部長に関する資料を警視庁に要求したが、警察庁の指示でこれを拒否された。この件では、検察と警察はまっこうから対立している」

「ずいぶん率直な意見ですな」

モーリスがいった。久保田はくるりと向きをかえた。

「警察内部は混乱が生じている。副幹事長宅を襲撃したのは、全員、元警察ＯＢだった」

「そのことは発表されていませんな」

「われわれは警察内部の自浄作用に期待している。現状を憂慮し、改革に着手する人物の出現を待つ他ない」

「ホープレスの側につくピーがいると思うのか」

俺はいった。久保田は冷ややかに答えた。

「君らの味方をする、しないではない。現在の警察のあり方に疑問を感じるかどうかなのだ」

爺さんが口を開いた。

「私は国家公安委員長をつとめている。公安委員の中にも、警察サイドの考え方をしている人間もいる」

「つまり俺たちをＢ・Ｄ・Ｔから叩《たた》きだせってことか」

「君たちの存在とこの国の未来をどうとらえていくかという、視点のちがいだ。いってみれば共存派と排斥派ということになる。われわれはどちらがより現実的であるかという点に留意している」

「留意ね」

「君らの存在の問題は、そのままこの国の問題でもある。二百年前、この国はやはり、外国との交渉を受けいれるか否かで大きく揺れた。ふたつの派の争いは内戦をもひきおこした。この問題の扱い方をあやまれば、同様の危機が生じかねないと私は考えている。そのとき、争うのがふた派ではなく、君らもまた別の立場で戦闘行為に及ぶとすれば、危機はさらに拡大するだろう。われわれと同じく、君らの側も意見が統一されているとは考えにくい」

「そのとおりです。ホープレスのすべてがT・L・Fの方針を支持するとは思えない」

モーリスはいった。

「であればこそ、われわれは、この混乱の収拾の方向を議会制民主主義の場にふりむけねばならんと感じておるのだ。遅きに失したことは、重々、理解した上でだ」

「けっこうです」

「だが君らのやり方にもいささか問題がないわけではない」

久保田が口をはさんだ。

「久保田くん」

爺さんが制止した。久保田は首をふった。

「これだけは、先生、いわせていただきます。君らがこちらに混乱を生じさせ、ことを有利に展開させようと考えているのなら、それは信頼関係にもとづいたやり方とはいえないのではないか」

「何のお話でしょう」

　モーリスは落ちついていた。

「副幹事長を襲わせた情報攪乱《かくらん》工作のことだ。今後、ああいった不要の流血を招く活動はいっさい慎んでもらいたい」

　モーリスはうっすらと笑みを浮かべた。

「情報洩《も》れは避けられません。たまたま、今回のはあやまった情報でしたが」

「これ以上の混乱は、過激派の台頭をうながすだけだ。だまされたと知った排斥派の活動はよりテロに拍車をかけるかもしれん。やがて共存派にも被害者が生じるだろう。そうなれば今回のような交渉が不可能になる」

「確かに今のようなやり方は二度とできんでしょうな。この場を襲われるようなことがあれば、ひとたまりもない。次にはわれわれは、スポットライトを浴びた場所で握手をしたいものです」

「私もそれを望んでおる」

　爺さんはいった。

「これは誓って差別的な感情からの発言ではないが、ここには生理的に不快感を与えるものがある」

「それは俺たちにとっても同じだ」

俺はいった。

「だからこそ安全なのです」

モーリスはいい、片手で合図した。

ボディガードのひとりがアタッシェケースを手に歩みよった。

「ここに代々木ケン氏の供述書が入っています。これまでの調査の経過と遭遇した犯罪に関する報告書も兼ねています」

久保田は受けとり、俺を見た。

「君自身の犯罪行為に関する免責条項は、われわれの交渉に含まれていない」

「その問題が生じるとすれば、銃刀法についてだけだ」

「使用した銃器が不法所持であったことを認めるのかね」

「そちらの解釈しだいだろう。俺は常に、そこにたまたまあった銃を使っている」

久保田は渋い表情になった。爺《じい》さんが助け船をだした。

「その供述書がすべて明らかにされる、というものでもなかろう」

「それと、〝ハリネズミ特捜隊〟の池谷だが、奴《やつ》は信用できる。あんたのいう、混乱した警察の自浄作用を期待できる人間だ」

「池谷警部だな。わかった」

爺さんがくりかえした。久保田よりこの爺さんの方が腹がすわっているようだ。

「われわれの方からの合意書だ」

爺さんがいった。背後に控えていた、秘書らしい男が進みでて茶封筒をさしだした。

「君らに参政権と被選挙権を得てもらうための、あたらしい法案の草案と、推進する国会議員十五名の名簿が入っておる」

「いただきましょう」

モーリスが受けとった。

「これで第一回の交渉は成立、というわけだ」

不意にモーリスのボディガードが車からとびだしてきた。モーリスの耳に何ごとかをささやいた。モーリスは久保田に鋭い目を向けた。

「どうやら情報洩れはそちらでもおこっているようだ。地上に配置している私の部下からの報告では、西新宿側の入口に詰めていたあなた方の護衛隊に攻撃が加えられたもようだ」

警護《S・P》の男たちの顔色が一変した。ひとりが車の無線機にとりつき、交信を試みた。

「連絡がつきません！」

切迫した口調でいった。

「この場を離れたほうが賢明なようです。東側の出口に先導しますから車に乗って下さい」

　モーリスはいった。久保田は迷ったように爺さんの顔をうかがった。

「しかし……」

　たったこれだけの警備で、B・D・Tの最奥部に入るのを迷っているのだ。

「考えている場合ではない。今、『二・二・二会』のテロリストどもに襲われたら、この国の未来はないぞ」

　爺さんが叱咤《しった》した。

「無線のチャンネルをこちらに合わせて」

　モーリスが警護《S・P》の男に告げた。男は久保田を見やった。久保田はやむをえない、というように頷《うなず》いた。

「車に乗るんだ！」

　俺は叫んだ。警護の男たちが爺さんと久保田を車に押しこめた。

　そのとき、はっきり閃光《せんこう》が見えた。西側の出入路の方角からだった。照明の消えていた一角が明るくなり、腹にこたえる爆発音とともに地下駐車場全体が揺れた。

「連中は対戦車ロケット砲を使っている」

　モーリスがいった。俺たちもリムジンにとびのった。T・L・Fの護衛車二台にはさまれリムジンが走りだすと、あとを爺さんと久保田の乗った車がつづき、最後尾に警護《S・P》の車がついた。

　五台の車は、並んだ廃車の列を縫うようにして走った。

俺はベレッタを膝《ひざ》の上にのせ、うしろをふりかえっていった。

「こいつもあんたの差し金か、モーリス」

「自分を襲わせるような間抜けはせん。それとケン、今回だけは戦闘には加わらず、逃げるほうにまわってくれ。君は大事な生き証人だ」

モーリスは落ちついた口調でいい、上着を脱いだ。助手席にすわっていたボディガードがウジサブマシンガンをさしだした。うけとり、コックをひいた。

「うしろのふたりが消されちまったら、俺が生きていようといまいと同じことだぜ」

「そのとおりだな」

爆発音と炎がリムジンを襲った。警護《S・P》の車が炎に包まれて、廃車の列に激突していた。追いつかれたのだ。

襲撃者は四台の車に分乗していた。先頭の一台のサンルーフから、ロケット砲を抱えた日本人が上半身をつきだしている。

ロケット砲が発射された。リムジンのまうしろを走っていたT・L・Fのボディガードの車に命中した。トランクが爆発し、勢いで車はリムジンの後部につっこんだ。俺たちはシートから投げだされた。

「応戦しなきゃ駄目だ！」

俺は叫んだ。

「もうすぐだ！　もうすぐ出口だ！」

廃車の最後の列を三台になった隊列は回りこんだ。新たなロケット弾が狙《ねら》いをはずし、廃車をふっとばした。

「くそっ」

リムジンの運転手が罵《のの》り声《ごえ》をあげ、ぐいとハンドルを切った。俺は顔をあげた。

東側の出入口にさっきまではなかったバリケードが築かれていた。廃車が三台、とおせんぼをするように並べられているのだ。スピードをだしていた、先頭のボディガードの車がよけきれず鼻先をつっこんだ。

ガキどもの仕業だ。俺たち全員を食い物にしようと逃げ道を塞《ふさ》いだにちがいない。奴らもまさか、こんなドンパチが始まるとは、予想もしなかったろう。

クラッシュした車からとびおりたボディガードたちに無数の銃弾が浴びせられるのを、俺は横すべりしながら止まったリムジンの窓から見つめた。

「この車は防弾装甲を施してある。そっちはどうだ？」

モーリスが無線機に訊《たず》ねた。

『こちらも同じだ。だがロケット弾をくらったらひとたまりもない』

久保田の声が応《こた》えた。

出入路の坂をはさみ、三台の車と四台の襲撃者たちの車が向かいあった。サンルーフからロケット砲をかまえた男の狙いは、まっすぐリムジンにつけられている。

四台のうち一台は、見覚えのあるトリプルサイズのリムジンだった。そのシールドされた窓が降りた。

「でてきやがった」

俺はつぶやいた。白いもみあげと口ヒゲをのばした、ホーワ建設の社長、宮本の姿が窓の奥にあった。

『宮本か』

爺さんのつぶやく声が、こちらの無線機にも入ってきた。リムジンの助手席のドアが開いた。宮本といっしょにいた二枚目が降りたった。こいつもロケット砲をかまえている。

「全員、車から降りてもらおう」

二枚目は叫んだ。

モーリスはいった。

「降りれば皆殺しだ」

『馬鹿な。ならばそのまま撃てばすむことだ』

久保田がいいかえした。

「これが囮《おとり》じゃないかどうかを確かめたいのさ」

俺はいい、久保田は黙った。

「早く降りろ！　さもないと一台ずつ、ふっとばす！」

二枚目はロケット砲を肩にあてた。

『やむをえんな、モーリスくん』

爺さんの声がした。

『いけません、先生！』

久保田が止めた。

「一、二の三でとびだしておっ始めるしかないな」

俺はモーリスを見た。モーリスの浅黒い肌に、初めて、うっすらとだが汗を見た。モーリスは頷き、ウジをさしだした。

「君の方が扱いなれている、ケン」

『どうするんだ!?』

久保田が叫んだ。

「パーティだ。それしかないだろう」

俺はいい、ウジを片手にドアロックをはずした。

『馬鹿なことをいうな！　勝ち目はないぞ』

「時間切れだ」

二枚目がいい、片膝をついた。ロケット砲はまっすぐにこちらを狙っていた。

たてつづけに銃声が轟《とどろ》き、二枚目の体がふっとんだ。何ごとがおこったのか確かめる余裕もなく、俺はリムジンのドアを蹴《け》りあけてとびだした。サンルーフからロケット砲をかまえている野郎に向け、ウジの引き金を絞った。電動ドリルのような銃声とともに、一メートル近い火炎がウジの短い銃身から噴きだした。あっというまにフロントグラスが砕けちり、ロケット砲の男は踊るように体をくねらせた。ロケット弾があさっての方角に発射され、爆発をおこした。

近くの廃車の陰に転げこんだ。サンルーフの男は砕けたフロントグラスにさかさまにつっぷした。トリプルサイズのリムジンの窓が上昇するとともに、俺が盾にした廃車に向け、一斉射撃の火蓋《ひぶた》が切られた。

同時にモーリスのリムジンと爺《じい》さんの車から降りたったこちら側の連中が応戦を開始した。激しい銃撃戦となった。

俺は廃車の陰で釘《くぎ》づけになり、首を巡らせた。二枚目の死体は、ちょうど撃ちあっているふた組の中間にあった。トリプルサイズのリムジンは集中的に銃弾を浴びていたが、モーリスのリムジンと同じく、通常の銃弾ではびくともしていない。

「雑種野郎」

背後から不意に声をかけられ、俺はふりむきざまに撃ちそうになった。

池谷が立っていた。防弾チョッキを着け、ショットガンを手にしている。

「なんでここにいるんだ⁉」

「礼くらいいったらどうだ、あの野郎を仕留めなかったら、お前ら今ごろ黒焦げだ」

「つけてきたのか」

「お前らじゃなくて、あっちの検事正殿をな」

池谷はセダンに顎《あご》をしゃくった。跳弾がその頭上をかすめ、カーンという響きとともに火花を散らした。池谷は首をすくめた。

「検事正殿が東山の資料を請求して拒否されたことを、本庁の資料室にいる仲間が教えてくれたんだ。それでずっとはりついていたってわけだ」

「ご苦労なことだな」

「お前って野郎は本当に礼儀を知らねえな」

「あんたのことを御推薦しておいたのを聞かなかったのか」

池谷はツバを吐いた。

「雲の上のお方に気にいられようとは思わねえよ」

「礼はじゃあ、助かってからだ」

俺はいって廃車の下にもぐりこんだ。ロケット砲をもった男が乗っていたサンルーフの車には、砲弾のスペアが積んである筈《はず》だ。その車を盾にして撃ってくる奴《やつ》らを無視し、俺はガソリンタンクがあると覚《おぼ》しい後部に、ウジの弾丸をありったけ叩《たた》きこんだ。

車が火を噴いた。あっというまに炎は車全体に回り、泡をくった奴らが、別の車の陰に走った。次の瞬間、車は爆発音とともに天井めがけ舞いあがった。狭い壁と壁のすきまをボールが跳ねかえるように、地下駐車場の天井と床のあいだを跳ねまわる。炎がふりそそぎ、浴びた奴らが悲鳴をあげた。

トリプルサイズのリムジンがゆっくりと後退を始めた。形勢不利と見て、逃げだしにかかったのだ。俺はベレッタを抜きだし、廃車の下をとびだした。宮本をここであっさり帰してたまるものか。

ベレッタの銃弾をリムジンのガラス窓に浴びせながら走った。

「よせ！　馬鹿っ」

池谷が背後でどなった。

弾丸は分厚い防弾ガラスに刺さり、すべてそこで止まってしまう。池谷が、

「くそったれが！」

叫びながら俺のあとを追ってきた。

俺は二枚目の死体にとびつき、その手からロケット砲をもぎとった。俺に気づいた奴らが一斉に銃口の向きをかえた。

一発が俺の左肩にあたった。俺は右腕一本でロケット砲をかついだ。

「大馬鹿野郎っ」

池谷が俺のかたわらに仁王立ちになり、ショットガンを乱射した。

「しっかり掩護《えんご》してろよ！」

俺は叫んで、トリプルリムジンの後部にロケット砲の狙《ねら》いをつけた。

「そういうことは先にいえ！」

池谷は叫びかえすと、空になったショットガンを捨て、懐ろからベレッタを抜きだし、撃ちはじめた。

リムジンはそのでかい図体が災いして、廃車と火だるまになった仲間の車のあいだを曲がりきれず、切りかえしを行なっていた。

俺はロケット砲の発射ボタンを押した。ぱっと目の前に炎が広がり、肩が軽くなる。火の粉をひきながらロケット弾がリムジンにまでとんでいき、そのでかい尻《しり》につきささった。

一瞬後、トランクの蓋《ふた》が赤黒い炎とともに跳ねあがり、リムジンは逆立ちをするように直立した。

やがてゆっくりと前のめりに倒れた。メリメリという音がして、腹を上にひっくりかえった。炎がチラチラと走る。防弾装甲を施していない普通車とちがい、さすがにいっきにはガソリンタンクに火は回らない。

アタマをやられ、襲撃者たちは浮き足だった。怪我《けが》をしたり死んでいる仲間を見捨て、駐車場の奥へと逃げこんでいく奴もいる。馬鹿な奴らだ。反対側の出口に辿《たど》りつく前に、ガキどもに襲われるにちがいない。

銃撃戦が終わった。俺はロケット砲を投げすて、よろめきながら立ちあがった。

モーリスは無事だった。爺さんと久保田もどうやら無傷ですんだようだ。モーリスは脚に一発くらったらしく、右足をひきずって手下の肩を借りながら歩みよってきた。

「ケン、まったく無茶な男だ」

首をふり、いった。

「もうひとり無茶な奴を紹介してやる。ホープレスの味方をして日本人と撃ちあった、最初のピーさ」

「池谷警部ですね」

モーリスはいって、右手をさしだした。池谷はそれを無視した。ボディガードに緊張が走った。

「お前がホープレスだから握手をしないんじゃない」

「わかっています」

モーリスは肩をすくめ、手をおろした。

「奥さんとお子さんのことは申しわけないと思っています」

「そいつも聞きたくない」

俺はにらみあっているふたりを残し、腹を見せているトリプルリムジンに歩みよっていった。

リムジンは、その装甲のせいで、今度は中の者が脱出できない状態になっていた。後部の窓は、めりこんだ銃弾がひっかかり、半分ほどしか降りない。そこから血まみれで憎しみに溢《あふ》れた宮本の顔がのぞいた。

「残念だったな。俺たちを始末できなくて」

俺はしゃがみこみ、息を整え、いった。

「早く殺せ」

宮本の体は、かたわらにすわっていたボディガードの体の下敷きになっていた。そいつはロケット弾の衝撃でめりこんだ車体に潰《つぶ》されたのだ。

「いや」

俺は首をふった。

「俺《おれ》はあんたをここにおいていくよ。ピーが駆けつければあんたは助かるだろう。だがいっとくが、ピーは向こうの出入口からやってくる。その前に、俺たちがでていったあと、この駐車場に巣食ってる、あんたの大嫌いなホープレスのガキたちがやってくる。そいつらがあんたをこの車からひっぱりだしてくれるかもしれん。もちろん、だからってあんたにやさしくはしてくれないだろうが」

宮本はかっと目をみひらいた。

「貴様ぁ――」

俺は煙草をとりだし、ちろちろと燃えているリムジンの炎で火をつけた。

「噂《うわさ》じゃ、ここの連中は生首でサッカーをやるのが趣味らしい」

宮本が長い叫び声をあげた。俺はくるりと背を向け、煙草を吹かしながら、にらみあっているモーリスと池谷のところへ戻っていった。

左肩がひどく痛みだしていた。

「ここをでようぜ」

俺はいった。

「長居する場所じゃないやな」

24

それからは、あまり話すことがない。

東京地検は俺の供述をもとに、兵頭敏樹を起訴した。第一回の公判は、来月に開かれる予定だ。新聞やテレビなどのマスコミが一斉に取材に動きだしたが、俺はすべての接触を断っている。

噂じゃ、兵頭は俺の首に一億の賞金をかけたらしい。そんな状況では、B・D・Tにいたって安全とはいえない。いや、むしろ賞金欲しさに俺をつけ狙うのは、日本人よりホープレスの方が多いだろう。

俺はモーリスとも連絡を断ち、自分がいちばん安心できる場所にかくれている。俺のボディガードには、久保田の指示で、池谷がついている。奴《やつ》とは一日に一回は喧嘩《けんか》をするが、日課のようなもので、もう慣れた。

裁判の結果がどうなって、それが俺たちホープレスの未来にどんな影響を及ぼすかは、まだ想像もつかない。

だが少なくとも、ひとつくらいはかわることがあるだろう。

モーリスは秘《ひそ》かに、T・L・F以外の、ホープレス活動家グループと接触を始めているようだ。たぶん奴は、ホープレス出身の国会議員第一号となるだろう。第二号は、ヨシオの父親かもしれない。

彼らが国会議員にふさわしい人間かどうか、正直いって、俺にもわからない。ふたりとも決して、手が汚れていないとはいいきれないからだ。

が、何ごとにも始まりというものがあって、大切なことは、始まったらそれをつづけていく、という点だ。ホープレスの国会議員が誕生し、しかもさらに生みだしていきさえすれば、そう遠くない将来に、金にも血にも汚れてない人物が、モーリスや石丸にかわって国政を担当する日がくるだろう。

もちろん、そうなるまでには、さまざまな妨害や衝突はある。

だがそれだって、きっと何かを生みだしてくれる筈《はず》だ。

リアリストの考えってのは、そういうものだ。

やがてB・D・Tにも多くの日本人が住むようになる。たぶん、俺はそうなってもB・D・Tに住みつづける。そのときにどんな仕事をしているかは、わからないが。

B・D・Tを悪魔の住処《すみか》だと罵《ののし》った連中にとっても、同じように、しばらくはそのイメージはかわらないだろう。それでも、十年、二十年、とたつうちに、考えを改める奴らがでてくる筈だ。

俺がその頃まで生きのびているかどうか、そいつは神様だけが知っていることだ。

もっとも、俺はリアリストだから、神様なんて信じちゃいないがな。

解説

池上冬樹

まず、二〇〇〇年代の大沢ハードボイルドの代表作のひとつといっていい、『心では重すぎる』（文春文庫）から話をはじめようか。いささか語弊があるかもしれないが、その物語の〝停滞ぶり〟が何とも僕には頼もしく、刺激的だったからである。

この小説は、私立探偵の佐久間公が、かつて一世を風靡《ふうび》した漫画家の行方を探す物語で、そこに佐久間が二年前までカウンセラーとして関わっていた薬物依存者とのトラブル、そこから波及して起きる渋谷のチーマーややくざの組織との対立などを絡めている。漫画家探しと渋谷《しぶや》のチーマーたちの事件、一見するとばらばらに見える二つの事件が後半に入ってから交錯し、いつもならそこから物語に加速度がつくのだけれど、そうはならない。いつもよりテンポはゆったりで、展開もさほど劇的ではない。何より大沢の持ち味の物語の面白さが際立っていない。というより、作者は別の面に興味を抱いている。それは私立探偵と「現代」との関わりである。

主人公の佐久間公は、デビュー作『感傷の街角』からずっと作者がおりにふれて書いてきたヒーローである。新宿署の鮫島刑事のようなアクション・ヒーローではなく、抑制と克己に富む正統派のヒーロー。ヘリコプターの事故でロックシンガーの妻を失い、一時期、地方の薬物依存者の相互更生施設でカウンセラーの仕事をしていたが、二年前に私立探偵業に復帰した。だからこそ、職業としての「探偵」に自覚的だ。それは決してプロとして事件と一線を画するような傍観者ではなく、積極的に事件に関わる行為者としての探偵であることを理想とする。だからこそ佐久間は関係者と真摯《しんし》に語り合う。直面するさまざまな問題、たとえば人生を狂わせ人間を荒廃させていく巨大なビジネスの漫画業界について、少年たちを汚染する薬物依存について、人の心をとらえる新興宗教について、そして価値観のなくなった社会をさまよう若者たちの心のありかについて議論するのである。

正直言って、『新宿鮫』のような明快でスピーディなエンターテインメントを求めたら、間違いなく失望するだろう。何度も同じところを回っているような停滞感がある。しかし〝現代社会のただなか〟にとどまり、〝対論を繰り返しているうちに次第に人物たちは役割の域を越えて生々しい肉声をはなち、現実の裏側が恐ろしいリアリティをもって迫ってくる。快調には語り得ない、あえて〝停滞〟することで見えてくる現代の精神状況の闇《やみ》、その絶望的なまでに歪《ゆが》んでいる諸相を鋭く浮かび上がらせている。エンターテインメントよりも普通小説に傾いた、大沢文学の一つの成果といえるだろう。

さて、本書『B・D・T［掟の街］』である。

この小説は、およそ二〇五〇年の東京を舞台にした近未来ハードボイルドで、主人公の探偵はヨヨギ・ケン、まだ二十代の若さで、私立探偵の事務所を構えている場所は新青山……といえば、どうしても大沢在昌の代表的なヒーロー、佐久間公を思い出す。

大沢在昌といえば、新宿署のアウトロー刑事鮫島を主人公にした『新宿鮫』で多くのファンを摑《つか》み、一気にベストセラー作家になり、シリーズ四作目の『無間人形』では直木賞も受賞、人気と実力で押しも押されもせぬ第一級の作家となった。そのためか、大沢在昌のヒーローというと、すぐに鮫島が思い出されるけれど、そうではない。

また大沢在昌は、北方謙三や逢坂剛、または宮部みゆきと同じく、実に幅広いジャンルの小説を書き、それぞれの代表作、たとえば軽ハードボイルドは『アルバイト探偵(アイ)』、正統派私立探偵小説は『氷の森』、ノンストップ・サスペンスは『走らなあかん、夜明けまで』、ハリウッド映画ばりのSFアクションは『天使の牙』、ホラーは『眠りの家』などを発表しているが、そんな幅広い活躍を示しながらも、たえず本線ともいうべき私立探偵小説、佐久間公シリーズを書きついでいる。調査員佐久間公を主人公にした文壇デビュー作『感傷の街角』が大沢文学の原点であり、それを確かめるかのように『標的走路』『漂泊の街角』『追跡者の血統』『雪蛍』、そして『心では重すぎる』とシリーズが書かれてきたのである。あるエッセイで、〝佐久間公は私の分身である〟と述べているように、佐久間公シリーズは大沢文学の背骨をなすといっても過言ではない。

『感傷の街角』でデビューした佐久間公は二十代の若さで、事務所は六本木だったけれど、作者が『B・D・T』に登場させたヨヨギ・ケンは、まさに佐久間公の未来版といえるだろう。

　もちろん時代設定は大きく異なる。さきほども述べたように、小説の舞台は、二十一世紀なかばの東京である。この設定と舞台がまず目をひく。

　かつてバブル華やかなりし頃の日本には、アジアや崩壊した旧共産圏から大挙して外国人が出稼ぎに流れこみ、売春を含む生殖行為の産物として数多くの混血児が生み出された。そして「この国で生まれた子供に対しては日本国籍を与え、かつその扶養者一名については永住権を与える」という新外国人法が制定されて、不法滞在の外国人まで子作りに励み、限度を超えた混血児のベビー・ブームをよんだものの、「子供はひとりで充分」の親たちに捨てられ、〝ホープレス・チャイルド〟が街にあふれだした。いまではその名称も、裕福な層も含む混血児の総称となり、東京に居住する都民の十歳から三十歳までの三割が混血であり、その三割の九十パーセントが、東京の東部（ちょうど渋谷を境にして東部）に位置するB・D・T、すなわちスラム化した危険な街、BOIL DOWN TOWNに住んでいる。ホープレス・チャイルドがあふれたために、東部に住んでいた純粋な日本人たちは杉並以西の西部エリアに移住。経済的成功をおさめた富裕層の外国人も西部へと同じように移住してきた。

　そんなB・D・Tに住む私立探偵ケンのところに、ホープレス・エイジの寵児《ちょうじ》ともいうべき人気作家が訪ねてくる場面から、物語ははじまる。失踪《しっそう》したひとりの女性の行方を探してくれないかというのだが、相手の女性は、ラテン系のクラブで働く歌手兼コールガール。やがて関係者の聞き取りをしているうちに殺人事件が起きて、ケンはさまざまなシンジケートが暗躍するB・D・Tのアンダーグラウンドへとおりていく……。

この小説が発表されたとき、文芸評論家の北上次郎氏は、こんな風に称賛した——。

「……すこぶる刺激的な物語が始まっていく。特に後半の展開は、目が離せない。おいおい、いったいどうなるの、と思わせて見事に着地を決めるのもいい。見事にハードボイルドするラストの意味は、大沢在昌のこの実験が、SF的な設定を導入することで東京をニューヨークに転換し、ハードボイルド小説を書きやすくするための手法に他ならないということだ。日本におけるハードボイルド小説の書きにくさを作者はこうして巧みに回避する。多民族国家、犯罪多発都市、という外枠が同じなら、たしかにあとは作者の力量の勝負にすぎない。もちろんそれが作者の考えるハードボイルドのすべてではなく、こういう道もあるんだよという余裕の提示であるにしても。つまり大沢在昌の成熟がここにも見られるのだ。もっとも私はそういうハードボイルドの実験としてよりも、近未来小説として愉《たの》しかったが。そのようにいろいろな読み方の出来る小説だろう。とにかく、今月断然のおすすめ」(「小説推理」九三年十月号。後に本の雑誌社刊『新刊めったくたガイド大全』、現在『新刊めったくたガイド大全』として角川文庫に収録)

この書評が、本書の魅力を端的に伝えているだろう。まずは近未来小説の面白さ。北上氏が〝近未来小説として愉しかった〟というように、ここには未来社会の鮮烈なイメージが溢《あふ》れていて、それだけでもわくわくする。冒頭の西新宿の場面から、僕らは心地よい昂奮《こうふん》を覚えながら、五十年後の東京を呼吸するのだ。ケンとともに卑しき街を歩き、徐々に五十年間に起きたこと（たとえば二〇一五年に直下型の大地震がおきて銀座や羽田周辺が崩壊！）、ホープレス・チャイルドの急増が意外なビジネスを生み出していること（多民族の暴力団がB・D・Tだけで五百から千もあり、彼ら専門の「シンジケート・タイムス」が週刊で出ている！）、さらにはいま人気の食べ物のこと（ラーメンでは中国系とインド系が、いま東京で〝味〟の覇権争いをしている）なども頭に入ってくる。読者の喜びを奪うことになるので、これ以上は触れないが、小説の命ともいうべき細部が辛辣《しんらつ》な未来観で裏打ちされていて、実にリアルなのだ。

次に、ハードボイルドの実験。おそらく作者は、北上氏が指摘しているように、現代ハードボイルド、とくにアメリカン・ハードボイルドを視野に入れて未来の日本を選択したのだろう。たしかに現代の日本を舞台にした場合、銃、麻薬、人種差別、児童ポルノなど、たとえ扱うことができても（とくに銃と麻薬に関しては、大沢在昌が小説で使い、リアリスティックなアクションを展開させているけれど）、日本が舞台だと縛りが多く、特別な事件に見えてしまう。だから、そこから自由になるための設定であるのは充分に考えられる。

だがしかし、本書をじっくり読むと、いくらでも過激になりそうなのに、意外と派手な仕掛けになるのを抑えているようなところがある。〝ハードボイルド小説を書きやすくするための手法〟として近未来を選び、東京をニューヨークに転換する意図はあったと思うが、決してそればかりではないような気がする。いや、むしろそれとはまた別に、作者のなかでは、あくまでも将来の日本を見すえている部分があるのではないか。ここで描かれているのは、たしかに日本の姿ではなくアメリカのいまの姿に近いけれど、いずれ日本でも起こりうる姿である。つまり多民族国家としての日本、そうなれば当然発生するだろう外国人排斥の動きや民族浄化運動、民族間の対立の激化、そしてそこに付け入ろうとする組織暴力団と政治家たちの影。アメリカで起きていることが将来日本でも起こりうること、その問題点の芽が「現代」にあり、それを拡大し、未来のヴィジョンとして提示していると思えて仕方ない。つまり設定は未来社会になっているけれど、これはまさに現代の物語ともいえるのではないか。

その物語の切実さを生み出している点で大いに寄与しているのが、やはり主人公ヨヨギ・ケンの存在だろう。最初に『心では重すぎる』の話から入ったのは、切れ味のいい快調なアクション小説としての魅力をそなえつつも、本書『B・D・T』が「現代」の多面的な問題に真摯に取り組んでいるからだが、もうひとつ「私立探偵」の問題もある。前にも触れたように、ヨヨギ・ケンが近未来版の佐久間公であるのは、探偵という職業が、単なる仕事ではなく、彼自身の存在そのものになっているからである。佐久間公はかつて〝探偵とは職業であると同時に、生き方なのではないか〟という認識を示したことがあるけれど、ケンにとってはまさに〝探偵〟は、単なる職業ではなく生き方そのもの。多民族国家のなかでホープレス・チャイルドとして生まれ、B・D・Tで探偵でありつづけることは、生き方を問われているに等しい。職業として〝仕事〟をしているのではなく、全存在をかけて行為にあたっている。『雪蛍』や『心では重すぎる』の佐久間公のように、事件により深くコミットせざるをえないのだ。そんなケンが向き合う刑事や地下組織のリーダーや娼婦たちが、実に生き生きとした存在感を放っていることも、本書の見所のひとつだろう。

以上のことからもわかるように、本書は、近未来を舞台にしたハードボイルドの異色作であるけれど、大沢文学のなかでも要《かなめ》の位置にある作品といえるのではないか。『新宿鮫』シリーズのようなスピーディで迫力に富むアクション小説でありながら、佐久間公シリーズのような正統的な探偵観が追求されているし、さらに近年の大沢在昌の特徴である現代社会の考察という側面も強く打ち出されているからである。大沢文学の魅力のつまった注目すべき作品といえるだろう。

本書は一九九六年十月に双葉文庫として、
二〇〇一年九月に角川文庫として刊行された作品の新装版です。

B・D・T

[掟《おきて》の街《まち》]

新装版《しんそうばん》

大沢《おおさわ》在昌《ありまさ》

令和元年 8月25日　初版発行
令和6年 11月25日　3版発行

発行者●山下直久

発行●株式会社KADOKAWA
〒102-8177　東京都千代田区富士見2-13-3
電話　0570-002-301(ナビダイヤル)

角川文庫 21751

印刷所●株式会社KADOKAWA
製本所●株式会社KADOKAWA

表紙画●和田三造

ISBN 978-4-04-107950-8　C0193

角川文庫発刊に際して

角川源義

第二次世界大戦の敗北は、軍事力の敗北であった以上に、私たちの若い文化力の敗退であった。私たちの文化が戦争に対して如何に無力であり、単なるあだ花に過ぎなかったかを、私たちは身を以て体験し痛感した。西洋近代文化の摂取にとって、明治以後八十年の歳月は決して短かすぎたとは言えない。にもかかわらず、近代文化の伝統を確立し、自由な批判と柔軟な良識に富む文化層として自らを形成することに私たちは失敗して来た。そしてこれは、各層への文化の普及滲透を任務とする出版人の責任でもあった。

一九四五年以来、私たちは再び振出しに戻り、第一歩から踏み出すことを余儀なくされた。これは大きな不幸ではあるが、反面、これまでの混沌・未熟・歪曲の中にあった我が国の文化に秩序と確たる基礎を齎らすためには絶好の機会でもある。角川書店は、このような祖国の文化的危機にあたり、微力をも顧みず再建の礎石たるべき抱負と決意とをもって出発したが、ここに創立以来の念願を果すべく角川文庫を発刊する。これまで刊行されたあらゆる全集叢書文庫類の長所と短所とを検討し、古今東西の不朽の典籍を、良心的編集のもとに、廉価に、そして書架にふさわしい美本として、多くのひとびとに提供しようとする。しかし私たちは徒らに百科全書的な知識のジレッタントを作ることを目的とせず、あくまで祖国の文化に秩序と再建への道を示し、この文庫を角川書店の栄ある事業として、今後永久に継続発展せしめ、学芸と教養との殿堂として大成せんことを期したい。多くの読書子の愛情ある忠言と支持とによって、この希望と抱負とを完遂せしめられんことを願う。

一九四九年五月三日